FEUER
WERKE
VERLAG

Das Buch

Wenn in schwedischen Wäldern der Tod lauert...

In einem kleinen Waldstück bei Vimmerby, mitten in der schwedischen Provinz, wird eine weibliche Leiche gefunden. Sie hat weder Handy noch Papiere bei sich.

Die Ermittler Marten Henriksson und Lena Wallin - einst glücklich verheiratet - übernehmen den Fall und kämpfen währenddessen mit ihrer gemeinsamen Vergangenheit.

Doch als die Ermittlungen immer weitere Kreise ziehen und herauskommt, dass ein alter Bekannter von Lena in den Mord verwickelt ist, überschlagen sich die Ereignisse... Und dann wird plötzlich eine weitere Frau vermisst…

Die Autorin

Nele Bruun wuchs in einer Kleinstadt im mitteldeutschen Nirgendwo auf. Bereits während früher Familienurlaube mit ihren Eltern entwickelte sie eine Faszination für die Küste und die Menschen, die dort leben.

Für ihr Psychologie-Studium zog sie in den hohen Norden und begann nebenbei, ihre ersten Kriminalfälle zu Papier zu bringen. Heute lebt Nele Bruun mit ihrer Familie in einem kleinen Haus am Deich und darf sich als echtes Nordlicht und Vollzeit-Autorin bezeichnen. Ihre Romane bestechen durch atmosphärische Dichte und fesselnde Handlungen, die Leser:innen in die düsteren Geheimnisse verschiedener Küstenregionen entführen.

SchwedenMord

Ein Schwedenkrimi von Nele Bruun

Mehr zur Autorin finden Sie auf
www.nelebruun.de, www.instagram.com/nelebruun.autorin,
www.facebook.com/nelebruun.autorin und
www.feuerwerkeverlag.de/bruun

Abonnieren Sie auch unseren Verlags- und Autoren-Newsletter
und erfahren Sie so als Erster von unseren Neuerscheinungen,
Autorennews und exklusiven Buch-Gewinnspielen:
www.feuerwerkeverlag.de/newsletter

Originalausgabe Oktober 2024

Maracuja GmbH, Laerheider Weg 13, 47669 Wachtendonk
Umschlaggestaltung: Chris Gilcher (Buchcoverdesign.de) unter
Verwendung von Adobe Stock ID 276838953
Lektorat: Dr. Katrin Scheiding, Volkmarsen

ISBN: 978-3-98954-038-5

Kapitelverzeichnis

Prolog

»JON!«, kicherte Agata. »Lass das!« Sie wand sich aus seiner Umarmung. Der Wald um sie herum war dicht und finster. Zwischen den Bäumen lagen Schatten, eine vermooste Kiefer streckte die Äste nach ihr aus. Bald würde es dunkel werden.

Als sie sich wieder zu ihm umdrehte, war er verschwunden.

Zwischen den Bäumen konnte sie nichts erkennen. Sie seufzte. Siebzehn Jahre und so verdammt gut gebaut, aber wo zum Henker war er denn jetzt?

Agata Sundström stand auf dem Wanderweg am Försjön und überlegte, wie weit es wohl bis zu dieser verdammten Grotte war. Hundert Meter oder mehr?

»Jon! Komm zurück!«, rief sie, doch er reagierte nicht.

Sie starrtc ins Zwielicht. Aus dem Wald kamen jetzt ein Knacken und der Ruf von Vögeln. Irgendwo plätscherte ein Bach.

War es das wert? Würde er ihr wirklich ewige Liebe schwören, wenn sie mit ihm zur Amaliengrotte kam? Angeblich war der Ort genau der richtige dafür.

Sie machte ein paar Schritte tiefer in den Wald hinein, sofort fiel der Boden ab, es wurde sumpfig und weich. Beinahe wäre sie ausgerutscht.

»Meine Schuhe! Verdammt!«

Hinter ihr krachte ein Ast, sie fuhr herum, aber da war nichts. Ein Schatten bewegte sich Richtung See, den sie kaum noch erkennen konnte. Vielleicht eine Krähe? Oder ein Fuchs?

»Komm wieder zurück!«, rief Agata und lief weiter. Er war ja ein guter Fang, jede in der Schule war in ihn verknallt. Es war nicht nur das Aussehen, er hatte so etwas an sich … Sie konnte nicht sagen, was. Etwas, was sie anzog, auf jeden Fall.

Ihre Schuhe versanken im Schlamm, nasses Gras schlug ihr gegen die Hose. Warum nur hatte er bis Oktober gewartet, um mit ihr hierherzukommen?

Der Wald rauschte, und überall knackte es, das Zwielicht war von Tieren bevölkert. Nur Jon war nirgends zu sehen. Agata stapfte weiter.

Der Wald lichtete sich etwas, die Birken wichen zurück, im Dämmerschein erkannte sie an einem Birkenstamm die orange Markierung des Wanderwegs, ein paar Meter vor ihr. Sie war einfach neben den Weg geraten.

Wütend machte sie einen Schritt nach vorn und stand plötzlich auf festem Grund. »Jon!«, rief sie. Nein, sie brüllte. »Wo bist du?«

Auf dem Pfad ging es sich leichter, also lief sie schneller. »Jon!«

Er war nirgends zu sehen. Sie rannte nun, sie wollte nicht allein hierbleiben. Links und rechts lagen einige umgeknickte Bäume, zwischen ihnen nur Dunkelheit. Irgendwo knackte es, dann schoss etwas aus den Schatten und packte sie.

»Jon!«, entfuhr es Agata, und ihr Schrei hallte zwischen den Bäumen wider.

Er lachte, dabei fiel ihm sein Pony ins Gesicht. Verdammt gut sah er aus, wirklich!

»Komm schon, Agi«, rief er, griff sie am Arm und zog sie weiter in den Wald, zwischen die Bäume. Auch hier unebener Boden, zwischen moosüberzogenen Steinen lauerten Sumpflöcher und Wurzeln. Heidekraut streifte ihre Beine, beinahe wäre sie in einem Busch hängen geblieben. Sie stolperte hinter ihm her.

Sie durchquerten den Birkenwald bis zu einer dunklen Wand aus Kiefern. Dahinter lag die Amaliengrotte, der Ort, wo sie eigentlich hinwollten. Jon war stehen geblieben.

Atemlos stoppte Agata. »Hörst du das?«, flüsterte sie.

»Nee. Ich höre nichts.«

»Eben. Es ist plötzlich so still.« Und war hier nicht irgendwo ein Bach? Müsste der nicht plätschern?

Tatsächlich war auf einmal nichts mehr zu hören, der See lag hinter ihnen, die Straße war weit weg, und selbst die Vögel schwiegen. Nicht einmal das ewige Knacken und Rauschen des Waldes war noch zu hören.

»Wie soll ich etwas hören, wenn es still ist? Agata, meine Süße, du bist …«

»Aber das ist ja das Besondere. Es ist total still!«, unterbrach sie ihn verärgert.

»Unsinn! Komm, lass uns weitergehen. Ich will dich heute noch küssen.«

Und er lief einfach weiter, auf die dunkle Wand zu, und zog sie mit sich. Ein Abendkuss in der Grotte als Zeichen ihrer Liebe, vor ein paar Stunden war ihr das noch wahnsinnig romantisch vorgekommen.

Sie umrundeten Steine und ein breites Schlammloch, in dem sich wohl Wildschweine gesuhlt hatten. *Ich werde meinem Vater davon erzählen müssen*, dachte Agata. *Am Fernwanderweg Wildschweine, das Touristenbüro wird nicht begeistert sein.*

Es ging eine Anhöhe rauf – hier war es etwas heller, weil keine Bäume darauf standen – dann wieder runter. Plötzlich rutschte sie aus, stolperte nach vorn und schrie auf. Jon griff nach ihr, sie spürte einen kurzen Ruck, dann entglitt sie seinem Griff.

Agata fiel nach vorn, etwas raste auf sie zu, sie warf sich im letzten Moment zur Seite und landete unsanft neben einem fußballgroßen Stein. Matsch spritzte ihr ins Gesicht.

»What the …!«

Sie öffnete die Augen und sah genau in das Gesicht einer Frau, die aus glasigen Augen zurückstarrte. Sie war sehr blass, und etwas stimmte nicht mit ihrer Stirn. Über die Nase verlief ein Streifen getrockneten Bluts.

Jon über ihr schrie laut.

Kapitel 1

Marten

MARTEN betrat den Weg zur Amaliengrotte, wie sie einen der riesigen Steinhaufen am Rande des Korpebergs in der Gegend nannten, mit einem seltsamen Gefühl im Magen. Er war seit einem Jahr – übergangsweise – Chef der Vimmerbyer Polizei, und Tote zu finden, gehörte eindeutig nicht zu seinen Lieblingsaufgaben.

Die meterhohen Felsbrocken bildeten grottenartige Überhänge, unter denen es immer feucht und dunkel war. Er war hier oft mit seiner Ex-Frau Lena gewesen, wegen einer Legende, dass die Grotte einst Zuflucht eines Brautpaares gewesen sein sollte. Jetzt war die Gegend vor allem bei Touristen beliebt, auch wenn momentan wenig los war, dank Oktoberkälte und wochenlangem Regen.

Der Weg führte am Försjön entlang, einem kleinen See in der Nähe von Björnebro, der in der Dunkelheit schwarzblau schimmerte, und bog dann laut seinem Assistenten Petter in den Wald ab. Dort, irgendwo zwischen den Bäumen, sollte die Tote liegen.

Marten hob seine Taschenlampe. Der Lichtstrahl schnitt durch das Dunkel des Waldes. Rechts lag der See, etwas heller als der Rest, links der Wald, pechschwarz und voller Geräusche. Ab und zu huschte etwas zwischen den Bäumen herum, Trippeln und ein Flattern waren zu hören, kurz danach war es wieder still. Dann konnte Marten all die anderen Geräusche hören.

Äste knackten, Blätter raschelten, irgendwo wühlte sich etwas zwischen den Birken hindurch. Das Licht seiner Taschenlampe huschte über schmale Baumstämme und tiefe Schatten, ab und zu war ein Findling zu sehen. Das Moos an den Ästen glänzte silbern.

Er erreichte den kleinen Bach, der den See mit dem Stangån verband, dem größten Fluss der Gegend. Dahinter erhob sich der Berghang mit den Geröllhaufen, sie waren als vage Schatten zu erkennen. Der Wanderweg führte daran entlang und dann hoch auf den Korpeberg. Es gab dort noch einen zweiten Zugang, aber dann musste man eben durch den Wald und den Abhang des Korpebergs hinuntersteigen.

Marten sah sich um. Irgendwo hier hätte der Kollege Sigge Markvist auf ihn warten sollen, Petter hatte gesagt, dass die Fundstelle vor dem Bach war. Aber Sigge war nirgends zu sehen.

Marten drehte sich um und hörte in der Entfernung ein Auto rauschen. Das war dann Petter, der Agata Sundström und ihren Freund nach Hause fuhr. Verdammt! Wenn er noch da gewesen wäre, hätte Marten zurückgehen und ihn noch mal nach der genauen Fundstelle fragen können.

Irgendwo hier mussten sie doch stecken. Sollten die Scheinwerfer nicht zu sehen sein, die sie um die Fundstelle aufgebaut hatten?

Er machte einige Schritte in den Wald hinein, weg vom Weg. Der Untergrund war sumpfig und voller großer Steine, vor ihm lag ein dichter Kiefernwald, und er musste aufpassen, dass er in der Dunkelheit nicht plötzlich gegen einen Baum rannte.

Da! Ein schwacher Schein in den Baumkronen, nicht weit weg. Das musste es sein.

Das Licht kam Marten ein wenig spärlich vor – immerhin sollten da mehrere Scheinwerfer stehen –, aber er marschierte los. Plötzlich sackte unter ihm der Boden weg, und er konnte sich gerade noch so abfangen. Sein Herz raste.

Vor ihm plätscherte etwas, und er hielt inne. Der See lag hinter ihm, ebenso der Bach. Es musste eine Kuhle oder ein Wasserloch sein. Der Herbstregen hatte die dünne Erdschicht aufgeweicht, wie immer um die Jahreszeit bestand der Wald im Grunde aus Sumpf.

Und wenn es plätscherte, war jemand dort, vermutlich ein Wildschwein.

Er verharrte in der Dunkelheit, den Strahl seiner Taschenlampe zu Boden gerichtet. Erneut ein Grunzen, lauter diesmal, dann plätscherte es wieder.

»Sigge?«, rief er. »Hallo? Irgendjemand?«

Der Wind wehte ihm kalt entgegen, und außerhalb des Lichtkegels seiner Lampe war nichts zu sehen.

»Inspektor?«, fragte plötzlich jemand seitlich von ihm, und er fuhr herum.

Im Lichtschein stand Sigge und sah ihn abfällig an. Er war groß und rothaarig und trug keine Mütze. Er gehörte zu dieser Sorte Mensch, die nie fror.

»Es geht hier lang«, sagte er und zeigte hinter sich, als frage er sich, wo der Herr Inspektor Marten Henriksson denn hingewollt hatte.

»Bin ich wohl vorbeigegangen«, murmelte Marten.

Hinter ihm grunzte ein Wildschwein.

Sigge sog scharf die Luft ein und packte seinen Arm. »Lass uns gehen!«

Marten ließ sich mitziehen, er hatte auch keine Lust, Bekanntschaft mit dem Tier zu machen.

Sie suchten sich ihren Weg zwischen den Steinen, dann bog Sigge plötzlich ab, und Marten wäre beinahe über den Arzt gestolpert, der am Boden kniete.

Mit einem Schlag war es hell, und Marten wurde klar, dass der Fundort hinter einer Anhöhe lag. Deswegen hatte der Lichtschein so schwach ausgesehen. Es standen zwei Scheinwerfer da, leicht schief auf dem hügeligen Waldboden, und Lars Eriksson, der Arzt aus Frödinge, kniete neben der Leiche.

Und nun konnte Marten zum ersten Mal einen Blick auf die Tote werfen.

Es war eine junge Frau, in enger, figurbetonter Kleidung. Die Haare hingen halb über dem Gesicht, mehr konnte er auf Anhieb nicht erkennen, denn in dem Moment richtete sich Lars auf.

»Sie sollten die Spurensicherung rufen«, sagte er.

»Was?«, fragte Marten vollkommen überrascht.

»Totes Mädchen, achtzehn bis fünfundzwanzig Jahre, vermutlich erschlagen.«

Spurensicherung, erschlagen – die Worte hallten in Marten nach. »Was heißt vermutlich?«

»Was ich hier sehen kann, ist stumpfe Gewalteinwirkung auf den Schädel, von hinten und von vorn, sie hat Verletzungen im Gesicht. Natürlich könnte sie gestürzt sein«, kam er Martens Einwand zuvor, »aber ich sehe hier nirgends Blut. Und die Verletzungen sind auch ziemlich tief. Ich bin kein Kriminaltechniker, aber meiner Meinung nach deutet das beides darauf hin, dass sie nicht hier gestorben ist.«

»Kann sie sich hergeschleppt haben?« Marten dachte an die nahe Grotte, dort lagen ziemlich viele hohe Steine rum, und zumindest zu seiner Zeit waren die Jugendlichen da gern drauf rumgeklettert. Zum Teufel, *er* war darauf gern herumgeklettert.

»Nein. Die ist nach dem Schlag nirgends mehr hingegangen oder -gekrochen. Am Hals ist etwas, das ich für Würgemale halte, und sie liegt schon ein paar Tage hier. Genaueres kann Ihnen nur ein Rechtsmediziner sagen, aber vorher sollten Sie die Spurensicherung rufen.«

Marten wusste einen Moment nicht, was er sagen sollte. *Wer schlägt einer Zwanzigjährigen den Schädel ein und lässt sie im Wald liegen?* Noch dazu an einer solchen Stelle? War sie hier in der Nähe getötet worden – was einen Unfall nicht ausschloss –, und dann hatte man sie hier abgelegt? Vielleicht ein paar andere junge Leute, die nicht wussten, was sie tun sollten, nachdem sie abgestürzt war?

Aber warum sie dann von der Grotte wegtragen, über den Bach, rein in den sumpfigen Wald?

Marten atmete tief durch. Dann nickte er Lars zu. Fredrik, der zurückgetretene Polizeichef, hatte ihm Lars Eriksson für solche Fälle empfohlen, weil er gründlich war. Und das war eine gute Idee gewesen.

»Machen Sie den Bericht fertig, Lars, und schicken Sie ihn nach Västervik. Der Staatsanwalt wird entscheiden und wahrscheinlich jemanden schicken, der uns bei den Ermittlungen unterstützt. Danke für Ihren Einsatz.«

Lars nickte. Er zog einen Touchpen aus der Jackentasche, tippte etwas auf seinem Tablet ein und steckte es dann in die Tasche neben sich.

Marten nahm das Handy heraus. Ein ermordetes Mädchen im Wald. Dieser Abend war erst mal gelaufen.

Während er die Nummer wählte, ging er in die Hocke, um sich das arme Ding aus der Nähe anzusehen.

Kapitel 2

Lena

AUF den Bildern war ein grell erleuchteter Waldboden zu sehen, in der Mitte lag eine junge Frau in schwarzem Glitzertop, schwarzem Blazer und Jeans. Der Blazer war zur Seite gerutscht, entblößte die Schulter und ein Stück Arm.

Eher dünn, dachte Lena, während sie das Schlüsselbein musterte. Sie saß in ihrem Büro in der Mordkommission Västervik, draußen begann gerade ein weiterer verregneter Herbsttag, und der Chef hatte sie gebeten, sich Fotos eines möglichen Mordes in Vimmerby anzusehen.

Die junge Frau lag seitlich, man sah die Haare, viel Blut, ein Auge und eine weißlich-rote Masse, wo mal die Stirn gewesen war.

Am Hals konnte Lena Würgemale hoch bis zum Kieferknochen erkennen. Darunter lagen blauschwarze Einblutungen, sonst war nicht mehr viel zu sehen. Sie musste tagelang im Wald gelegen haben.

Lena blätterte weiter, dabei rutschte ihr der blonde Zopf ins Gesicht, und sie schob ihn ungeduldig zur Seite. Auf dem nächsten Foto war das Gesicht von vorn zu sehen. Jemand hatte der jungen Frau ganz eindeutig frontal auf die Stirn geschlagen, von oben, mit etwas Länglichem. Was, war schwer zu sagen, aber es war mit Kraft geschehen, der Knochen war eingedrückt und das Blut seitlich rausgelaufen, auf die Seite, die jetzt oben lag.

Sie war also direkt nach dem Schlag – oder den Schlägen – bewegt worden. In der Wunde waren Knochensplitter und Blut miteinander vermischt. Lenas Blick wanderte über die ebenfalls zerschlagene Nase zum Mund – waren das Reste von Lippenstift? – bis zum Kinn, über das sich ein länglicher Streifen zog. Schwer zu sagen, ob das Fraßspuren oder eine Verletzung war, die Haut war aufgequollen und zersetzt.

Der Rest des Körpers sah unverletzt aus, die Kleidung war blutverschmiert, aber sonst in Ordnung, am Rücken und an der Seite, auf der sie gelegen hatte, war sie voller Schlamm. Tiere hatten an Hüfte und Beinen gefressen, wo die Haut nicht bedeckt gewesen war, insgesamt war sie aber erstaunlich unberührt. Lena machte sich gedanklich eine Notiz, beim Wetterdienst nachzufragen, ob es in dieser Region in den Nächten zuvor gefroren hatte. Vermutlich nicht, und Schnee lag auch keiner, da fraßen die Tiere lieber was anderes.

Sie lehnte sich zurück, löste ihren Zopf und flocht ihn neu. Das half ihr beim Nachdenken. Laut der Akte war die Frau bisher noch nicht identifiziert. Irgendjemand musste sie vermissen. Die Kleidung war eindeutig ein Partyoutfit, jedenfalls für diese Gegend. Auf dem Land gingen die Mädchen eher in Alltagskleidung, ein schwarz besetztes Glitzershirt war schon eher over the top. Sie musste etwas wirklich Wichtiges vorgehabt haben. Oder jemand Wichtigen an ihrer Seite.

Die Turnschuhe waren einmal weiß gewesen, praktisch und schick. Die Marke war nicht mehr zu erkennen, sie sahen nach Nike aus.

Lena klickte weiter bis zu dem Bild, das die Verletzung am Hinterkopf zeigte. Lars Eriksson, der Arzt aus Frödinge, hatte die Leiche gedreht, bevor er sie für die Rechtsmedizin freigegeben hatte. Gründlich war er, das musste man ihm lassen. Die meisten Landärzte hätten beim Anblick des Gesichts stumpfe Gewalteinwirkung festgestellt und das Weite gesucht.

Die Verletzung war nicht so schwer wie die vorn, aber sie war ebenfalls breitflächig, und das Blut war an einer Seite runtergelaufen. Lena drehte und wendete die Bilder in ihrem Kopf

– ja, es war dieselbe Seite. Sie hatte irgendwo seitlich gelegen, bevor sie an die Stelle gebracht worden war.

Die Spurensicherung war sicher schon dabei, zahlreiche Proben zu nehmen, bei einem sumpfigen Boden konnte man schlecht sehen, ob dort Blut versickert war, aber Lars Eriksson hatte notiert, dass er in der direkten Umgebung der Leiche weder an Steinen noch an Pflanzen Blut gesehen hatte.

Sie sah die Bilder durch, doch es schien zu stimmen. Jetzt mussten sie die Bodenproben abwarten, aber die Verletzungen deuteten auf mehrere kraftvolle Schläge hin, da wäre im Umkreis von einigen Metern überall Blut gewesen.

Es sah eher danach aus, als ob die junge Frau nicht an der Stelle getötet worden war, an der man sie gefunden hatte. Allerdings sagte das recht wenig aus, der Wald war groß. Es konnte ganz in der Nähe passiert sein, und sie würden den Tatort vielleicht trotzdem nie finden. Noch eine Frage für den Wetterdienst: Wann hatte es in Vimmerby zuletzt geregnet?

»Und? Was sagst du?«, fragte Pernilla, eine von Lenas Kolleginnen. Sie war Mitte vierzig, sehr erfahren und Lena eine große Stütze gewesen, als sie vor sechs Jahren in der Mordkommission angefangen hatte. Nun stand sie, ihre fast eins achtzig hoch aufgerichtet, vor Lenas Schreibtisch und stemmte die Hände in die Seiten.

»Unidentifizierte junge Frau, im Wald erschlagen. Sie brauchen einen Ermittler, so wie es aussieht.«

»Haha«, machte Pernilla. »Ich meine, übernimmst du es?«

»Sicher.«

»Was wird Marten dazu sagen?«

Lena zuckte mit den Schultern. »Helle Begeisterung?« Sie grinste.

Pernilla sah skeptisch aus.

»Kommst du bitte rüber?«, brummte ihr Chef, Björn Sperling, aus seinem Zimmer. Die Tür stand offen, er hatte nur darauf gewartet, dass sie sich ein Bild machte.

Lena stand auf und ging rüber. Ihr Chef sah wie immer so aus, als hätte er die Nacht in der Dienststelle verbracht, obwohl er mit Sicherheit um neun schlafen gegangen war. Er klickte auf seinem Computer herum, dann musterte er sie.

Lena setzte sich. In letzter Zeit kniff die Hose, sie würde sich eine Nummer größer bestellen müssen.

»Also, ich könnte Lisbet schicken«, sagte Björn langsam.

»Ist die nicht in Tingsryd? Bei dieser Vermisstensache helfen?«

»Ja. Müssen sie eben etwas länger warten. Die Leiche läuft ja nicht weg.« Er lachte nervös.

»Tingsryd liegt hundert Kilometer südlich. Da warten sie bis morgen.«

»Marten hat im letzten Jahr gezeigt, dass er was drauf hat. Aber bei so einem Fall …«

Lena hatte seit Wochen kein Wort mit Marten geredet, abgesehen von den notwendigen Absprachen, wenn ihre gemeinsame Tochter Tove das Wochenende bei ihm verbrachte: *Denk daran, dass sie am Samstag duschen muss. Nicht zu viele Süßigkeiten bitte, der Zahnarzt hat sich beschwert. Kannst du bitte im Erikshjälpen nach einem gebrauchten Fahrradhelm schauen – ja, die Größe ist die gleiche, sie ist nicht gewachsen seit Frühjahr. Der alte Helm ist kaputt, sie ist letzte Woche vom Fahrrad gefallen, ich hatte dich angerufen, erinnerst du dich? Nein, keine bauchfreien Tops, sie ist neun.*

Und so weiter und so fort.

»Er braucht definitiv Unterstützung«, sagte sie.

»Er muss deine Hilfe auch wollen«, entgegnete Björn.

»Wenn du mich abordnest, wird er ja wohl kaum was dagegen sagen. Bei einem Mordfall.«

Björn seufzte. »Wie lange seid ihr geschieden?«

»Vier Jahre.«

»Verdammt kurz«, murmelte er.

Was auch immer das heißen sollte. »Kriege ich hin«, sagte sie mit ihrer besten Das-schaffen-wir-schon-Stimme.

»Du bist die Richtige für die Sache, das spüre ich. Du hast das Näschen.« Er tippte auf seinen Zinken. War das etwa ein Lob gewesen? »Ich spür's im großen Zeh. Das wird ein kniffliger Fall. Und ich denke, du kannst da auch weiterkommen.« Er machte eine Pause. »Wenn du dich mit Marten arrangierst.«

Nein, kein Lob, beschloss sie. Das hätte auch nicht zu Björn gepasst. »Wir sind immer gut ausgekommen. Und ich kann Privates und Berufliches trennen, das weißt du. Besonders, wenn es um einen Mordfall geht.«

Er brummte etwas, was sie nicht verstand, und räusperte sich. »Gut, dann mach dich auf den Weg. Ich benachrichtige das Revier in Vimmerby, dass du kommst.« Damit sagte er ihr, dass Marten Bescheid wissen würde, wenn sie dort ankam. Nett, zumindest fiel er so nicht aus allen Wolken, wenn sie vor ihm stand.

»Vielen Dank.« *Endlich*, dachte sie. *Endlich habe ich eine Ermittlung, die ich ganz allein leite.* Sie arbeitete seit sechs Jahren bei der Mordkommission, am Anfang noch in Ausbildung, und hatte bisher nie selbstständig eine Ermittlung übernehmen dürfen. Aber die herbstliche Mordwelle hatte dieses Jahr früh eingesetzt: Sobald es dunkel wurde, drehten die Leute durch. Und ihrem Vorgesetzten gingen die Ermittler aus.

Björn winkte sie raus. Während sie an ihren Schreibtisch zurückkehrte, wuchs ihre Aufregung. Vielleicht war es sogar einfacher, wenn sie und Marten als Polizisten miteinander zu tun hatten. Und Marten war jetzt Polizeichef, wenn auch nur übergangsweise. Da musste er ja zumindest etwas Professionalität an den Tag legen.

»Und?«, fragte Pernilla, als Lena ihren Schreibtisch erreichte.

»Ich übernehme den Fall. In einer halben Stunde breche ich auf.«

»Effizient wie immer. Ich hoffe, du schaffst das.«

»Ich werde einfach so tun, als wäre er ein beliebiger Kollege und nicht mein Ex-Mann. Irgendwelche Tipps?«

»Im Umgang mit Ex-Männern?« Pernilla lachte. Sie war dreimal geschieden und hatte damit Lena, die Marten auf dem Gymnasium kennengelernt und nie einen anderen Partner gehabt hatte, einiges voraus. »Ich würde sagen: Nimm's gelassen. Für ihn ist es genauso schwierig wie für dich.«

Kapitel 3

Marten

»WIE bitte?«, fragte Marten, als Petter ihm die Neuigkeiten mitgeteilt hatte.

»Sie schicken Lena Wallin«, wiederholte Petter mit ausdrucksloser Stimme, als wüsste er nicht ganz genau, dass sie Martens Ex-Frau war. Mit der er sich vor der gesamten Polizeistation gleich mehrmals lautstark gestritten hatte.

Marten ließ sich auf seinen Stuhl fallen und atmete tief durch. Entweder war Björn Sperling ein Sadist, oder sie hatten viel auf dem Tisch und keine Wahl, als ihm ausgerechnet seine Ex-Frau zu schicken. Auf der anderen Seite … Wenn er so darüber nachdachte, vielleicht fand Björn, dass jemand mit Ortskenntnis besser geeignet wäre? Das würde zu ihm passen. Und Lena kannte sich als Einzige aus seinem Team hier aus, sie kam aus Vimmerby und hatte hier gearbeitet, wenn auch in der Außenstelle in Hultsfred.

Und die paar Mal, die sie in der Station in Vimmerby selbst gewesen war, waren nie besonders gut gelaufen.

Petter starrte ihn an.

»Nun, das wird interessant«, zwang sich Marten zu sagen. »Wann kommt sie?«

»Will gegen Mittag hier sein.«

In Martens Ohren summte es. Er sah ihr Gesicht vor sich, die blonden Haare aufgelöst, das blaue Hemd verrutscht, sodass ein Stück ihres Dekolletés zu sehen war. Wer von ihnen hatte geschrien? Er wusste es nicht mehr, aber vermutlich beide. Sie hatte vor lauter Wut die Jacke auf den Boden geworfen und bückte sich jetzt, um sie aufzuheben. Dann stürmte sie raus, er hinterher, Räume und Wände rauschten an ihm vorbei, er hatte das Gefühl, nicht mehr hier zu sein, auf der Polizeistation im Herzen der Stadt, sondern abgetrennt von der realen Welt an einem Ort, an dem nur er und seine Ex-Frau existierten. Es war kein schöner Ort.

Er erhob sich. »Gut, machen wir weiter, bis sie kommt. Ich will, dass alles ordentlich zusammengestellt ist, damit sie sich nicht beschwert. Liste alle Zeugen auf. Alle Aussagen, die wir bis jetzt haben, gehören ins System. Benachrichtige die Spurensicherung, dass sie vermutlich heute Nachmittag vorbeikommt. Ach, und könntest du mir die Adressen und Telefonnummern von Agata Sundström und ihrem Freund raussuchen? Ich habe ein paar Fragen.«

Petter nickte, er hatte mitgeschrieben. »Keine Sorge, Chef, das kriegen wir hin. Denkst du, dass Agata weiß, wer die Tote ist?«

»Vermutlich nicht. Aber befragen muss ich sie ohnehin, und vielleicht hat sie eine Idee, wo die Tote gewesen sein könnte.«

Petter sah verwirrt aus. »Was meinst du?«

»Sie trug Ausgehkleidung. Keine Jacke, sondern einen schicken Blazer und ein extravagantes Top. Dazu die Schuhe. Sie war irgendwo essen, eventuell tanzen. Agata kann mir hoffentlich sagen, wo die jungen Leute heute so hingehen.«

»Bist du nicht immer bei diesem Tanzabend in Tuna?«

»Mit meinen Eltern, ja. Aber das wird vom Pensionärsverband organisiert, da sind keine Leute unter sechzig. Doch in den Dörfern gibt es in den alten Scheunen immer mal wieder Discos.«

»Ja«, rief Petter. »In Rangeltorp hat grad erst eine aufgemacht.« Plötzlich verfinsterte sich sein Gesicht. »Hast du daran gedacht, dass sie auch von Mariannelund rübergekommen sein könnte?«

Mariannelund war eine Kleinstadt zwanzig Kilometer westlich von Vimmerby. Rangeltorp lag in diese Richtung, genauso wie der

Fundort der Leiche. Leider gehörte Mariannelund nicht zur Provinz Kalmar wie Vimmerby, sondern zu Jönköping.

»Schick Sigge zu mir rein, wenn er da ist. Er soll die Vermisstendatenbanken übernehmen. Wir beginnen mit Vimmerby und den angrenzenden Kommunen.«

Eigentlich hätte Marten Sigge lieber aus der Ermittlung rausgehalten. Fredrik hatte ihn bei der Übergabe des Chefpostens vor Sigge gewarnt, aber der hatte gestern Abend noch lautstark verkündet, dass er ja nun wirklich dabei sein müsse, wo er als Erster da gewesen war. Wenn er ihn jetzt auslud, gab es Ärger.

In ganz Kalmar verschwanden etwa tausend Menschen pro Jahr, im Sommer mehr als im Winter. In der warmen Jahreszeit tauchten sie größtenteils wieder auf, während die aus dem Winter meist auch verschwunden blieben. Sigge würde viel Spaß haben, besonders wenn man bedachte, dass er die umgrenzenden Regionen auch miteinbeziehen musste, vor allem Jönköping.

Petter nickte und verließ Martens Zimmer. So wie Marten seine Ex-Frau kannte, würde sie perfekt informiert bei ihnen eintreffen. Und er würde jetzt einen oder zwei Kaffee trinken, bevor er sich auf den Weg zu Agata Sundström machte. Es war spät geworden gestern Nacht.

Kapitel 4

Lena

NOCH im Auto hörte sich Lena die bisherigen Erkenntnisse an – Fundort, Zeugenaussagen, Beschreibung der Leiche und der Inhalt ihrer Hosentaschen – und auch Martens Theorie, dass die Tote feiern und dann betrunken abgestürzt war. Als sie alles gehört hatte, drehte sie das Radio lauter und ließ Sibelius' Musik über sich hinwegrauschen.

Die Musikliebe hatte sie von ihrem Vater, einem Finnen, der sich die wagnerartigen Sinfonien vor allem anhörte, weil sie ihn an seine Heimat erinnerten. Lena halfen sie beim Nachdenken.

Es war interessant, wie wenig sie über die Tote wussten. Tatsächlich war es bemerkenswert, was alles nicht da war: kein Handy, kein Geld, keine Jacke, kein Blut auf dem Boden, keine Vermisstenmeldung. Bei einer zwanzigjährigen Frau in Partykleidung hätte sie genau das Gegenteil erwartet.

Hinzu kam der Fundort. Die Amaliengrotte lag zehn Kilometer westlich von Vimmerby, in der Nähe eines Rastplatzes an einem Fernwanderweg. Was hatte sie dort gemacht? Oder wie war sie dort hingekommen? Ohne Jacke musste sie gefroren haben, es war Oktober. Die Kleidung passte nicht zu einer Touristin und sicher auch nicht zu jemandem aus der Stadt, der einen Ausflug unternommen hatte.

Der einzige Anhaltspunkt bisher war der Inhalt ihrer Hosentaschen:

Ein halb volles Feuerzeug.

Ein kaputtes Zuckertütchen der Mark Dansukker.

Ein kleiner Schlüssel mit einer schwarzen Plastikhülle um den Griff, Aufschrift »Abus«.

Eine Wartenummer.

Zwei Kassenzettel, feucht und nur teilweise lesbar.

Jemand auf dem Revier in Vimmerby hatte Notizen zu den Zetteln gemacht:

Wartenummer 648, keine Zuordnung zur Herkunft.

Kassenbon der Kette Kronenapotheke, erreichbare Filialen in Västervik, Virserum, Vetlanda, Eksjö, Trånas und Linköping, Transaktionsnummer teilweise lesbar, wird überprüft.

Kassenbon, Schriftzug »Willkommen zurück«, unleserliche Liste aus Zahlen und Text, Organisationsnummer teilweise lesbar, überprüft, kein Ergebnis.

Kein Ergebnis stimmte nicht ganz, die gute Seele auf dem Revier hatte eine Liste mit möglichen Firmen angelegt, zu denen die Organisationsnummer gehören könnte. Die meisten waren Schnellrestaurants, Kantinenzulieferer und aus irgendwelchen Gründen Steuerberater. Es würde Lena immer ein Rätsel bleiben, wie das Handelsregister seine Nummern vergab.

Wie auch immer, Steuerberatungen gaben normalerweise keine Kassenzettel aus, ebenso Kantinenzulieferer. Also war die Tote vermutlich irgendwo essen gewesen, hypothetisch nicht allzu lange vor oder nachdem sie in der Apotheke gewesen war. Die Wartenummer konnte gut aus der Apotheke stammen, man musste eigentlich inzwischen in allen Ketten Zettelchen ziehen, um an die Reihe zu kommen.

Auch wenn mit diesen Informationen nicht herauszubekommen war, woher die Tote kam, konnte man doch sagen, dass sie offenbar unterwegs gewesen war. Denn in Vimmerby gab es keine Kronenapotheke.

Die Frage war: Hatte sie sich auf Vimmerby zu- oder davon wegbewegt? Sie konnten Hotels und Restaurants befragen, aber abgesehen davon, dass sie durchaus auch privat übernachtet haben konnte oder irgendwo in der Gegend wohnte, musste sie gar nicht in Vimmerby gewesen sein. Sie konnte auch von Mariannelund gekommen sein oder aus einem der umliegenden Dörfer.

Eine Tuba setzte ein, und parallel steigerte sich der gleichmäßige Strom der Musik zu einer donnernden Welle, die höher und höher schwappte, bis sie das Auto vollkommen ausfüllte.

Es brachte nichts, nach dem Aufenthalt der Toten zu suchen, bevor sie nicht mehr über sie wussten. Sie konnte auf der Durchreise gewesen sein, und sie würden sich verrückt suchen. Besser war es, sich um den Fundort zu kümmern, vor allem im Zusammenhang mit dem Todeszeitpunkt.

Laut Akte war sie mehr als drei Tage tot. Heute war Mittwoch, also war sie zwischen vorletztem Sonntag und letztem Samstag gestorben. Wenn eine Leiche erst mal auf Umgebungstemperatur heruntergekühlt war, konnte man den Todeszeitpunkt nur noch aufwendig im Labor bestimmen. War sie länger als zehn Tage tot, dann zeigten sich die ersten Verwesungszeichen.

Aber der Gerichtsmediziner hatte nichts von Verwesungszeichen gesagt, und Lena hatte die Fotos noch im Kopf, sie sah nicht aus, als ob sie schon seit Anfang letzter Woche dort lag. Der Försjön war ein beliebtes Ausflugsziel, es gab dort einen Rastplatz und eine Grillstelle. Hätte da nicht irgendjemand die Tote sehen müssen?

Vielleicht hatten sie Glück, und jemand hatte letzte Woche etwas bemerkt. Aber Lena hatte inzwischen das Wetter gecheckt, es regnete seit Wochen in Vimmerby. Ausflügler und Touristen konnte sie eher vergessen.

Eine unbekannte Tote im Wald. Irgendetwas war nicht richtig. Irgendetwas stimmte nicht. Sie konnte nicht sagen was, aber sie verstand plötzlich, was Björn gemeint hatte. Leichen lagen nicht einfach im Wald herum. Menschen in diesem Alter wurden vermisst, Angehörige bemerkten es, es gab meist sofort Verdächtige. Der Fall war ungewöhnlich.

Die Straße führte über eine schmale Stelle des Yxern, einem der größten Seen in der Umgebung. Das blaue Wasser leuchtete selbst bei Nieselregen, die Bäume waren teilweise schon kahl, aber das Braun ergänzte sich wunderbar mit dem hellen Blau des Wassers. Sie liebte diese Stimmung, das war der småländische Herbst, wie er leibte und lebte. Ihr Vater war oft zum Komponieren hier hergekommen, und Lena hatte derweil am Ufer gespielt oder auf einer der Inseln. Die größeren waren bewachsen und im Herbst ein Paradies für Vögel, die nach Süden zogen. Außerdem gab es überall Unterstände, die einen vor dem Regen schützten und in denen man dem Tropfen der Bäume lauschen konnte, so wie dem Summen des Vaters ein Stück entfernt.

Ja, als Kind hatte es Lena in Vimmerby gefallen, sehr sogar. Und auch noch als Jugendliche. Ihre Abneigung war später gekommen, nachdem sie mit der Polizeischule fertig war und hier zu arbeiten begonnen hatte. Ihre Eltern waren da schon weggezogen gewesen und aus irgendwelchen Gründen hatte Marten in der Stadt gearbeitet, Lena aber in einer Außenstelle in Hultsfred. Sie hatten sich praktisch nie gesehen, und in Hultsfred saß man herum und wartete, dass etwas passierte. Lena hatte schnell die Nase voll gehabt. Sie brauchte etwas, um ihren Kopf zu beschäftigen, etwas, worüber sie nachdenken konnte.

Die Musik steigerte sich erneut, diesmal dröhnte die Tuba so laut, dass das Auto zu vibrieren schien. Der glorreiche Höhepunkt ertönte, riss Lena mit sich und legte sich schließlich wieder.

Das Stück war aus und Lena fertig mit Nachdenken. Jetzt hieß es, sich vor Ort weiter zu informieren.

Sie erreichte das Ortsschild, rechts tauchten die ersten Häuser von Hällebacka auf.

Lena musste an ihren Vater denken, wie er beschwingt von zu viel Herbstpunsch eine Pippi-Langstrumpf-Parodie hinlegte, die

Lena noch immer für ziemlich gelungen hielt. Das beschauliche Vimmerby mit seinen Astrid-Lindgren-Touristen, duftenden Grillfeuern und idyllischen Seen, mit den langen Tälern im Westen und den weiten Wäldern im Osten? Wo unter der Oberfläche immer der Kampf tobte, wer sich am meisten im Glanz seiner berühmtesten Bewohnerin sonnen durfte.

Marten war sicherlich überrascht gewesen, ein Mordopfer im Wald zu finden, aber Lena kannte die Statistik. Auch wenn hier seit vierzig Jahren gewetteifert wurde, wer am meisten von Lindgrens Erbe profitierte, wurden hier Menschen aus denselben dunklen Gründen ermordet wie anderswo auch. Doch Marten und seine Familie waren mit Vimmerby verbunden, untrennbar. Ach was, sie *waren* Vimmerby.

Marten liebte diese Stadt.

Die Kreuzung in Richtung Innenstadt lag vor ihr.

Ein unbestimmtes Gefühl flackerte in ihr auf, eine plötzliche Abneigung direkt zum Revier zu fahren. Sie starrte einen Augenblick auf das Schild, dann gab sie Gas. Bis zur Amaliengrotte war es eine Viertelstunde. Bevor sie mit Marten sprach, wollte sie sich den Fundort ansehen.

Kapitel 5

Marten

PETTER hatte nicht lange gebraucht, um zu erfahren, dass weder Agata Sundström noch ihr Freund, Jon Sjögren, in der Schule erschienen waren. Marten rief bei der Familie Sundström an und bekam wie erwartet Agatas Vater Thorbjörn ans Telefon.

»Hallo, Thorbjörn. Ich bin's, Marten Henriksson von der Polizei.«

»Guten Morgen, Marten.«

Als er das letzte Mal mit Thorbjörn geredet hatte, war es um Martens mangelnde Bereitschaft gegangen, gegen Wilderer vorzugehen. Thorbjörn Sundström entstammte einer alten Familie, die seit Jahrhunderten in der Gegend ansässig war. Er hatte Geld, leitete das Tourismusressort und besaß im Norden der Stadt große Waldflächen. Und er war Jäger und hasste es, wenn ihm irgendwelche dummen Jungen, wie er sie nannte, die Wildschweine vor der Nase wegschossen.

»Ich nehme an, du hast schon mit deiner Tochter geredet?«

»Ja.«

»Du weißt, ich muss mit ihr sprechen.«

»Ist das Opfer schon identifiziert?«

Woher wusste Thorbjörn, dass die Tote nicht identifiziert war? »Unter anderem deswegen muss ich mit Agata reden.«

»Sie ist ziemlich aufgelöst.«

»Das kann ich mir vorstellen. Ich brauche keine Informationen über den gestrigen Abend, wenn sie nicht darüber reden möchte. Ich möchte einfach nur ein wenig mit ihr sprechen.«

»Worüber?«

»Was sie so macht, wo sie sich so rumtreibt.«

»Wozu willst du das wissen?«

»Ich habe eine Tote im Wald, ich muss Fragen stellen. Auch Fragen, die nicht jedem einleuchtend erscheinen.«

»Gibt es dafür nicht eine Mordkommission?«

»Sie schicken Verstärkung, es kommt jemand im Laufe des Tages.«

»Wer?«

»Das weiß ich nicht.« Marten war nicht klar, warum er log, vermutlich, weil er keine Lust auf Thorbjörns Spott hatte. Thorbjörn wusste genau, wo Lena arbeitete, und hatte wie jeder in der Stadt das Ende von Martens Ehe aus nächster Nähe miterleben können.

»Aber es wird jemand kommen und mich unterstützen, vielleicht jemand, der deine Familie nicht kennt. Also denke ich …«

»Ist gut«, unterbrach ihn Thorbjörn. »Du kannst kommen.«

Der Gutsherr geruht, mich einzulassen. Marten konnte sich ein Grinsen nicht verkneifen, bedankte sich aber höflich. Dann machte er sich auf den Weg.

»Ich weiß nicht, wer sie ist«, sagte Agata, kaum dass er den Raum betreten hatte.

Die Familie Sundström wohnte im alten Bankhof, einem eindrucksvollen Bürgerhaus im Zentrum der Stadt, dessen Einrichtung noch original war, inklusive grünem Kachelofen, samtbezogenen Sofas und dunklen Holzwänden. Vom Esszimmer, von dem aus ein Speisenaufzug in die Küche darunter führte, ging ein düsterer Raum ab, in dem Agata auf einem blumenbestickten

Sofa saß. Hinter ihr rankten sich Blumenmuster die dunkelbraune Wand hinauf. Früher war es üblich gewesen, die Wände der Holzhäuser zu bemalen, heute klebte man freundliche Tapeten im angesagten Vintage-Look auf weiß verputzte Wände. Es gab kaum etwas, was moderne Schweden weniger mochten als dunkle Wohnungen.

»Das weiß ich«, sagte Marten so sanft wie möglich zu Agata. »Wir haben ja gestern Abend kurz miteinander geredet.« Sie hatte recht zurechnungsfähig gewirkt, aber was wusste er schon, wie sie sich fühlte. Vermutlich nicht gut.

»Gestern Abend! Hah!«, sagte sie. »Das war mitten in der Nacht. Papa, ich musste stundenlang dortbleiben.«

»Du hast eine Tote gefunden, an einem Ort, an dem du überhaupt nicht hättest sein dürfen«, sagte Thorbjörn, klang aber eher pingelig als wütend.

Er kam hinter Marten ins Zimmer, gefolgt von seiner Frau. Malin, die Dorfschönheit, sah elegant aus: teurer Haarschnitt, leichtes Make-up. Sie stellte sich an das einzige Fenster und nahm damit dem Raum noch mehr Helligkeit. Marten konnte Agatas Gesicht kaum noch erkennen.

»Warum darf ich da nicht sein? Das ist nicht das Ende der Welt, Papa! Nur im Wald!«, wandte sich Agata an ihren Vater.

»Wir haben nichts dagegen, dass du in den Wald gehst«, sagte die Mutter vom Fenster aus. Sie hatte eine warme, etwas eintönige Stimme. Alle Jungen – auch die aus den unteren Jahrgängen – waren hinter ihr her gewesen, bis sie dann, gleich nach dem Schulabschluss, den deutlich älteren – und deutlich vermögenderen – Thorbjörn geheiratet hatte. Sie hatte sich gut gehalten.

Thorbjörn setzte sich neben seine Tochter. »Aber nicht um zehn Uhr abends.«

»Es war nicht so spät. Es war noch hell, als wir dort waren«, sagte Agata zu ihm. Sie klang genervt. »Nur hat Jon so lange gebraucht. Und dann …« Sie brach ab.

Marten räusperte sich, Vater und Tochter sahen ihn an. »Du hast mir gestern Abend erzählt, dass du irgendwo runtergefallen bist und sie dann plötzlich da lag.« Agata hatte eine ziemlich gute Ortsbeschreibung gegeben, aber Jon war auch nach Martens Eintreffen nicht zu mehr als ein paar gemurmelten Worten in der Lage gewesen.

Sie blinzelte. Er wartete, schließlich setzte sie zu sprechen an: »Ja. So war es. Jon hat mich gezogen. Da bin ich gestolpert.«

»Über die Frau?«

Sie sah erschrocken aus. »Nein … keine Ahnung. Vielleicht. Ich kann mich nicht erinnern. Meinen Sie, ich bin … vielleicht … ich habe sie … berührt?«

Die Vorstellung schien sie zu entsetzen, sie rieb sich das Bein, setzte sich dann aber nach einem strengen Blick ihrer Mutter wieder gerade hin.

»Was hattest du an?«, fragte Marten.

»Was? Wieso ist das wichtig?«

»Wenn du über sie gefallen bist, hast du vielleicht Spuren hinterlassen.«

Sie sah ihren Vater an. »Muss ich?« Der nickte. Agata seufzte und sah zur Decke. »Ja, also ich hatte eine Jeans an und einen Hoodie natürlich, meinen Lieblingshoodie. Und eine Jacke, meine Winterjacke, schwarz und bis zu den Knien.«

»Schuhe?«, fragte Marten nach.

»Converse.«

»Bei dem Wetter?«

»Meine Winterschuhe sind hässlich.«

Malin schnaubte, der Vater sagte nichts. Marten hatte den Eindruck, dass er sich amüsierte.

»Hast du die noch? Kann ich sie haben?«

Sie schien zu überlegen, bis ihr Vater das Wort ergriff: »Ja. Natürlich. Sie stehen im Waschraum.«

»Papa! Das sind meine Lieblingsschuhe. Jon mag die.«

»Jon, der dich mitten in der Nacht durch den Wald zerrt, auf dem Weg zu einer zwielichtigen Höhle, in der nachweislich unangemessene Dinge geschehen?«

Agata gluckste und schien ein Lachen zu unterdrücken. Thorbjörn sah jetzt verärgert aus, ob wegen der »nachweislich unangemessenen Dinge« oder weil sie ihn beinahe ausgelacht hätte, konnte Marten nicht sagen. Aber es war interessant, dass ihn das Sexleben seiner Tochter mehr interessierte als die Tatsache, dass sie über eine Tote gestolpert war. Vielleicht lag es an Jon Sjögren. Marten würde sich den Burschen mal genauer ansehen müssen.

»Gut. Also, du bist über sie gestolpert, hingefallen, und dann hast du sie gesehen. Was hat Jon gemacht?«

»Geschrien«, sagte sie und klang zufrieden.

»Du nicht?«

»Nein. Ich schreie nicht. Bin doch kein kleines Mädchen. Ich bin aufgestanden und hab ihn rausgezerrt. Aus dem Wald, meine ich. Dann sind wir zur Straße, haben die Polizei angerufen und uns ins Auto gesetzt. Der Polizist hat gesagt, dass wir dableiben müssen.«

»Du hast eine sehr gute Beschreibung geliefert. Wir haben sie sofort gefunden, das war sehr hilfreich«, sagte Marten. Er dachte daran, wie er geradewegs am Fundort vorbeigelaufen war, und fragte sich, woher sie so genau gewusst hatte, wo die Tote gelegen hatte. »Warum habt ihr den Weg verlassen?«

»Jon hat Verstecken mit mir gespielt. Wir sind nicht auf dem Weg gegangen, diesem Wanderweg. Sondern durch den Wald. Ich weiß genau, um welche Ecken ich gelaufen bin, nur wegen diesem Spaßvogel.«

»Sie hat einen guten Orientierungssinn«, sagte Malin. Thorbjörn runzelte die Stirn, als würde ihm erst jetzt klar, dass Martens Frage einen anderen Sinn gehabt hatte. Dann sah er Marten an, und der wusste, er hatte – einmal mehr – Thorbjörn Sundström verärgert.

»Geht ihr dort oft hin? Zur Amaliengrotte?«, fragte er schnell, bevor Thorbjörn die Geduld ausging.

Sie schüttelte den Kopf. »Da geht doch keiner hin. Es war Jons Idee.«

»Wo gehst du denn hin? Wenn du was vorhast?«

»Was hat das mit dem Fall zu tun?«, wollte Thorbjörn wissen.

»Ach, wir gehen Sushi essen. Oder ins Pub«, sagte Agata, bevor Marten antworten konnte.

»Welches Pub?«

»Wie viele Pubs gibt's denn in dem Kaff hier?«

»Agata!«, erklang die Stimme der Mutter.

»Das Monte«, maulte sie.

»Was ist mit Bowling?«, fragte er. Im Bowling-Center gab es auch eine Bar.

»Bowling ist sooo öde!« Sie zog die Hände auseinander, um das Ausmaß der Langeweile anzuzeigen. Diesmal war es Marten, der das Grinsen unterdrücken musste. Es schien ihm aber nicht gelungen zu sein, denn sie lächelte ihn auf einmal an. »Wenn sie älter war, war sie vielleicht in einem der Klubs.«

»Einem Nachtklub, meinst du?« Es gab in Vimmerby nur einen Nachtklub, das Kharma. Und der veranstaltete seine Discos nur am Wochenende.

»Ja. Es gibt da einen neuen, hab ich gehört.«

»Schon mal dort gewesen?«, fragte er einer Eingebung folgend.

Sie zögerte. Thorbjörn stand auf. »Die sind erst ab achtzehn. Aber das weißt du, Marten, oder? Ansonsten müsste ich an deinen polizeilichen Fähigkeiten zweifeln.«

Imponierend, wie er gleichzeitig seine Tochter in Schutz nahm, Marten beleidigte und rauskomplimentierte. Wäre er nicht

Geschäftsmann geworden, hätte er auch einen guten Polizeischläger abgegeben.

Marten lächelte Agata ein letztes Mal zu. »Vielen Dank. Du hast mir sehr geholfen. Und es tut mir leid, dass dir das passiert ist.«

»Ich denke, das reicht jetzt«, sagte Thorbjörn.

»Ich … was … Was ist ihr denn passiert?«, stammelte Agata, und zum ersten Mal klang ihre Stimme nicht genervt oder ärgerlich.

»Das wissen wir noch nicht. Wenn dir noch etwas einfällt, benachrichtige mich bitte. Wir sind für jeden Hinweis dankbar.« Er legte seine Karte auf den Tisch und lächelte, dabei hatte Thorbjörn ihn schon am Arm gepackt und halb rausgeschoben, zurück ins Esszimmer und von da in den Flur. Hier war es fast nachtschwarz, er konnte vage das Blau der Tapete erkennen.

»Ich nehme an, dir ist klar, dass meine Tochter nichts mit dem Tod dieser Frau zu tun hat.«

»Wenn das so klar ist, warum darf ich sie dann nichts fragen?«

»Ich habe dich gerade stundenlang mit ihr reden lassen. Weil ich weiß, dass etwas Schreckliches passiert ist. Und weil ich will, dass das aufgeklärt wird. Für Vimmerby. Aber meine Tochter lässt du in Frieden, sie hat die halbe Nacht geweint und konnte heute Morgen nicht mal zur Schule gehen.«

»Weißt du, wer sie ist?« Die Frage war unnötig, er stellte sie nur, um Thorbjörn zu ärgern.

»Ich habe sie noch nicht mal gesehen«, schnappte er.

»Woher wusstest du, dass die Tote nicht identifiziert ist?«

Thorbjörns Ärger wuchs sichtlich, aber Angst zeigte er keine. »Wird wohl jemand was gesagt haben, gestern Abend.«

»Kaum. Ich habe deine Tochter gegen zehn nach Hause geschickt, da wussten wir noch nicht einmal, was überhaupt passiert ist.«

Thorbjörn presste die Lippen zusammen.

Die wahrscheinlichste Quelle war Sigge, das war genau das, wovor ihn Fredrik gewarnt hatte. Es hatte da vor zwei Jahren einen Vorfall gegeben.

Das würde ein Spaß, seiner Ex-Frau gleich als Allererstes erklären zu müssen, dass in Vimmerby immer noch alles genauso lief wie früher, Polizisten, die Informationen durchsickern ließen, inklusive.

Kapitel 6

Lena

LENA stand im Wald und sah nach oben. Die Äste der Kiefern strebten gen Himmel, aber hier, auf der kleinen Anhöhe, war die Sicht frei, und es sah aus, als läge ein Lichtschleier zwischen den Ästen. Die Sonne stand tief, obwohl erst Mittag war, und unten am Boden, unter den breiten Ästen der Kiefern, herrschte Zwielicht. Selbst der Regen hatte für eine Weile aufgehört.

Gefunden hatte sie die Stelle schnell. Es waren vom Wanderweg nur ein paar Schritte zwischen den Kiefern hindurch. Außerdem leuchteten ihr die weiß gewandeten Kriminaltechniker, die überall herumliefen, geradezu entgegen. Der Boden stieg hier leicht an, und hinter ihr lag eine Wildschweinsuhle. Alles war matschig und feucht, offenbar hatte es bisher noch nicht gefroren.

Die Amaliengrotte war nicht weit entfernt, auch wenn sie durch die Bäume nur zu erahnen war. Aber sie wusste, dass der Hang plötzlich auftauchte, wenn man über einen kleinen Bach ging und um die Ecke bog. Zwanzig, dreißig Meter hohe Felsbrocken, vom Gletscher mitgetragen und an der Kante des Korpeberges abgeladen. So bildeten sie Überhänge, in denen man sich wunderbar verstecken und herumklettern konnte. Überall gab es Trollhöhlen, wie man diese kleinen, sumpfigen Löcher unter den Steinen nannte. Als Kind hatte sie immer hineingesehen, um sicherzugehen, dass auch ja kein Rumpelwicht irgendwo hockte. Sie hatte schließlich mit ihrem Vater oft genug eine Ronja-Räubertochter-Aufführung in der Astrid-Lindgren-Welt gesehen.

Lena musste lächeln. Als sie mit Marten hier gewesen war, damals noch zur Schulzeit, hatte er ihr eine Art natürliche Treppe aus verkanteten Steinen hochgeholfen. Über ihnen hing ein riesiger Felsbrocken, der von einem noch riesigeren gestützt wurde. Die Legende erzählte, dass vor zweihundert Jahren ein Major aus Mossebo seine Liebste – Amalia mit Namen – hierher gebracht und sie heimlich geheiratet hatte. Lena hatte Marten dann oben erklärt, wie viel wahrscheinlicher es war, dass der Major die Abgeschiedenheit der Höhle genutzt hatte, um Amalias Eltern vor vollendete Tatsachen zu stellen, anstatt ihr nur heimlich seine Liebe zu schwören. Sie erinnerte sich gut an den Ausdruck auf Martens Gesicht: Verwirrung gefolgt von Enttäuschung. Er wollte romantisch sein und Lena … Nun ja, Lena war eben Lena. Sie hatte ihren Einwand damals wahnsinnig schlau gefunden, aber mit dem Abstand von fast zwanzig Jahren kam er ihr eher saublöd vor.

Ihre Brust zog sich zusammen, und sie atmete dagegen an. Es war dasselbe Gefühl wie vorhin am Ortseingang, als sie sich entschlossen hatte weiterzufahren. Das hatte etwas mit Marten zu tun, auch wenn sie es nicht genau benennen konnte.

Sie riss sich zusammen – schließlich war sie zum Arbeiten hier, und Björn war nicht für seine Nachsicht bekannt – und wandte sich wieder der Umgebung zu. Der Wanderweg war noch zu sehen, er machte einen Bogen und führte um das Waldstück herum. Der Parkplatz lag nur ein paar Minuten entfernt, der See war vage zwischen den Bäumen zu erkennen. Sie konnte die Kriminaltechniker hören, die bei der Grotte nach Spuren suchten und sich Anweisungen zuriefen. Alles in allem nicht gerade ein gutes Versteck, gerade am Wochenende musste man eigentlich damit rechnen, dass hier jemand vorbeikam.

Einer der Techniker, sie meinte sich zu erinnern, dass er Jakob Olsson hieß, kam zu ihr hoch. »Irgendwelche Erkenntnisse?«, fragte sie ihn.

»Schwer zu sagen. Es gibt Schleifspuren, allerdings ist nicht sicher, ob sie von ihr stammen. Fußabdrücke haben wir viele gefunden, die meisten nur Teilabdrücke. Der Boden ist zu uneben. Und hier geht ein Wildpfad entlang, letzte Woche sind mehrere Keiler durchgekommen, ich vermute eine Gruppe von Jungtieren. Die haben viel zerstört, auch was direkt um die Leiche herum war.«

»Blut?«

»Bisher keins.«

»Wir wissen also nichts.«

»Abwarten. Das ist ein riesiges Gebiet, das wird etwas dauern. Vielleicht ist sie hier runtergerollt worden?« Er zeigte auf den Abhang zu ihren Füßen, der an der Stelle endete, wo die Tote gefunden worden war. »Mit Dreck in Berührung gekommen ist sie jedenfalls.«

Lena rief sich die Bilder ins Gedächtnis. Die Kleidung war schlammig gewesen, aber nur auf einer Seite und nicht vorn. »Wenn sie gerollt worden wäre, wäre auch die Vorderseite dreckig. Das war sie aber nicht.«

Jakob runzelte die Stirn, offenbar glaubte er ihr nicht. Lena holte ihr Tablet heraus und zeigte ihm die Bilder. »Tatsächlich«, sagte er überrascht. »Aber da waren eindeutig Spuren von etwas Schwerem. Wir haben abgebrochene Triebe gefunden und einen Abdruck in der Erde, sehr wahrscheinlich von einem Schuh.«

Sie sah in der Fundortbeschreibung nach. »Laut Bericht ist die Zeugin gestolpert und den Abhang runtergerollt.« Sie hielt ihm den Text hin.

Er nickte bedächtig. »Das kommt ungefähr hin.«

»Der Boden ist nicht eben. Wenn sie gezogen worden wäre, würde man das an den Steinen sehen.«

»Es hieß, sie könnte gezogen worden sein, und wir sollen nach Schleifspuren suchen.«

Lena dachte nach. Wahrscheinlich, weil Marten glaubte, dass sie bei den Steinen gestürzt und hergebracht worden war.

»Vermutlich, weil sie dreckig war«, sagte sie. Sie deutete vage um sich. »Alles voller Schlamm.«

Jakob zeigte nach unten in Richtung des Fundplatzes, der voller gelber Fähnchen steckte. »Wo sie lag, ist es trocken. Daneben war ein Abdruck im Matsch, aber das reicht nicht für diese Menge Schlamm.« Er zeigte auf das Bild auf ihrem Tablet.

Die Bezeichnung *trocken* war in einem småländischen Wald im Oktober relativ. Aber er hatte recht.

»Vielleicht wurde sie kurzzeitig woanders abgelegt, wo es schlammiger war, und dann wieder aufgehoben und weitergetragen? Habt ihr die Kuhle dahinten mal angesehen?« Sie zeigte hinter sich.

»Noch nicht. Keiner ist scharf drauf, da runterzugehen.«

»Was? Wieso?«, fragte sie.

»Weil es ein schwarzes Schlammloch ist«, erwiderte er, als erkläre das alles.

»Ihr habt doch Anzüge.«

»Die sich im Schlamm festsaugen werden. Das wird später frieren, und wir brauchen hier noch ’ne Weile. Und dunkel ist es dort unten auch.«

Sie sah in die Kuhle, in der schwarzes Wasser stand. *Dort unten* war etwas übertrieben, die Kuhle war nicht mal einen Meter tief. Sie wirkte nur tiefer, weil sie direkt neben der Anhöhe lag.

»Ich sehe mich etwas um. Sucht nach einem Ort, wo sie abgelegt und wieder aufgenommen worden sein könnte. Vielleicht findet ihr da auch einen ganzen Abdruck.«

»Ich sehe, du gibst schon Anweisungen«, sagte jemand hinter ihr, und Lena fuhr herum.

Marten stand da, und er sah genauso gut aus wie immer. Die widerspenstigen braunen Haare fielen ihm in die Stirn, und seine Gestalt hatte etwas jugendlich Schlaksiges, das ihr schon immer an ihm gefallen hatte.

»Hallo, Marten«, sagte sie, während er zu ihr hochstieg.

Er lächelte. Doch sie wusste, dass er sich nicht freute, sie hier zu sehen. Er lächelte, weil er sie so auf Abstand halten konnte. Er lächelte immer, wenn sie sich stritten.

»Hallo, Lena. Wie war die Fahrt?«

»Gut. Habt ihr schon rausgefunden, wer sie ist?«

Wieder dieses Lächeln. Sie verspürte einen Hauch Ärger.

»Nein«, sagte er. »Ich wollte eigentlich noch mit dem zweiten Zeugen reden, der sie gestern gefunden hat, aber dann habe ich gehört, dass du direkt hier rausgefahren bist.«

»Und da hast du dir gedacht, du kommst vorbei und kontrollierst, dass ich keine Dummheiten anstelle.«

Diesmal lächelte er nicht. »Nein, ich dachte, wir sehen uns die Fundstelle noch mal gemeinsam an. Ich habe sie auch noch nicht im Hellen gesehen.«

Sie schwieg. Was sollte sie darauf schon sagen? *Ja, sorry, war ein bisschen heftig. Das nächste Mal bin ich netter.* Sie dachte daran, wie sie Björn versprochen hatte, dass sie gut mit Marten auskommen würde. Verdammter Mist! Woher kam nur dieser ewige Drang, ihn abzuwehren?

»Also, was denkst du?«, fragte er.

»Ich denke, sie wurde mit Absicht hier abgelegt.«

Das überraschte ihn. »Wieso?«

»Sie wurde gedreht – nach dem Tod –, vermutlich irgendwo hier abgelegt und wieder aufgenommen, und es ist ein leicht zugänglicher Ort, an dem regelmäßig Leute vorbeikommen.«

»Momentan ist hier kaum jemand unterwegs, der Wanderweg wird im Herbst selten benutzt. Es hat viel geregnet in letzter Zeit, nicht gerade attraktiv für einen Waldausflug. Jemand müsste extra hergefahren sein und sie dann durch den Wald getragen haben.«

»Das wissen wir noch nicht. Aber der Ablageort ist kein Zufall.«

»Sind Schleifspuren gefunden worden?«

»Bisher nicht.«

»Also müsste sie getragen worden sein. Vermutlich ist ihm dann schnell die Puste ausgegangen, und er hat sie abgelegt. Hinter einem Hügel, damit sie keiner findet.«

»Die Stelle ist doch vom Wanderweg leicht einsehbar. Bestimmt kann man dort oben«, sie zeigte in Richtung der Grotte, »auch hier runtersehen.«

»Lena, sie liegt im Wald, hinter einer Anhöhe versteckt. Wenn das Pärchen, das sie gefunden hat, nicht Verstecken miteinander gespielt hätte, würde sie vermutlich noch eine Weile unentdeckt hier liegen.«

»Geh zur Grotte, bis zu der Stelle, wo ich früher immer nach Rumpelwichten geguckt habe. Dann sieh hier herüber.«

»Warum sollte er wollen, dass man sein Opfer sieht?«

»Warum legt er sie direkt neben einem beliebten Wanderweg ab?«

Marten seufzte. Offenbar hatte er keine Lust, sich beweisen zu lassen, dass sie recht hatte. »Das sind alles Spekulationen. Wir wissen ja noch nicht einmal, ob sie wirklich ermordet wurde. Und wo. Was sonst noch?«

»Die Kleidung. Sie war feiern oder essen.«

»Ja, das ist mir auch aufgefallen. Ich habe ein wenig herumgefragt, wo sie gewesen sein könnte, aber das ist natürlich nur in Vimmerby. Sie kann von überall sein, vor allem, wenn du recht hast und der Mörder sie extra hergefahren hat.«

»Dann wird es schwer herauszufinden, wer sie ist. Verdammt schwer, um genau zu sein.«

»Sigge ist schon dran, er prüft die Vermisstendatenbank beider Provinzen. Sie ist jung, bestimmt hat sie jemand vermisst gemeldet.«

»Wer ist Sigge?«

»Er ist neu. Du wirst ihn mögen«, sagte er mit einem Lächeln.

»Was ist mit dem Pärchen, das sie gefunden hat?«

»Mit Agata habe ich heute Vormittag geredet, zu Jon können wir gern jetzt fahren.«

»Agata Sundström? Die Tochter von Thorbjörn?« Er hatte mit Thorbjörn geredet?

»Ja.«

»Wie war es?«

»Grauenhaft. Ich habe es geschafft, Thorbjörn zu verärgern.«

Das schaffst du aber auch immer, dachte Lena. Sie musste grinsen. Thorbjörn war fast zwanzig Jahre älter als Marten, aber sie waren schon aneinandergeraten, als Marten noch in die Schule gegangen war. Er hatte damals die großartige Idee gehabt, die Leseförderung der Stadt zu einem Literaturfestival auszubauen, für Kinder- und Jugendliteratur natürlich, denn dafür war die Stadt bekannt, aber auch für junge Schriftsteller selbst. Mit sechzehn. Thorbjörn war erst begeistert gewesen, dann hatte er Marten rausgedrängt, die Schreibworkshops für Nachwuchsschriftsteller gestrichen und Lesebühnen für Erwachsene und wichtige Literatur, wie er es nannte, eingeführt, für die er höhere Fördergelder einwerben konnte. Kinder kamen in dem Festival inzwischen nur noch am Rande vor. Astrid Lindgren wäre vermutlich alles andere als begeistert gewesen, Marten war es definitiv nicht.

Sicher nutzte Marten nun seine Stellung als Polizeichef, um ihm die erlittene Schmach heimzuzahlen.

Männer und ihre Spielzeuge.

»Thorbjörn war sicher nicht begeistert, dass seine Tochter mitten in der Nacht im Wald herumstreift«, sagte Lena.

»Ich glaube, er befürchtet, dass sie noch ganz woanders rumstreift.«

»Wenn wir doch nur schon wüssten, wer die Tote war.«

»Ich habe jemanden auf die Kassenzettel angesetzt. Vielleicht haben wir Glück, und sie hat mit Karte bezahlt. Wenn wir sie bis dahin nicht sogar schon auf anderem Wege gefunden haben.«

Schweigen.

»Ja. Gut. Hör mal … Es war nicht meine Idee. Dass ich hierherkomme.«

»Sondern?«

»Personalmangel. Und Björn hatte so ein Gefühl. Dass der Fall schwierig wird.«

Er zog die Augenbrauen hoch. In seinen Augen lag ein bekannter Ausdruck: Unglauben und Frust. Sie kannte ihn von ihren Streitereien.

Aber da musst du durch, mein lieber Marten, dachte Lena. *Da musst du durch.*

Kapitel 7

Marten

LENA fuhr vor ihm, und sie war genauso ungeduldig wie früher. Er musste aufpassen, dass er sie im Straßengewirr der Innenstadt nicht verlor. Mittag war vorbei, und sie waren auf dem Weg zu Jon Sjögren, er wohnte am östlichen Stadtrand in einer Reihenhaussiedlung am Gästgivarehagen.

Die Häuser waren das genaue Gegenteil der Sundströmvilla: einstöckige Backsteinbauten aus den Siebzigern, die geduckt auf dem ansteigenden Untergrund lagen, aber mit großen Fenstern, die viel Licht hereinließen. Während man sich früher vor der Kälte hatte schützen müssen, ging es seit der Erfindung moderner Heizungen vor allem um Licht.

Lena parkte schon, als Marten in die Anliegerstraße einbog. Die Fahrertür öffnete sich, als er hinter ihr anhielt, sie stieg schwungvoll aus, ihr blonder Zopf flog dabei durch die Luft. Sie holte ihr Tablet aus dem Wagen und sah dann zu ihm zurück.

Sie hatte sich nicht sehr verändert, seit sie siebzehn gewesen war, mit ihren langen blonden Haaren und blauen Augen. Ein atemberaubender Anblick, und das Alter hatte ihr noch eine gewisse Ernsthaftigkeit dazugegeben.

Björn hatte sie also geschickt. Weil der Fall schwierig war. Was hielt Lena von einer Zusammenarbeit mit ihm? Er war der Chef in Vimmerby, aber die Ermittlungen leitete sie. Wenn sie sich etwas in den Kopf gesetzt hatte, würde er das machen müssen, gleichzeitig war sie auf ihn angewiesen.

Eine delikate Situation. Und das, wo er und Lena so gut mit delikaten Situationen umgehen konnten. Wenn er darüber nachdachte, war Björn vielleicht doch nicht so schlau, wie er gedacht hatte.

Marten stieg aus und lächelte. So war es einfacher, er fühlte sich sicherer, wenn er lächelte, besonders in Situationen, die ihm unangenehm waren. Die Leute nahmen dann an, dass man ihnen nichts Böses wollte.

Lena kniff die Augen zusammen. »Kommst du?«

Abgesehen von Lena, dachte er. Früher hatte sie sein Lächeln gemocht, wusste der Teufel, warum das nicht mehr so war. Ja, sie hatten sich darüber gestritten, ob Vimmerby zum Leben ausreichte oder nicht, und ja, sie hatten einander nicht richtig zugehört. Aber war das ein Grund, ihn so anzusehen?

»Moment«, sagte er und holte seine Unterlagen aus dem Auto. Was konnte er sagen, um die Stimmung etwas aufzulockern? »Wie geht es Tove?«

Ihre Augen waren immer noch zusammengekniffen, aber sie antwortete mit normaler Stimme, während sie auf das Haus der Sjögrens zugingen. »Ich habe Pernilla gebeten, sie von der Schule abzuholen. Wenn wir heute fertig sind, fahre ich dann zurück und schaue nach ihr.«

»Weiß sie schon, dass du einen Fall hier hast?«

»Nein. Sie wird vermutlich begeistert sein und mit ermitteln wollen.«

»Du lässt sie mitmachen?«

Überrascht sah sie ihn an. »Was? Nein, natürlich nicht. Ich sagte, sie wird es wollen. Sie mag Vimmerby.«

Sie sah wieder weg, aber er hatte den Ausdruck auf ihrem Gesicht gesehen: Ärger. Und noch etwas anderes. Was war das? Eindeutig kein Zorn, eher Wehmut oder Trübsal. Nein, das passte auch nicht. Wahrscheinlich hatte sie nur nett sein wollen.

»Ja, okay«, sagte er und versuchte, versöhnlich zu klingen. »Wir sollten mit ihr darüber reden, denke ich.«

Sie nickte. Ihre Schultern sackten herunter. Entweder war es doch Trübsal oder sie war erleichtert. Zwei Stunden gemeinsames Ermitteln, und sie hatten sich schon dreimal verletzt. Das würde eine mühsame Angelegenheit werden, diese Ermittlung.

Es hatte mal eine Zeit gegeben, da hatte er genau gewusst, was Lena dachte und fühlte. Das hatte sie als Jugendliche ja überhaupt zueinander hingezogen, und Marten war stolz darauf gewesen, dass er sie so gut kannte, im Gegensatz zu allen anderen. Doch irgendwann hatte sich das geändert, und er hatte es erst gemerkt, als sie ihm verkündet hatte, sie werde nach Västervik ziehen.

Als sie ihn verlassen hatte.

Sie erreichten die Tür, und Lena klingelte. Es dauerte nicht lange, bis eine Frau in den Vierzigern die Tür öffnete.

»Ja? Ach, die Polizei! Ja, kommen Sie doch rein.«

Sie trat zurück, und Lena und Marten gingen an ihr vorbei in den vollgestellten Vorraum. Die Frau sah verhärmt aus, wie jemand, der zu viel arbeitete oder sich zu viele Sorgen machte. »Ich bin Jons Mutter Astrid. Setzen Sie sich in die Küche, ich hole ihn.«

Kurze Zeit später saß ihnen Jon Sjögren an dem alten Küchentisch gegenüber und sah sie unsicher an. Er hatte ein kantiges, schon recht männliches Gesicht – nie hätte Marten den Jungen auf erst siebzehn geschätzt –, war aber schmal, blass und nicht sehr groß.

Lena sah ihn fragend an, und Marten nickte ihr zu. Das war ihre Untersuchung, er würde sich nicht in den Vordergrund drängen. Das gab nur Ärger.

Sie räusperte sich. »Mein Name ist Lena Wallin, ich bin von der Mordkommission Västervik. Das hier ist Marten Henriksson, der Polizeichef von Vimmerby. Zuerst einmal möchte ich sagen, dass es uns leidtut, dass du gestern in diese Situation geraten bist. Das muss sehr schwer sein.«

Jon starrte Lena an, die sich leicht zurücklehnte. Darauf blinzelte Jon, sah zu Marten und sagte schließlich stockend: »Ich versteh nicht, was sie da gemacht hat.«

»Wer?«, fragte Lena.

»D-d-die Tote. Was hat sie da gemacht? Sie … Ich meine … Das ist doch kein Ort …« Er brach ab, sah zu seiner Mutter, die sich vom Küchentresen löste und ihm einen Tee hinstellte. »Kaffee?«, fragte sie in Martens und Lenas Richtung. »Und eine Zimtschnecke?«

Beide nickten. Astrid füllte zwei Tassen und stellte sie ihnen hin, zusammen mit einem Teller, auf dem zwei zerdrückte Zimtschnecken lagen. Lena nahm eine Tasse und legte ihre Hände darum, Marten nippte vorsichtig und lächelte dann der Frau freundlich zu. Die setzte sich neben ihren Sohn und nahm seine Hand.

»Seid ihr oft dort?«, fragte Lena.

Jon reagierte nicht. Er sah Lena wieder an, dann nahm er seinen Tee und trank ihn in einem Zug aus.

»Bei den Jüngeren ist die Grotte nicht so bekannt, oder?«, fragte Astrid. »Ich war damals oft dort mit Jons Vater, bevor … bevor …« Sie brach ab.

Jon stöhnte. »Mamma, muss das sein? Das hat doch nichts mit Papa zu tun. Ich bin da nur hin, weil … na ja, wegen Agi halt.«

»Was ist denn mit deinem Vater?«, fragte Marten.

Jon starrte ihn an, die Mutter sah auf die Tischplatte. »Nichts«, sagte der Junge.

»Und die anderen Schüler? Gehen die auch dahin?«, fragte Lena in das Schweigen hinein. Marten hatte keine Ahnung, was mit Papa Sjögren passiert war.

»Keine Ahnung. Aber Agi war schon sauer wegen dem Schlamm. Kann mir nicht vorstellen, dass die Mädchen da gern hingehen. Vielleicht, wenn es trockener ist.«

»Wie bist du hingekommen?«, fragte Lena.

»A-Traktor«, sagte Jon abwesend. Das waren auf langsam getrimmte Autos, die von Jugendlichen schon ab fünfzehn benutzt werden durften. Seit ein paar Jahren konnte man jedes beliebige Fahrzeug umrüsten, nicht nur landwirtschaftliche. Wenig überraschend hatten die A-Traktor-Autos mit ihren roten Dreiecken seitdem rapide zugenommen.

Mit Maximalgeschwindigkeit dreißig hatte Jon sicher eine Stunde bis zur Amaliengrotte gebraucht. »Wir brauchen Reifenabdrücke«, sagte Marten zu Astrid, und sie sah auf. »Es war nicht unserer«, murmelte sie.

Lena sah Jon fragend an, nach einer Weile raffte er sich auf. »Gehört Agis Vater.«

Was war mit den beiden los? Es konnte Menschen zusetzen, einen Toten zu finden, die meisten warf es für eine Weile aus der Bahn. Aber Jon und seine Mutter wirkten apathisch, nicht erschüttert.

»Also deshalb bist du zur Grotte gefahren? Weil du Agata magst?«, fragte Lena.

Jon sah sie aus großen Augen an und nickte schließlich. Es sah aus, als sei er sich auch nicht ganz sicher.

»Wann bist du zum letzten Mal dort gewesen? Vor gestern Abend?«, wollte Lena wissen.

Jon sah sie zweifelnd an. »Ich weiß nicht. Im Frühjahr vielleicht?«

»Wir waren irgendwann mal in der Gegend wandern«, ergänzte Astrid. »Ich glaube, im Mai.«

»Aber allein warst du nicht da? Oder mit einem anderen Mädchen?«, wollte Lena wissen.

»Nee. Was soll ich da allein?«

»Wo geht ihr sonst hin?«, fragte Marten.

Wieder überlegte er.

»Sie gehen manchmal zusammen essen«, ergriff Astrid schließlich das Wort. »Und warst du früher nicht oft in der Fabrik?« Das war das Jugendhaus der Gemeinde.

Er verzog das Gesicht. »Ich hab da Theater gespielt. Aber Agi mag es da nicht. Sie will lieber tanzen gehen.«

Astrid schüttelte den Kopf. Der Sohn reagierte nicht mal.

»Was ist?«, wollte Lena wissen.

»Dieses Kind … Es wäre besser, du würdest mit ihr zu den Versammlungen in der Sveahalle gehen.«

Die Halle gehörte einer Abstinenzbewegung und lag in der Innenstadt. Was sollte Agata Sundström bei denen?

»Habe ich versucht, Mamma. Sie will nicht«, entgegnete Jon.

Das wurde immer seltsamer. Ging Jon zu diesen Treffen, bei denen eine Mischung aus Hinwendung zu Jesus und Verzicht auf Alkohol gepredigt wurde? Die Bewegung stammte aus dem 19. Jahrhundert, als übermäßiger Alkoholgenuss an der Tagesordnung und ein ernstes Problem für die Wirtschaft gewesen war. Sie war ein wichtiger Teil der Vimmerbyer Gesellschaft, der Bewegung gehörte auch ein kleiner Teil des Astrid-Lindgren-Vergnügungsparks. Aber normalerweise war das kein Ort für Teenager.

»Kommen wir noch mal zum Försjön zurück«, sagte Lena. »Woran kannst du dich von gestern noch erinnern?«

Jon öffnete den Mund und schloss ihn wieder. Seine Mutter drückte ihm die Hand und nickte ermunternd. »Erzähl ihnen, was du mir erzählt hast. Dann können wir es hinter uns lassen.«

Wir, dachte Marten. *Wir* können es hinter *uns* lassen. Wusste sie etwas? Oder ging es nur darum, dass die Idee mit der Grotte von ihr gekommen war? Vielleicht hatte Jon Agata vom Wanderweg gezogen, weil er etwas im Wald zu finden geglaubt hatte, nur nicht das, was dann tatsächlich da gewesen war? Das würde sein Verhalten erklären.

»Wir sind im Wald rumgelaufen. Ich hab Agi ein bisschen geärgert und dann … dann ist sie irgendwo runtergefallen. Ich bin … bin hinterhergelaufen und dann mit dem Fuß hängen geblieben. Wär beinahe hingefallen. Dann hab ich sie gesehen.«

»Wen?«, fragte Lena.

»D-d-die Tote.«

»Woher wusstest du, dass sie tot ist?«

»I-i-ich hab's gesehen. Die Haut und so. U-u-und die Augen standen ganz weit offen. So starr und so.« Er schauderte.

»Was hast du danach gemacht?«

»Agi hat mich aus dem Wald gezogen. Gesagt, wir müssten die Polizei rufen. W-w-weil es einen Unfall gegeben hat.«

»Einen Unfall?«, fragte Marten.

»N-n-na, die Tote«, stammelte Jon.

Lena wollte etwas sagen, aber Astrid unterbrach sie. »War es denn kein Unfall?«

»Darüber können wir leider keine Auskunft geben«, sagte Lena ruhig. Diesen Tonfall hatte sie früher immer benutzt, wenn sie ihn hatte trösten wollen. *Es tut mir leid, aber da kann man nichts machen. Ich hab dich trotzdem lieb.*

»Hast du in letzter Zeit von einem Unfall gehört? An der Amaliengrotte?«, fragte Marten.

Jon reagierte nicht. Es war nicht zu sagen, ob er nicht antworten wollte oder nicht konnte.

»War es das?«, fragte Astrid und sah dabei Lena an.

»Wir brauchen noch die Schuhe«, sagte Lena zu Jon. »Die du gestern Abend anhattest. Und die Kleidung.«

»Natürlich.« Astrid sprang auf.

»Warum ist sie da hingegangen?«, fragte Jon völlig verständnislos, als wundere er sich, wer freiwillig zur Amaliengrotte ginge, um dort einen Unfall zu erleiden.

Kapitel 8

Lena

»IST die Grotte nun beliebt oder nicht?«, fragte Lena, als sie vor der Polizeistation eintrafen. Sie hatten die Autos auf den Parkplatz gestellt und waren den kurzen Weg zu Fuß gelaufen. Gegenüber war ein Park, daneben die Grundschule, auf die Marten gegangen war: die Astrid-Lindgren-Schule, noch eingeweiht von der Autorin selbst, nachdem die Stadt in den Sechzigerjahren schnell gewachsen war.

Kinderstimmen schallten herüber, hoffentlich lärmte Tove gerade auch fröhlich über den Schulhof.

»Ich denke vor allem bei den älteren Semestern. In der Hinsicht stimmen ihre Aussagen überein«, sagte Marten. Er strich sich die Haare aus der Stirn und lächelte. Schon wieder.

Lena riss sich zusammen. »Ich weiß nicht. Er hat gesagt, er war ›wegen Agi‹ da. Das kann auch heißen, dass es ihre Idee war.«

»Sie hat das Gegenteil gesagt. Und auf mich wirkte es, als habe die Wahl des Platzes etwas mit Jons Eltern zu tun.«

»Zumindest hat die Mutter das gedacht. Muss ja nicht stimmen.«

»Fandest du die beiden nicht auch etwas seltsam?«

Sie hatten den Eingang erreicht, vor ihnen lag die Polizeistation Vimmerby, ein zweistöckiges Haus mit einem breiten grauen Granitstein über dem Türsturz.

Der Anblick löste etwas in ihr aus, sie hatte zwar nicht hier gearbeitet, doch sie war oft da gewesen. Aber das letzte Mal …

Das war der Tag gewesen, an dem sie beschlossen hatte, ihn zu verlassen.

Sie sah zu Marten, er ging vor ihr den breiten Weg mit den zwei Steinstufen hinauf. Was hatte er gerade gefragt? »Seltsam? Das ist schwer zu sagen. Jon hat eine Tote gefunden, im Halbdunkel, und sie sah ziemlich schlimm aus. Es gibt immer wieder welche, die das nicht vertragen.«

»Hmm«, machte Marten. »Dann schicken wir am besten jemanden hin, der nachsieht.«

»Ja, gute Idee.« Sie hatten die Tür erreicht, und Lena blieb stehen. Sie konnte sich nicht überwinden, sie anzufassen. Eigentlich hatte sie mit ihm darüber reden wollen, dass sie weg wollte aus Vimmerby. Er hatte sich geweigert zuzuhören, also war sie hergekommen.

Keine gute Idee.

»Als Agata sagte, Jon habe geschrien, wie hat sie da gewirkt?«, fragte sie stattdessen.

»Zufrieden«, sagte Marten. »Sie war sehr beherrscht, auch gestern Abend. Und stolz darauf.«

»Ganz der Vater. Vielleicht haben sie sich abgesprochen? Und sie zieht es jetzt durch, während er nicht damit zurechtkommt?«

»Weswegen abgesprochen?«

»Weiß ich noch nicht. Aber du hattest auch so ein Gefühl, sonst hättest du nicht gefragt, ob er was von einem Unfall gehört hat.«

»Es erschien mir während des Gesprächs logisch. Aber je mehr wir jetzt darüber reden, desto weniger passt es. Ich kann mir einfach nicht vorstellen, dass Jon Sjögren etwas mit dem Mord zu tun hat.«

»Vielleicht nicht mit dem Mord. Aber er weiß etwas drüber und verschweigt es uns.«

»Weil sie irgendwo waren, wo sie nicht hätten sein dürfen?«

»Es kann auch nur sein, dass er was getrunken hatte und nicht will, dass seine Mutter es erfährt. Sie sind ja offenbar aktive

Mitglieder im Abstinenzverein. Bei einer Morduntersuchung sagt niemand die Wahrheit, und bei 99 % hat das nichts mit dem Mord zu tun. Die Leute haben alle möglichen Geheimnisse, und sie wollen nicht, dass die Polizei die mitkriegt.«

»Dann sollten wir noch mal mit den beiden reden, sobald wir einen Todeszeitpunkt haben, und nach einem Alibi fragen.«

Sie nickte. Er sah sie fragend an, und als sie sich immer noch nicht bewegte, trat er an ihr vorbei und schob die schwere Eingangstür auf. Es quietschte, und Lena war wieder da, an dem Tag, als sie Marten gesagt hatte, dass sie Mordermittlerin werden würde. In Västervik.

Sie trat hinter ihm in die große Eingangshalle, hörte ihn schreien, sah ihn, wie er sie anschrie, wegen etwas, was ihr so am Herzen lag.

Die Erinnerung überschwemmte sie für einen Moment. Sie hatten sich angebrüllt, vor der gesamten Station. Wieder verspürte sie diese Enge …

Marten trat neben sie. »Alles in Ordnung?«

Lena atmete tief durch. »Nur ein paar Erinnerungen«, erwiderte sie und lächelte schief, schaffte es aber nicht, ihn anzusehen. Ob er dasselbe gedacht hatte wie sie?

Die Halle war kühl, es gingen eine Treppe und zwei Gänge ab. Der Boden hatte diesen graublauen Ton wie in einem Krankenhaus. Unabhängig von ihrer persönlichen Enttäuschung schämte sich Lena bis heute, wie sie ihre vierzehnjährige Beziehung vor den Augen der ganzen Stadt ruiniert hatten. Das Problem war, dass sie bis heute nicht wusste, was sie hätte anders machen sollen.

Marten räusperte sich. »Sollen wir uns mit dem Team treffen?« Er deutete in den Gang zur Linken. Rechts ging es in den Bürgerbereich, die Büros der meisten Polizisten lagen im ersten Stock. Die große Treppe führte hinauf, dahinter lag ein Erker, durch den man auf den Hinterhof sah.

»Ja, natürlich«, erwiderte sie steif. »Liegt da dein Büro?«

Er nickte. Sie folgte ihm bereitwillig in sein Büro, es war die erste Tür rechts, ein großzügig eingerichteter Raum mit einer Couch, einer Besprechungsecke und sehr vielen, sehr vollen Aktenregalen. Durchs Fenster war eine Birke zu sehen, davor stand eine Reihe Kakteen, die Tove ihm geschenkt hatte. Lena hatte sie mit ihr zusammen ausgesucht, im Interflora in der Innenstadt von Västervik.

»Hier lang«, sagte er und deutete auf den Durchgang zum Konferenzraum.

Sie erinnerte sich vage an den Raum, sie war zwei- oder dreimal hier gewesen, wenn es Besprechungen gegeben hatte, die die gesamte Kommune betrafen. Aber da hatte das Zimmer völlig anders gewirkt.

Alle Regale waren entfernt worden – was den Raum deutlich heller machte – und statt des u-förmigen Tisches standen die Tische quadratisch – und am hinteren Ende saß eine junge Frau und tippte etwas in ihren Laptop.

Bei Lenas Eintreten sprang sie auf, und Lena erkannte Teresa.

Einen Augenblick wusste Lena nicht, was sie sagen sollte. Sie und Teresa hatten nur ein Jahr zusammengearbeitet, als Teresa frisch von der Polizeischule nach Hultsfred gekommen war. Aber in der Zeit waren sie so was wie Freundinnen geworden. Teresa war ihr im letzten Jahr in Vimmerby eine große Hilfe gewesen, man konnte sagen, dass sie ohne Teresa vermutlich nie den Entschluss gefasst hätte, Mordermittlerin zu werden.

»Das ist ja schön, dich zu sehen!«, rief Lena.

Teresa grinste breit, und sie umarmten sich. »Ich freu mich auch. Ach, ich weiß, ich sollte mich nicht freuen, schließlich ist jemand gestorben. Aber ich freu mich. So sehr!« Und sie umarmte Lena so fest, dass ihr fast die Luft wegblieb.

»Gnade, Gnade, Teresa! Ich brauche meinen Atem noch!«

Sie lösten sich voneinander und betrachteten sich einen Augenblick. Teresa war groß, schlank und hatte lange dunkle Haare, eine südländische Schönheit, wie man sie in Schweden selten sah, auch wenn sie gar nicht aus dem Süden kam. Sie hatte sich kaum verändert, nur die Pausbacken waren verschwunden.

»Kein Jahr gealtert«, sagte Teresa grinsend.

Lena gab ihr einen Klaps auf die Schulter, lachte aber.

»Soll ich dann das restliche Team rufen?«, kam es mit einem seltsamen Unterton von Marten.

Sie drehte sich um, aber er wirkte völlig normal. »Klar, ruf sie zusammen. Dann können wir gleich Kaffee trinken.«

Er verschwand, und Lena wandte sich wieder an Teresa. »Das ist wirklich toll, dass wir zusammenarbeiten.«

»Ich habe Marten darum gebeten. Er wusste nicht, dass wir uns so gut verstanden haben. Ich bin mir nicht sicher, ob er mich dann ins Team genommen hätte.«

Aha. Das erklärte Martens Tonfall. Hoffentlich ließ er es nicht an der liebenswürdigen Teresa aus. »Bist du jetzt dauerhaft in Vimmerby?«

»Seit ein paar Monaten. Marten hat mich hergeholt.«

Sie hätte gern nach dem Grund gefragt, aber das ging natürlich nicht. Warum hätte er sie auch nicht herholen sollen? Teresa war kompetent und passte in jedes Team. Und wie um ihr zu beweisen, dass sie menschenmäßig einfach unschlagbar war, sagte Teresa: »Marten hat es nicht leicht. Er ist jung und nicht bestätigt, und Fredrik war … na ja, anders eben. Und ich wollte weg, er wusste das und dass ich ihm ewig dankbar sein würde, wenn ich keine Teenies mehr vom Flugfeld holen oder Waldbrände löschen muss.«

Lena musste lachen, das fasste den Aufgabenbereich in dem Fünftausend-Seelen-Ort gut zusammen. »Und wie ist er so als Chef?«

»Ziemlich gut. Er hört gut zu. Manchmal wird er laut … aber selten. Und er kennt wirklich Hinz und Kunz.« Sie sah sich um, als müsse sie sich versichern, dass sie auch wirklich allein waren. »Und Petter macht noch immer alles, was er ihm sagt.«

»Ein Herz und eine Seele also.« Petter und Marten waren schon zu ihrer Zeit unzertrennlich gewesen.

»Er braucht Verbündete«, sagte Teresa. »Die Älteren trauern alle Fredrik hinterher, in der Stadt erwarten alle nach wie vor, dass die Polizei ihnen hilft und nicht umgedreht.«

Ja, Lena erinnerte sich an die gute alte Zeit: Polizei und die Stadt müssten ja zusammenarbeiten und so weiter. »Ganz wie zu Fredriks Zeiten also.«

Teresa sah unangenehm berührt aus. »Wie läuft es denn bisher so?«, wollte sie wissen.

»Tja, wir sind uns bereits uneinig, ob die Tote mit Absicht dort abgelegt wurde oder nicht. Und ob Agata Sundström lügt und ob Jon verdächtig ist.«

Teresa grinste. »Ich meinte eigentlich neueste Erkenntnisse. Aber ja, die Zusammenarbeit wird sicher spannend.«

»Spannend? Ich weiß nicht.«

»Hör auf deine Gefühle, dann wird das schon.«

»Meine Gefühle haben mich überhaupt erst in den Schlamassel gebracht.«

»Nein, das waren nicht deine Gefühle. Das war eher dein Kopf«, sagte Teresa.

Lena wollte etwas erwidern, doch da ging die Tür auf, und Ulla, die etwas ältere Pressesprecherin des Reviers, und ein rothaariger Mann, den Lena nicht kannte, kamen rein. Ihnen folgten Marten und Petter, ins Gespräch vertieft.

»Ich bin der Spur nachgegangen, aber das sind nicht die Hintermänner«, sagte Petter, während er einen vorsichtigen Blick in den Raum warf.

»Okay, dann bleib dran. Ich finde, du machst das sehr gut«, sagte Marten und folgte Petter in den Raum.

Ulla hatte Lena währenddessen schon begrüßt und umarmte sie jetzt. Petter stand etwas unbeholfen dahinter und wippte mit den Zehen. »Hallo, Lena.« Er war ein friedlicher Kerl, der Streitereien und Differenzen hasste. Warum er Polizist geworden war, war ihr immer schon ein Rätsel gewesen, aber offenbar zählte Loyalität aktuell mehr als Befähigung.

Lena streckte die Hand aus, doch da drängelte sich der Rothaarige dazwischen, der sich mittlerweile einen Kaffee geholt hatte, und schüttelte Lena kräftig die Hand. Er war zwei Köpfe größer als sie und deutlich älter als Petter. Sie schätzte ihn auf Ende vierzig, Anfang fünfzig. »Ich bin Sigge Marqvist.«

»Lena Wallin.« Sie warf Marten einen fragenden Blick zu.

»Sigge ist unser Koordinator für die Außenstellen und die umliegenden Kommunen. Er war auch als Erster am Fundort, er wohnt in der Nähe«, sagte Marten.

»Pelarne«, dröhnte Sigge. »Schon mal dort gewesen?«

»Ja«, erwiderte Lena. »Die Sommerkonzerte in der Kirche sind wirklich schön.«

»Ach? Na, da geht doch keiner hin.«

»Ich schon«, sagte Lena mit einem Lächeln. Sie war zwar nun auch schon ein paar Jahre nicht mehr dort gewesen, aber nur, weil es von Västervik aus so weit war. Abends um zehn bei milden Temperaturen und blauem Himmel einem Geigenkonzert zu lauschen, noch dazu in der idyllischen Umgebung einer achthundert Jahre alten Holzkirche, das kam ihrer Vorstellung vom Paradies schon ziemlich nahe.

Sigge brummte etwas von verschwendeter Zeit, setzte sich dann aber neben Teresa und damit ans Kopfende des Tisches. Zwar wirkte das alles recht leger, auch weil Marten sich in dem Moment nah an der Tür niederließ, aber Lena war sich ziemlich sicher, dass sich Sigge mit Absicht dort niedergelassen hatte, gegenüber der

Tür, auf der Chefposition. Gerade erteilte er Ulla Anweisungen, wie viele Donuts er haben wollte.

Die reichte Marten eine frische Zimtschnecke, deren Duft Lena in der Nase kitzelte, dann brachte sie Sigge das Gewünschte.

Was hatte Marten gesagt? Dass Sigge nett war? Entweder war es mit seiner berühmten Menschenkenntnis nicht mehr weit her, oder er hatte sich einen privaten Witz erlaubt, weil er genau wusste, dass sie unhöfliche Leute nicht leiden konnte.

Oder aber es gab einen Konflikt zwischen den beiden, und er hatte sie darauf vorbereiten wollen. Was Lena nämlich noch weniger leiden konnte, war, wenn Polizisten nicht dichthielten.

Kapitel 9

Marten

MARTEN biss in seine Zimtschnecke und genoss für einen Augenblick den Geschmack von Zimt und Zucker. Ulla musste noch mal losgegangen sein und eine frische Ladung geholt haben, denn seine Schnecke war innen noch warm. Das Gebäck zerfiel fast in seinem Mund. Köstlich!

Er konzentrierte sich wieder auf Lena, die gerade den Fall zusammenfasste. Sie war ein wenig seltsam gewesen bei der Ankunft hier, aber jetzt schien sie wieder ganz die alte, selbstsichere Lena zu sein. Würde er sie auch so genau beobachten, wenn sie irgendeine Ermittlerin gewesen wäre?

Vermutlich nicht. Da musste er ehrlich sein. Apropos Ehrlichkeit. Teresa hatte ihn praktisch angefleht, sie ins Team zu holen, nun war auch klar warum. Er würde sie dort lassen, sie war clever und hatte eine fröhliche Art, die alle aufmunterte, also genau das, was man für eine Morduntersuchung brauchte. Aber im Gegensatz zu Petter konnte er ihr nicht mehr so richtig trauen.

In diesem Moment beendete Lena ihre Zusammenfassung. »Gut. Haben wir irgendwelche neuen Erkenntnisse?« Sie sah die drei Polizisten an, die im Revier geblieben waren.

Teresa öffnete den Mund, doch Sigge war schneller. »Ich bin die Bilder aller weiblichen Vermissten durchgegangen, das waren insgesamt zehn in der letzten Woche. Keine Frau zwischen achtzehn und fünfundzwanzig mit blonden Haaren, die nach einem Restaurantbesuch oder etwas Ähnlichem verschwunden ist.

Dann habe ich mich nach hinten gearbeitet und bin aktuell bei Januar.«

»Also ist sie von woanders hergekommen«, sagte Lena.

»Vermutlich«, stimmte Sigge zu. »Ich habe die Suche ausgeweitet, kreisförmig ausgehend von Vimmerby. Das sind elf Kommunen, aktuell bin ich bei August. Bisher nichts.«

Lena wollte etwas erwidern, bemerkte aber, dass Teresa erneut ansetzte. »Ja, Teresa?«

Teresa räusperte sich. »Ich habe den Kassenzettel überprüft, den aus der Apotheke, und wir hatten Glück.« Sie machte eine dramatische Pause, während Petter sich vorlehnte und Sigge schließlich ungeduldig wurde. »Ja und?«

»Also, die Kronenapotheke in Linköping hat die Transaktionsnummer gefunden. Sie gehört zu einem Einkauf am Samstagmittag von einer gewissen Jenny Boström, Studentin der Umweltwissenschaften, einundzwanzig Jahre, geboren am 20. Juni 2003, Eltern Petra und Åke Boström, keine Geschwister«, ratterte sie herunter. »Sie hat den Einkauf mit Karte bezahlt, Schmerztabletten der Marke Alvedon.«

Das gesamte Team schwieg. *Das war ja schnell gegangen*, dachte Marten und sah zu Lena. Die hatte sich zurückgelehnt und lächelte. Schließlich atmete sie tief durch. »Nun, das kam jetzt überraschend. Aber gut, dann wissen wir hoffentlich, wer die Tote ist.«

»Das Bild im Bevölkerungsregister ist schon etwas älter, aber ich habe sie gegoogelt und das hier gefunden.« Teresa drehte schwungvoll ihren Laptop herum. Darauf war ein Facebook-Account zu sehen mit dem Bild einer jungen Frau, die lachend in die Kamera sah. Wenn man sich die Hälfte vom Gesicht wegdachte, das Kinn und die Augen …

»Das Bild ist vom letzten Frühjahr, seitdem gab es kaum noch Einträge. Aber ich würde sagen …«

»Das ist sie«, unterbrach Sigge sie.

»Ziemlich nah dran, ja«, stimmte auch Lena zu. »Wo wohnte sie?«

»Bei den Eltern. In der Höganäsgatan.«

Das lag in Svinhagen, einem beliebten Wohngebiet direkt am Wald, das in den 70ern bebaut worden war.

»Was hat sie in Linköping gemacht?«, sprach Petter aus, was alle dachten. Die Stadt war hundert Kilometer von Vimmerby entfernt.

»Studiert.« Teresa scrollte auf ihrem Laptop herum. »Sie ist als Studentin gemeldet.«

»Dann müssen wir die Universität kontaktieren«, sagte Lena mit Blick zu Teresa. »Was ist mit der Vermisstendatenbank? Haben wir Linköping schon überprüft?«

Sigge schüttelte den Kopf und begann, auf seinem Tablet herumzuhacken.

»Warum haben ihre Eltern sie nicht als vermisst gemeldet, wenn sie noch bei ihnen gewohnt hat?«, fragte Marten.

Lena sah ihn nachdenklich an. »Das ist eine gute Frage. Vielleicht hatte sie ein Zimmer im Studentenwohnheim, war aber nicht umgemeldet? Teresa, kannst du das überprüfen?«

Die nickte. Lena sah erneut Marten an. »Dann weißt du, was wir heute Abend zu tun haben.«

Marten atmete tief durch. Angehörigenbesuche hasste er. Er hatte ihnen nichts zu bieten außer Leid und keinerlei Trost. Auf diesen Teil der Polizeiarbeit hätte er gut und gern verzichten können. »Es wäre gut, wenn wir vorher wüssten, wie genau sie gestorben ist.«

»Ja, das ist ein guter Hinweis. Können wir heute noch mal mit der Gerichtsmedizin telefonieren?«

Marten nickte und schickte eine Anfrage an Abraham Tobiasson, den Forensiker in Linköping. Er hatte ohnehin mit ihm reden wollen.

Sigge sah vom Computer auf. »Sie ist nicht vermisst gemeldet«, sagte er. »Weder hier noch in Linköping.«

Durch das Team ging ein Murmeln. Ulla sah unglücklich aus. »Seltsam«, sagte Marten, hauptsächlich, um die diffusen Befürchtungen ein wenig zu bündeln.

Lena nickte. »In der Tat. Wir reden mit den Eltern, wir brauchen auch noch eine sichere Identifizierung. Vielleicht erfahren wir dann mehr.«

»Die Kronenapotheke in Linköping liegt direkt neben dem Bahnhof«, sagte Teresa, die auf ihrem Laptop herumgetippt hatte. »Wenn sie am Samstagmittag da war, wie und wann ist sie dann hierhergekommen? Der Försjön liegt nicht zwischen Linköping und Vimmerby.«

»Sie war so leicht bekleidet, so ist sie doch nicht gereist«, überlegte Sigge. »Keine Jacke, im Paillettentop. Sie wurde nicht an der Stelle getötet, wo sie gefunden wurde, das heißt, jemand hat sie hingebracht, vielleicht mit einem Auto. Und derjenige weiß auch, dass sie dort lag. Die Frage ist nur: Wo wurde sie ermordet?«

Marten musste an Jon apathisches Starren denken. Er sah zu Lena und war sich ziemlich sicher, dass sie dasselbe dachte. »Falls sie ermordet wurde«, sagte er. »Sie war feiern, hat was getrunken, sie fahren in den Wald und sie stürzt ab. Ihr Begleiter will sie zum Auto bringen, unterwegs stirbt sie, er bekommt Panik.«

Petter nickte, aber Teresa sah skeptisch aus. »Was ist mit den Würgemalen?«, gab sie zu bedenken.

»Könnte alles sein, von rauem Sex bis zu Misshandlung. Kein Beweis für Mord«, meinte Petter.

»Wir reden gleich mit dem Gerichtsmediziner, dann wissen wir mehr«, mischte sich Lena ein.

»Mit einem Todeszeitpunkt und einer Identifizierung können wir Befragungen durchführen. Am Försjön und in der Stadt. Und so endlich rauskriegen, wie sie da überhaupt rausgekommen ist«, sagte Marten.

Lena sah auf die Uhr. »Es ist jetzt vier. Marten und ich telefonieren mit der Gerichtsmedizin, dann fahren wir zu den Eltern. Danach melden wir uns wieder und teilen für morgen ein. Hab ich eigentlich schon ein Büro?«

»Natürlich. Es liegt gleich gegenüber, ich habe Petter ausquartiert«, sagte Marten.

»Das ist gar kein Problem«, beeilte sich der zu versichern. »Ich wollte ohnehin immer in den zweiten Stock.«

»Ach, und das *ganze Gelatsche* ist dann kein Problem mehr?«, spottete Sigge.

Petter sah auf die Tischplatte, eindeutig unangenehm berührt. Lena runzelte die Stirn. »Danke dir«, sagte sie in Petters Richtung. »Wenn du was brauchst, kannst du jederzeit kommen.«

Er nickte, immer noch mit gesenktem Kopf. Dann sprang er abrupt auf. »Und, was ist?«, rief er. »Kommst du, Teresa?«

Die sah überrascht aus, erhob sich aber ebenfalls und ging mit ihm raus, Sigge folgte brummelnd.

»Wir brauchen noch eine Presseerklärung. Ulla?«, fragte Lena.

»Ich habe etwas entworfen. Wir wurden an den Ort eines Leichenfundes gerufen, die genaueren Umstände sind noch nicht bekannt.«

»Ja, gut. Nicht mehr als nötig. Sonst sitzen sie uns schnell auf dem Dach.«

»Ich denke, das werden sie ohnehin bald«, sagte Marten. »Bei diesen Umständen …«

»Was ist mit deinem Vater?«, fragte Lena.

Was soll mit ihm sein?, wollte er fragen, da wurde ihm klar, worauf sie hinauswollte: Er sollte seine Beziehungen nutzen. Martens Vater Tobias war der Herausgeber der Vimmerbyer Zeitung, ein gut vernetzter Mann, der durchaus in der Lage war, die öffentliche Meinung ein wenig zu lenken. Wenn er denn wollte.

Er räusperte sich und warf Ulla einen Blick zu, die daraufhin lächelte und hinausging. Sie würde ihm das abnehmen. Er hatte

mit ihr an dem Tag, als er von Fredrik zu d
ernannt worden war, ein Gespräch gefül
unterstützte sie ihn voll und ganz.

»Lass uns rübergehen«, sagte er zu Lena.
nicht gern«, fügte er hinzu, während si
Schreibtisch zog, »wenn ich mich einmische.«

Lena sah skeptisch aus. »Ist er immer noch beleidigt, weil du nicht sein Nachfolger geworden bist?«

Sie klang, als wäre es das Lächerlichste der Welt, eine Familientradition weiterzuführen, und für einen Augenblick lag ihm eine gepfefferte Erwiderung auf der Zunge, die ganz sicher zu Streit geführt hätte. Es waren immer diese Bemerkungen, die dazu führten, dass sie sich am Ende anschrien. Er verstand sie nicht, und sie verstand ihn nicht. Er hatte nur keine Ahnung, warum es überhaupt so weit gekommen war. Früher hatten sie sich wunderbar verstanden, deswegen hatten sie ja geheiratet.

»Kommst du?«, fragte Lena und nahm Platz.

Er setzte sich auf seinen Stuhl und griff nach dem Telefon. »Ich habe heute Morgen schon mal mit der Gerichtsmedizin telefoniert, da war die Leiche gerade angekommen. Sie haben gesagt, sie erstellen eine Liste der Kleidung und machen Fotos. Mal sehen, was sie inzwischen rausgefunden haben.«

Er wählte und warf ihr aus dem Augenwinkel einen Blick zu. Sie wirkte konzentriert und gleichzeitig leicht abwesend, was normal für sie war, wenn sie nachdachte.

Marten stellte das Telefon auf Lautsprecher. Das Freizeichen ertönte, und Abraham Tobiasson meldete sich.

»Marten Henriksson hier, Polizei Vimmerby, der Fall mit der unbekannten Toten am Försjön, Kommune Vimmerby.«

»Ja, habe Sie erwartet.«

»Ich bin hier mit Lena Wallin, Mordkommission Västervik.«

»Hallo«, sagte Lena.

»Hallo, Lena. Wie läuft es bisher?«

[illegible] haben sie möglicherweise identifiziert. Jenny Boström, [illegible]nhaft in Vimmerby. Ihr habt nicht zufällig schon eine Gesichtsrekonstruktion gemacht?«

»Ich habe einem der Techniker den Auftrag gegeben. Ich weiß nicht, ob er schon fertig ist.«

»Können Sie das beschleunigen? Wir würden gern nachher mit den Eltern reden, und es wäre besser, wenn wir ihnen ein Bild mit intaktem Gesicht zeigen könnten.«

»Geht klar. Weitere Erkenntnisse?«

»Für mehr ist es zu früh. Wir brauchen den Todeszeitpunkt.«

»Dafür benötige ich die Umgebungsdaten, Bodenproben, Temperaturmessungen und so weiter. Die Spurensicherung schickt sie morgen, aber so lange kann ich nur eine ungefähre Einschätzung geben.«

»Und?«, wollte Lena wissen.

»Vier bis sieben Tage. Das ist aber sehr grob.«

Wenn der Gerichtsmediziner »grob« sagte, meinte er: *Verlass dich nicht drauf.* Marten blickte auf, um zu sehen, wie Lena darauf reagierte. Sie hatte dasselbe gedacht wie er, und sie sahen sich einen Augenblick an. Alles, was Marten denken konnte, war, dass sie eine schöne Frau war, die sein Leben zerstört hatte – auf eine Weise, von der er sich immer noch nicht ganz erholt hatte. Und jetzt war sie wieder da, ganz nah, und er würde lernen müssen, damit umzugehen.

Marten wandte sich dem Telefon zu. »Wie lange brauchst du für eine genauere Angabe?«

»Lass mal sehen, heute ist Mittwoch. Wenn ihr Glück habt, bis zum Wochenende, ansonsten Montag.«

Lena stöhnte.

»Vier bis sieben ist immerhin vier Tage weniger als drei bis zehn«, sagte Marten aufmunternd.

»Eigentlich ist das sogar noch weniger, wir wissen ja, dass sie am Samstagmittag noch gelebt hat.«

»Es kommen also nur der Samstag und der Sonntag infrage«, warf Abraham ein.

»Aber wir brauchen es trotzdem genauer, wir müssen die Leute nach einem konkreten Tag fragen, besser einer Tageszeit oder Stunde.«

»Stunde wird es ganz sicher nicht werden. Tag ja, eventuell auch Tageszeit«, entgegnete Abraham.

»Okay«, sagte Marten. »Gibt es Hinweise auf eine Vergewaltigung?«

»Nichts. Keine sexuelle Aktivität, keine Verletzungen. Dann sind da eindeutig Würgespuren. Ich überprüfe morgen, ob sie daran gestorben ist.«

»Der halbe Schädel war zertrümmert«, wandte Lena ein.

»Kann nach dem Tod passiert sein.«

»Ich erinnere mich an viel Blut. Im Gesicht.«

»Eigentlich nicht. Es ist welches rausgelaufen, aber das ist bei dieser Art Verletzung zu erwarten, auch nach dem Tod. Wenn sie noch gelebt hätte, hätte es gespritzt, aber da sie mehrere Tage draußen lag, ist vieles weg, und ich kann es nicht mehr genau sagen. Auf der Kleidung ist etwas, aber ich würde das nicht überbewerten.«

»Rausgewaschen?«, fragte Marten. Es hatte immerhin ständig geregnet.

»So leicht wäscht sich das nicht raus. Aber der Boden ist nass, nachts wird es kalt, das heißt Tau. Der verwischt das Muster.«

»Okay«, sagte Marten. »Also gewürgt und geschlagen, Reihenfolge unklar. Und was ist mit den Verletzungen? Ein Sturz?« Misshandlung und Sturz konnten immer noch auf Totschlag hinauslaufen. Mit einem traumatisierten Zeugen.

»Tut mir leid, Marten«, sagte Abraham. »Aber das sind keine Sturzverletzungen. Sie wurde mit etwas Rundem, Länglichem geschlagen.«

»Ha!«, kam es von Lena neben ihm, und Marten sah auf. Ein abwesendes Lächeln lag auf ihrem Gesicht, offenbar war das ihre aktuelle Theorie gewesen.

»Also Misshandlung und ganz klar Mord«, sagte er Richtung Telefon.

»Ja. Und direkt nach dem Tod hat sie auf der linken Seite gelegen, wie lange, weiß ich noch nicht, mehrere Stunden bis Tage. Es war ein glatter Untergrund, eventuell leicht geriffelt wie ein Teppich.«

»Sie hat auf einem Teppich gelegen?«, fragte Lena.

»*Wie* ein Teppich. Die Riffelung ist sehr grob, ich habe ein Bild gemacht, da sieht man es aber nicht gut, weil an den Aufliegestellen ja keine Verfärbungen sind. Ich mache morgen ein Profil, es ist mehr die Oberfläche, nicht das sichtbare Muster. Es hat sich durch die Kleidung gedrückt. An den Knien, Ellenbogen und Händen sind Schürfwunden, die waren frisch. Und an den Schultern sind Blutergüsse.«

»Es gab also einen Kampf«, stellte Lena fest.

»Sieht danach aus. Und sie hatte ein Tattoo im Nacken, vielleicht hilft euch das ja bei der Identifizierung.«

»Was für ein Tattoo?«

»Schwer zu sagen, sie hat versucht, es entfernen zu lassen. Aber wer auch immer das gemacht hat, war ein Stümper. Nicht besonders groß, vielleicht fünf Zentimeter im Durchmesser, rote Farbe. Schauen Sie sich die Bilder an, ich habe es gescannt, eventuell liefert die Bildsoftware was.«

»Alles klar, Abraham. Vielen Dank«, sagte Marten und legte auf.

Kapitel 10

Lena

LENA hatte sich nachdenklich in ihrem Sessel zurückgelehnt und versuchte, das Gefühl zu verdrängen, das Martens Nähe bei ihr ausgelöst hatte. Sie würde sich schon daran gewöhnen, und das nächste Mal würde sie sich einfach an die andere Seite des Schreibtisches setzen.

»Was denkst du?«, fragte Marten.

»Erwürgt oder erschlagen, das ist hier die Frage«, sagte Lena. »Wurde sie gewürgt und dann erschlagen, ist das etwas völlig anderes, als wenn sie erwürgt wurde und der Täter dann noch auf sie eingeschlagen hat.«

»Was, wenn es nicht dieselbe Person war?«

»Auch das ist möglich. Was hat Sigge vorhin gesagt? Dass sie jemand hingebracht haben muss. Vielleicht war das nicht zwangsläufig der Mörder.«

»Lass uns die Bilder ansehen.«

Sie nickte und lehnte sich wieder vor, damit sie seinen Bildschirm richtig sehen konnte. Als Erstes kamen die Kleider: Jenny hatte ein mit Pailletten besetztes Top angehabt, eine Jeans von H&M und einen grauen Blazer. Die Unterwäsche stammte aus dem Discounter, dazu hatte sie eine Kette aus künstlichen Perlen, Ohrringe und leichtes Make-up getragen. Die Sportschuhe waren kaum abgenutzt, und sie hatte einfache Füßlinge dazu angehabt, allerdings waren sie nicht von Nike, wie sie angenommen hatte, sondern von einer No-Name-Marke.

»Die Oberteile sehen teurer aus«, sagte Lena.

Marten wirkte überrascht.

»Hose und Schuhe vom Discounter, Oberteile aus einem Fachgeschäft?«

»H&M ist nicht direkt ein Discounter«, sagte Lena. »Und ich glaube nicht, dass junge Frauen heutzutage noch ins Kleidergeschäft in der Innenstadt gehen. Google mal die Marke.«

Es stellte sich heraus, dass Top und Blazer von einer bei Jugendlichen sehr beliebten Marke stammten, die nur in amerikanischen Onlineshops erhältlich war. Mit Zoll und Versand hatte sie sicher mehr als dreitausend Kronen für die beiden Sachen bezahlt.

»Kann ich mal das Bild der Toten sehen?«, fragte Lena.

Marten rief es auf – die entkleidete Frau, wie sie auf dem Untersuchungstisch lag. Dabei lehnte er sich leicht zurück, sah zum Fenster und zwang sich dann eindeutig, genauer hinzusehen. Marten war nie der Typ für Tote gewesen, und Lena war klar, woran er dachte: dass er gleich zu den Eltern gehen und ihnen vom Tod ihres Kindes erzählen musste.

»Du musst es im Kopf wegschieben. Als wäre es ein Gegenstand, nicht ein Mensch.«

»Das erscheint mir schwer.«

»Ich habe auch nicht gesagt, dass es leicht ist. Aber so geht es. Betrachte es wie einen Beweis. Wie den Kassenzettel. Es ist ein Hinweis, der dich zum Mörder führt.«

Er presste die Lippen zusammen, offenbar hatte er einen unschönen Kommentar heruntergeschluckt. Sie fand es erstaunlich, wie groß seine Selbstbeherrschung war. In den letzten vier Jahren war es ihr immer wieder so vorgekommen, als spräche er wirklich jeden unschönen Gedanken aus, den er zu ihr hatte. Und seit der Scheidung hatte er eine Menge davon.

Sie hoffte, dass es die Umgebung war. Dass sie tatsächlich auf einer professionellen Ebene miteinander zurechtkamen. Sie fand es unglaublich anstrengend.

Halte dich an deinen eigenen Ratschlag, forderte sie sich auf. *Konzentrier dich auf das, was wichtig ist.*

Jenny Boström war eine schlanke, junge Frau ohne irgendwelches Körperfett. Es gab keine Verwesung, die Totenflecke lagen auf der linken Seite, sie passten zu Abrahams Theorie, dass sie nach dem Tod eine Weile seitlich gelegen hatte. Auch die Hämatome an der Schulter konnte man gut erkennen, sie lagen vorn, unterhalb des Schlüsselbeins. Es gab auch noch eins am rechten Oberarm, wie Streifen, die sich um den Arm legten.

Lena schnalzte mit der Zunge.

»Was?«, wollte Marten wissen.

»Das ist ein Handabdruck«, sagte sie und zeigte auf den Fleck am Oberarm. »Jemand hat sie gepackt.«

»Fingerabdrücke?«

»Sieh nach, was Abraham aufgeschrieben hat, ansonsten fügst du es hinzu.«

Abraham hatte natürlich Fingerabdrücke genommen – ohne Treffer in der Datenbank – und eine Probe einer klebrigen Flüssigkeit auf der Haut. Es handelte sich um ein Riboflavinderivat und Alkohol.

»Das ist Vitamin B2«, sagte Marten.

»Vitamin und Alkohol?«

»Es leuchtet im Dunkeln. Es gibt diese Discos, wo die Drinks leuchten. Wenn man Schwarzlicht hat.«

»Also eine Party und kein Essen«, sagte sie. Sie sahen sich an. »Mach weiter«, sagte Marten.

Lena atmete tief durch. »Vom Aussehen her würde ich sagen, sie ist eine S. Die beiden teureren Sachen sind eine M. 3000 Kronen sind auch recht viel für eine Studentin.«

»Ausgeliehen?«

»Abraham soll nach DNS suchen.«

Sie klickten weiter. Auf dem nächsten Bild waren Top und Blazer ordentlich ausgebreitet und schwach erkennbare Flecken mit Pfeilen markiert. Dann eine Aufnahme unter Schwarzlicht. Ein schwaches Muster aus Blutspritzern war erkennbar, dazu kamen Hunderte kleiner, an den Rändern zerfranster Flecken, die grell leuchteten.

»Das ist kein Blut. Was ist das?«, fragte Lena.

»Auch das Vitamin.«

»Sie war feiern, und jemand hat seinen Drink verschüttet und sie dann angefasst.«

»Es könnte privat gewesen sein«, wandte Marten ein.

»Sei kein Spielverderber. Was ist mit Nachtklubs?«

»Es gibt nur einen, das Kharma.«

»Das Kharma war zu meiner Zeit eine Omaveranstaltung mit Schlagerpartys am Samstagnachmittag.«

Er musste grinsen. »Samir hat sich vergrößert.«

»Samir?«

»Der Eigentümer. Wir sind befreundet.«

»Schau nach ihrer Hand«, forderte sie ihn auf.

Marten suchte ein Bild des rechten Arms, es war der, auf dem sie gelegen hatte. Er war schlammverschmiert gewesen, aber nun, gereinigt, fiel ihnen ein brauner Streifen auf dem Handrücken auf.

»Zoom rein«, sagte Lena.

Es sah aus wie ein Strich mit einer Pfeilspitze oben dran. »Und stempelt das Kharma?«, fragte Lena.

Marten griff zum Telefon. »Ich kann Samir fragen.«

»Nein, warte! Lass uns hinfahren und ihm mal auf den Zahn fühlen.«

»Samir war es nicht«, sagte er.

»Das weißt du nicht. Und selbst wenn nicht, wenn sie nicht privat feiern war, dann bei Samir, oder?«

Er machte ein skeptisches Gesicht, sagte aber nichts.

Der Besitzer des Kharma stellte sich als junger Mann mit tiefschwarzem Haar und olivfarbenem Teint heraus, der sie so herzerwärmend freundlich anlächelte, dass Lena auf Anhieb klar war, was Marten an ihm mochte.

Er kam ihr irgendwie bekannt vor, als hätte sie ihn schon ein Dutzend Male gesehen, aber während sie durch die mit Menschen vollgestopfte Bar gingen, wollte ihr nicht einfallen, woher. Sie kamen durch den Tanzsaal, er war nicht besonders groß und um diese Tageszeit noch leer, dahinter lag ein schallgedämpfter Raum, der mit Büchern und Antiquitäten vollgestopft war. Es gab sogar eine Kopie eines Runensteins, die hinter dem Schreibtisch an der Wand lehnte.

»Gotland«, sagte Samir lächelnd, als er ihren Blick bemerkte. Er hatte blaue Augen. »Vom Gräberfeld in Lillbjärs. Hat mein Vater gemacht.«

Der Stein zeigte einen Ritter und eine sehr kleine Frau, die ihm ein Trinkhorn entgegenstreckte. Darunter war ein Schiff mit einem verzierten Segel, das auf stilisierten Wogen davonschwebte. Diese Steine sahen wunderschön aus, leider wusste niemand so richtig, welchen Zweck sie einmal gehabt hatten.

»Kommst du von Gotland?«, fragte Lena.

»Sein Vater ist Torvald Odel«, warf Marten ein.

Ah, dachte sie. Torvald Odel kannte in Vimmerby jedes Kind, er hatte die Wikingergräber im Gästgivarehagen entdeckt und die Siedlungen aus der Eisenzeit in der Innenstadt ausgegraben. Danach hatte er sich aufgemacht, den Rest der Welt zu erkunden.

»Das war bestimmt eine spannende Jugend«, sagte Lena.

Samir lächelte wieder freundlich. »Mein Vater hatte irgendwann genug von schwedischer Frühgeschichte, außer Runensteinen und Gräberfeldern gibt es dort ja nicht viel. Und wenn man die Runensteine auf Gotland gesehen hat, ist der Rest langweilig. Also ist er nach Marokko gegangen und da hat er meine Mutter kennengelernt. Und ja, wir sind ziemlich viel unterwegs gewesen, als ich klein war. Aber nach dem Tod meines Vaters hat meine Mutter beschlossen hierzubleiben, sie wollte ihm nahe sein.«

Das klang wie die Erklärung von jemandem, der es gewohnt war, Fremden zu erklären, warum er hier und nicht woanders wohnte.

»Also, wie kann ich euch helfen?«

»Stempelst du, wenn der Nachtklub offen hat?«, fragte Marten.

»Äh … ja. Ist heutzutage eigentlich nicht mehr notwendig, aber die Leute lieben es. Warum?«

»Was stempelst du?«

»Den Namen des Klubs.«

»Hast du einen Stempel hier?«

»Nein, aber ich kann einen holen.«

Er wirkte irritiert, stand aber auf und marschierte auf langen Beinen hinaus. »Wie habt ihr euch kennengelernt?«, fragte Lena.

»Samir ist Mitglied der Missionskirche. Will den Nachtklub drogenfrei halten. Ich suche gerade nach dem Ort, wo die Drogen herkommen.«

»Habt ihr ein Problem damit hier?«

»Ja. Vor allem unter Jugendlichen. Fredrik hat es mit Aufklärung versucht und ist gescheitert. Also versuche ich es jetzt anders. Ich habe Petter darauf angesetzt.«

»Und Samir hilft dir?«, vermutete Lena.

»Ja. Er ist sehr … entschlossen. Ein Erbe seines Vaters, würde ich sagen. Der konnte sogar Alkohol nicht leiden.«

Lena kannte Torvald Odel nur von Fotos, aber Marten hatte ihn in seiner Kindheit öfter getroffen, bevor Odel Schweden verlassen hatte. Er war irgendwo in der Fremde gestorben, also vermutlich dann in Marokko.

Samir kam zurück, überreichte ihnen einen Stempel und sah dann stirnrunzelnd zu, wie sie ihn mit dem Bild von Jennys Hand verglichen.

»Nein«, sagte Lena. »Das sieht nicht ähnlich aus.«

»Ist auch viel zu groß«, stimmte Marten zu.

»Was macht ihr da?«, wollte Samir wissen.

»Gibst du leuchtende Drinks aus?«, fragte Lena.

Samir schüttelte den Kopf. Lena fand es erstaunlich, wie er auf alle Fragen, ohne zu zögern, antwortete. Vollständige Kooperation mit der Polizei war etwas sehr Seltenes. »So was mach ich nicht mehr. Das ist eine fürchterliche Sauerei, und irgendwer ist immer dabei, der das Schwarzlicht nicht verträgt. Ich hatte schon Anwälte da, die mich deswegen verklagen wollten.«

»Wegen Schwarzlicht?«, fragte Marten überrascht.

Samir warf ihm einen Blick zu. »Du glaubst nicht, weswegen die Leute alles sauer werden. Und Schwarzlicht verursacht offenbar einigen Menschen schlimme Kopfschmerzen. Ich war auch überrascht.«

Lena unterdrückte ein Lächeln, aber es fiel ihr schwer. »Was bietest du denn an?«

»Freitag und Samstag Party ab neun, Mittwoch und Freitag After-Work-Dinner zwischen fünf und sieben.«

»Und das wird angenommen?«

»Ziemlich gut sogar. Ihr seid gerade vorbeigegangen.«

»Er verwöhnt uns mit exotischen Cocktails«, sagte Marten.

»Und der Nachtklub?«

»Am Freitag hatten wir einen DJ aus Linköping, am Samstag eine Band aus Stockholm. Volles Haus.«

»Gibt es einen anderen Nachtklub, der stempelt?«

»Und Schwarzlicht benutzt?«, fügte Lena hinzu.

Samir sah sie nachdenklich an. »Angeblich haben sie mit den Partys in den Lagerhallen wieder angefangen. Hab ich gehört.«

Die Lagerhallen waren ein monströses Konglomerat aus Wirtschaftsräumen, Hotel und Restaurant mitten im Gewerbegebiet, das einer Immobilienfirma gehörte. Früher hatten dort Discos stattgefunden, allerdings war das Jahre her, und Lena erinnerte sich nur sehr vage, weil sie nie dort gewesen war. Zu jung, zu beschäftigt, zu sehr eingespannt, irgendwas war immer dazwischengekommen. Abgesehen davon gehörte die Immobilienfirma der Familie Johannson, und Lena hatte ungute Erinnerungen an eines ihrer Mitglieder.

»Ob sie Schwarzlicht verwenden, weiß ich nicht, aber stempeln werden sie sicher«, sagte Samir.

Lena wandte sich an Marten. »Wusstest du davon?«

»Agata hat so was gesagt. Wie lange schon?«, wollte er von Samir wissen.

»Ich habe vor zwei Wochen das erste Mal davon gehört, vielleicht seit September? Haben sie den Nachtklub nicht angemeldet?«

»Seit die Tanzgenehmigung abgeschafft wurde, muss man nur noch mündlich bei der Polizei Bescheid sagen. Die Ausschankerlaubnis läuft über die Gesundheitsbehörde.«

»Und sie haben nicht Bescheid gesagt?«, fragte Samir mit hochgezogenen Brauen.

Marten schüttelte den Kopf. »Weiß nicht, was Anders sich da jetzt wieder bei gedacht hat.«

»Anders?«, fragte Lena und spürte, wie ihr das Blut aus dem Gesicht wich. »Der Anders?«

»Ja«, antwortete Marten und warf ihr einen Blick zu. »Er war eine Klasse über uns«, fügte er an Samir gewandt hinzu. »War damals schon nicht der freundlichste Geselle, inzwischen ist er aber reich und kaum noch zu ertragen.«

»War der nicht weg? Also ich meine, aus Vimmerby weggegangen?«, fragte sie und konnte nicht verhindern, dass ihre Stimme leicht zitterte. Verdammt! Anders' Gesicht tauchte vor ihr auf, wie er sie angrinste. Ihr Körper fühlte sich plötzlich taub an. *Es ist siebzehn Jahre her, reiß dich zusammen, Lena!*

»Er ist wiedergekommen und hat die Firma von seinem Vater übernommen. Seitdem räumt er hier ordentlich ab«, sagte Marten. Wieder dieser Blick. Sie musste hier raus.

»Vielen Dank für deine Hilfe, Samir. Aber wir haben ja nun alles.« Damit stand sie auf und hatte Mühe, auf dem Weg nach draußen nicht zu rennen.

Kapitel 11

Marten

IRGENDWAS stimmte mit Lena nicht, aber sie lief so schnell, dass er sie nicht fragen konnte. Kaum hatten sie das Kharma verlassen, wurde sie langsamer und atmete ein paarmal tief durch.

»Alles in Ordnung?«, fragte er.

»Ja, ja. Wir müssen mit Anders reden.«

»Ist mir klar. Aber ich würde vorher gern noch ein paar Erkundigungen zu diesem Nachtklub einholen. Vielleicht veranstaltet er die Partys ja nicht selbst, sondern vermietet nur die Räumlichkeiten. Bist du jemals dort gewesen?«

Sie schüttelte den Kopf. Immer noch wirkte sie blass, aber da es mittlerweile dunkel war, konnte er es nicht genau sagen. »Dann lass uns zu den Eltern fahren.«

Sie stiegen ins Auto, und ihm wurde klar, dass Tove seit mindestens einer Stunde bei Lenas Arbeitskollegin war. Mit einem Mal vermisste er seine Tochter. »Du fährst heute Abend noch bei Tove vorbei, oder?«, fragte er.

»Ich hoffe es doch. Vermutlich wird sie schon schlafen, aber vorbeisehen werde ich auf jeden Fall.«

»Kannst du Hallo von mir sagen?«

»Warum rufst du sie nicht einfach an? Sie hat ein Smartphone.«

Ihr Ton war leicht vorwurfsvoll, aber das interessierte ihn nicht. Er hatte das dringende Bedürfnis, Tove zu sagen, dass alles in Ordnung war und dass er sie lieb hatte. Normalerweise hätte er sich jetzt auf das Wochenende mit ihr gefreut, aber das würde dieses Mal wohl nichts werden. Also griff er zum Handy und rief seine Kleine an.

»Was machen wir mit ihr am Wochenende?«, fragte er, nachdem er mit Tove geredet hatte.

»Wir haben einen Deal in Västervik. Die Kollegen, die gerade keinen Fall haben, kümmern sich um die Kinder der anderen. Ich finde schon jemanden.«

»Ich könnte meine Eltern fragen. Das Literaturfestival ist dieses Wochenende, da wollte sie gern hin.«

Lena sagte einen Moment nichts, dann nickte sie. »Ja, klingt gut.«

Er startete das Auto und fuhr los. Innerlich war er erleichtert – familiäres Gespräch erfolgreich absolviert, und er hatte nichts Falsches gesagt. Auf der anderen Seite war er traurig, er vermisste seine Tochter und die Zeit, als sie noch eine Familie gewesen waren und er für Toves Freizeitaktivitäten nicht Lenas Einverständnis hatte einholen müssen.

Jenny Boströms Eltern wohnten in einem einstöckigen roten Holzhaus mit Garten, an der Garage blätterte die Farbe ab, die Zuckerhutfichte vor dem Eingang hatte eine braune Spitze. Als sie klingelten, öffnete fast sofort eine schmale, sehr schlanke Frau mit einem blonden Bob und tiefen Furchen in Stirn und Wangen. »Ja?«, fragte sie.

»Petra Boström?«, fragte Lena.

»Ja?«

»Ich bin Lena Wallin, das ist Marten Henriksson von der hiesigen Polizei. Dürfen wir einen Augenblick reinkommen?«

Sie ließ sie eintreten, einen Ausdruck tiefen Misstrauens im Gesicht. Er erinnerte Marten ein wenig an Jon Sjögrens Mutter Astrid. Es war ein Misstrauen, das dem Leben selbst galt, nicht ihnen als Polizisten. Inzwischen hatte er auch nachgesehen, was mit Astrids Mann los war. Er hatte getrunken und irgendwann einen Autounfall verursacht, bei dem ein Mensch zu Tode gekommen war. Mittlerweile war er von Astrid geschieden. Kein Wunder, dass die Frau im Abstinenzverein aktiv war.

Petra Boström rief ihren Mann, und Marten lotste sie ins Wohnzimmer, wo er sie dazu brachte, sich aufs Sofa zu setzen. Es sah alt und abgenutzt aus. Lena setzte sich ihnen gegenüber. »Es tut mir sehr leid«, sagte sie ruhig. »Wir haben heute eine Tote gefunden. Es besteht der Verdacht, dass es sich um Ihre Tochter Jenny handeln könnte.«

»Was?«, fragte Åke.

»Nein, das kann nicht sein«, fiel Petra ein. »Sie ist in Linköping.«

»Wie kommen Sie darauf?«, wollte Lena wissen.

»Sie studiert dort. An der Universität«

Marten rief das Bild auf, das ihnen die Gerichtsmedizin zugesandt hatte. Es war ein Foto der Toten mit einer vorläufigen Rekonstruktion der Stirn. Im Grunde hatten sie sie nur zugepinselt, aber immerhin sah das Gesicht jetzt nicht mehr ganz so grausam zerstört aus.

»Könnten Sie bitte einen Blick darauf werfen?«, fragte er und hielt es den Eltern hin.

Åke lehnte sich vor, und auch Petra warf einen Blick auf den Bildschirm.

»Ist das Ihre Tochter Jenny?«

Die Mutter riss die Augen auf, schluckte und starrte dann Marten an. In ihren Augen lagen Angst und ein so tiefes Entsetzen, dass er Mühe hatte, nicht zurückzuweichen. Der Vater runzelte die Stirn. »Aber sie ist in Linköping.«

»Nein«, sagte Petra. Sie sah noch immer Marten an. »Nein, nein.«

Sie wurde blass, ihr Mann bemerkte es und griff zu. Er half ihr, sich zurückzulehnen, und sah dann wieder zu Lena. »Wie kann das sein?«, stammelte er. »Sie ist doch in Linköping.«

»Was ist passiert?«, fragte Petra gepresst.

»Das wissen wir noch nicht genau. Sie wurde im Wald gefunden, in der Nähe der Stadt.«

»Aber …«, begann der Vater, brach dann jedoch ab.

Petra starrte zur Decke, unfähig zu weinen. »Sollen wir jemanden rufen?«, fragte Marten.

»De-der Pfarrer vielleicht?«, flüsterte die Mutter.

Lena nickte ihm zu, und er ging mit Åke in die Küche, wo der ihm die Nummer raussuchte. Es war der Pfarrer der Schwedischen Kirche, Joachim Holmström, der auch Martens Eltern angehörten. Er erkannte Marten auch und sagte zu, sofort loszufahren.

Lena kam zu ihm in die Küche, die grau und verwohnt aussah. Das Haus hatte schon lange keine Renovierung mehr gesehen.

»Sie haben es noch mal bestätigt. Ich rufe die Spurensicherung, wir brauchen ein aktuelles Foto und eine DNS-Probe.«

»Verdammter Mist.«

»Immerhin wissen wir jetzt, wer das Opfer ist. Und können uns darauf konzentrieren, den Mörder zu finden. Ich hatte heute Morgen Schlimmeres befürchtet.«

Sie gingen zurück, das Paar saß auf der Couch, zusammengesunken, wie zu Boden gedrückt. An den Wänden hingen Kreuze und gerahmte Fotos.

»Wenn ich noch kurz eine Frage stellen dürfte«, sagte Lena. Sie sahen auf, Åke runzelte leicht die Stirn, entgegnete aber nichts. »Wann hatten Sie zuletzt Kontakt?«

»Letzte Woche, glaube ich«, antwortete Petra. »Sie meldet sich nicht so oft. Und sie hat momentan Prüfungen. Sie hat doch gar keine Zeit.«

»Was wollte sie denn in Vimmerby?«, fragte der Vater. Er klang verwirrt.

»Sie war am Wochenende nicht hier?«

»Nein. Ich sagte doch, sie hat Prüfungen«, sagte Petra.

In diesem Moment klingelte es an der Tür, Åke sprang auf und stürzte zur Tür, wo ein Mann in brauner Hose und Jackett stand: der Pfarrer der Schwedischen Kirche, Joachim Holmström. Er nickte Marten kurz zu, der hatte ihn zuletzt vor ein paar Wochen gesehen, als er mit seinen Eltern im Gottesdienst gewesen war, und ging dann direkt ins Wohnzimmer.

Als er sich auf die kleine Couch setzte, brach die Mutter in Tränen aus.

Kapitel 12

Lena

AM Donnerstagmorgen trafen sich Lena und Marten am Kreisverkehr südlich des Industriegebiets und fuhren dann die Industrigatan hinauf bis zu den Lagerhallen. Die Innenstadt lag rechts auf einem Hügel, auf der anderen Seite war alles flach, und man konnte bis nach Åbro und zur Brauerei sehen. Früher hatte der Stångån die Gegend regelmäßig überschwemmt, aber in den Zwanzigern war der ganze Sumpf trockengelegt worden.

Lena sah aus dem Fenster. Lagerhallen zogen vorbei, dann kamen Baufirmen und Autohäuser. Alles war flach, der Himmel erhob sich wolkenverhangen und graublau über ihnen, die Straße war nass. Es nieselte.

»Ich frage mich, warum sie in Linköping nicht bemerkt haben, dass sie nicht zu den Prüfungen erschienen ist«, sagte sie langsam. Sie hatte heute Morgen mit der Universität gesprochen, wo man ihr den zuständigen Studienberater heraussuchen wollte. Die Linköpinger Polizei war schon gestern Abend von Teresa informiert worden und gerade dabei, Jennys Wohnheimzimmer zu sichern.

»Vielleicht haben sie es. Und der Studienberater hat sie angeschrieben und wartet auf Antwort.«

»Auch bei einer Prüfung? Müsste sie da nicht nachweisen, dass sie krank war oder so, wenn sie nicht kommt?«

Marten zuckte mit den Achseln. »Eigentlich schon.«

»Es fügt sich in das Bild, das der ganze Fall bisher macht. Es ist, als wäre sie unbeachtet durchs Leben gewandert, so sehr, dass sie mit einundzwanzig ermordet werden und verschwinden konnte, ohne dass es jemand bemerkt hat.«

Marten räusperte sich. »Ich habe wegen der Ausschankerlaubnis nachgesehen. Anders' Firma, DIE Lagerhallen AB, hat im Juli eine beantragt, ausgestellt wurde sie im September.«

»Das ist wirklich noch nicht lange. Und die Anmeldung bei der Polizei?«

»Kajsa sagt, bei ihr war er nicht. Das läuft seit der Gesetzesänderung mündlich und informell, also wird er es wohl vergessen haben.«

»Vergessen?«

»Kein Mensch kümmert sich um Tanzveranstaltungen, außer der Veranstalter hat explizit angefragt, weil er Probleme erwartet.«

Also hatte Anders wohl keine Probleme erwartet. Kajsa war eine ältere Polizistin, die zu Lenas Zeit in Hultsfred Außenkoordinatorin gewesen war. Warum sie jetzt im Bürgerbüro arbeitete, wusste Lena nicht, aber sie hatte sie als zuverlässig in Erinnerung. Also wollte Anders einfach nicht, dass die Polizei vorbeischaute? Warum wohl?

Sie erreichten die Lagerhallen und bogen auf den Parkplatz vor dem Hotel ein. Um sie herum erhob sich ein Häuserkonglomerat aus wild zusammengebauten Teilen, das wie das Bauprojekt eines Dreijährigen aussah, nur größer, denn auf der anderen Seite lagen große Lagerhallen und ein Apartment-Hotel. »Ich habe mehrfach angerufen, aber niemand konnte mir sagen, wann und wo ich den Chef treffen kann. Ich hatte den Eindruck, dass er überhaupt nicht da ist.«

Auf dem Parkplatz herrschte ziemlicher Betrieb, Leute liefen hin und her, es standen mehrere Kleinbusse mit Logos von Baufirmen herum, jemand bastelte an der Leuchtleiste über dem Eingang zum Hotelrestaurant. Wenn man einmal reingefahren war, wirkte es gemütlich und einladend, die Fassaden waren mit Holz verkleidet, überall standen Blumen rum.

Marten stieg aus und sah sich um. Dann gab er plötzlich ein »Da vorn!« von sich.

»Was ist?«, wollte Lena wissen, noch halb im Auto.

»Siehst du das, Lena?« Marten zeigte auf den Schriftzug des Restaurants. Es hieß Prime und über dem i war ein kleiner Dreizack.

»Ja, das ist das Prime.« Sie war einmal hier essen gewesen, als Jugendliche mit ihren Eltern, die ihr eine Freude hatten machen wollen.

»Das i. Ein langer Strich mit Spitze.«

»Das sieht mehr aus wie eine Krone, aber ja, der mittlere Zacken passt zum Stempel, den wir beim Opfer gefunden haben. Jetzt müssen wir nur noch rausfinden, wann sie Betrieb hatten.«

Sie gingen ins Hotel und erkundigten sich am Empfang nach Anders Johannson. Sie wurden ins Büro der Firma weiterverwiesen, wo ihnen eine stark geschminkte Sekretärin mitteilte, dass der Chef leider im Urlaub sei.

»Und wie lange ist er im Urlaub?«, wollte Marten wissen. Dabei lächelte er die Frau freundlich an.

Sie zuckte mit den Schultern und musterte Lena aufdringlich von oben bis unten. Kannte sie die Frau? Sie hatte sich als Vera vorgestellt, aber Lena konnte sich an keine Vera erinnern. Sie sah auch deutlich jünger aus als sie selbst, sie dürfte kaum mit ihr und Anders in die Schule gegangen sein.

»Das weiß ich nicht. Er nimmt sich eben manchmal eine Auszeit. Das wird ja noch erlaubt sein.«

Marten warf ihr einen Blick zu, und Lena wusste, was er dachte. Dass Anders' unmögliches Gehabe auf seine Angestellten abgefärbt hatte. Sie waren damals zwar nicht in dieselbe Klasse gegangen, aber als Sohn eines der reichsten Immobilienhändler der Stadt kannte ihn jeder. Und das hatte er redlich ausgenutzt. Sie schauderte.

»Wer ist denn in seiner Abwesenheit für die Geschäfte zuständig?«, fragte Marten freundlich.

»Das wär dann wohl Cecilia«, sagte Vera, machte eine Kaugummiblase und ließ sie zerplatzen.

»Können wir sie bitte sprechen?«

»Sie ist draußen, im Hof.«

Marten wartete, aber Vera rührte sich nicht. Er neigte leicht den Kopf. »Wie wäre es, wenn Sie uns hinführen würden, Vera? Ich weiß leider nicht, wie Cecilia aussieht.«

Lena bewunderte seine Geduld, aber sie zahlte sich aus. Vera warf ihm einen Blick zu, den Lena kannte. So hatten die Frauen Marten schon immer angesehen: der gut aussehende, charmante Typ mit dem entgegenkommenden Lächeln.

Vera kam hinter dem Empfang hervor, deutete zuvorkommend auf die Tür nach draußen und ging dann an Martens Seite hinaus. Lena dackelte hinterher, kollidierte beinahe mit der Drehtür, und als sie es endlich nach draußen geschafft hatte, waren die beiden schon Richtung Restaurant abgedriftet, wo Vera jetzt auf eine Frau mittleren Alters zeigte, die mit einem der Handwerker im Gespräch war.

Sie beeilte sich hinterherzukommen, aber die Situation erinnerte sie so sehr an früher, dass sie automatisch grinsen musste. Marten konnte einen ganzen Raum Menschen in Verzückung versetzen. Er war schon immer so gewesen, auch schon mit sechzehn, als sie ihn kennengelernt hatte. Früher war sie oft eifersüchtig gewesen, aber mit der Zeit hatte sie gelernt, dass Marten einfach gut auf Menschen eingehen konnte. Die Leute mochten Marten, nicht umgedreht.

Sie erreichte die kleine Gruppe, wo Vera gerade geziert lachte. Cecilia sah freundlich aus, der Handwerker hatte sich gegen seinen Wagen gelehnt und lauschte der Unterhaltung.

»Und das ist Lena Wallin, Mordkommission Västervik«, sagte Marten. »Wir sind hier wegen des Nachtklubs.«

»Nachtklub?«, fragte Cecilia und runzelte die Stirn. Sie war blond, vom Typ eher kurvig, aber in ein strenges und eng anliegendes Kostüm gezwängt, das ihre Rundungen betonte. Als sie lächelte, blitzten strahlend weiße Zähne hervor.

»Es gibt eine Ausschankerlaubnis, und uns wurde berichtet, dass auch Veranstaltungen stattfinden.«

»Die Partys, Cecilia«, sagte der Handwerker. Er trug ein kariertes Hemd und hatte für die Unterhaltung den Helm abgesetzt. »Was ist damit?«, fügte er an Marten gewandt hinzu. »Hat sich jemand beschwert?«

Das Gewerbegebiet lag direkt unterhalb der Altstadt, nur getrennt durch die Gleise und den Höhenunterschied. Sicher gab es in den Wohnungen oben Leute, die das stören konnte, aber wenn sich jemand beschwert hätte, hätte Marten ja von den Veranstaltungen gehört.

»Wir möchten nur mit jemandem reden, der sie organisiert. Wer ist denn zuständig?« Marten sah sie der Reihe nach an, Vera trat etwas zurück, und Cecilia schüttelte vehement den Kopf. »Du gehst doch da ab und zu hin, Kjell, oder?«, fragte sie den Handwerker.

»Wie Hunderte andere«, erwiderte er lachend. Er war schon etwas älter, hatte aber lockiges, volles Haar, das beim Kopfschütteln hin und her wehte. »Aber ich hab nichts mit der Organisation zu tun.«

»Gibt es Stempel?«, fragte Marten.

»Ja. Eine Krone. Hier auf die Hand.«

Er hielt ihnen seinen Handrücken hin, auf dem allerdings nichts zu sehen war. »Ich war nicht dort letztes Wochenende. Aber der Rest der Stadt schon. Hab gehört, es war ziemlich voll.«

»Wo finden die Partys denn statt?«, wollte Lena wissen.

Er deutete vage hinter sich auf den zusammengewürfelten Gebäudekomplex.

»In der Lagerhalle«, fiel Cecilia ein. »Dort gibt es einen großen, lärmgeschützten Raum.«

»Es wird ja kaum alles von Anders Johannson gemacht werden. Wer ist denn noch beteiligt?« Lenas Stimme schnitt in die entspannte Atmosphäre, sie merkte selbst, dass es unpassend war.

»Natürlich nicht«, erwiderte Cecilia leicht indigniert. »Ich kann Ihnen ein paar der Wachmänner raussuchen. Und den Caterer.«

»Alles hilft uns weiter. Wirklich alles«, sagte Marten.

Kjell und Vera begannen gleichzeitig zu reden, Lena verstand keinen richtig. Marten lächelte und wandte sich Vera zu. »Bitte? Sagen Sie es einfach noch mal.«

»Ich dachte nur … Ich meine, wegen der Videoaufnahmen«, sagte sie.

Cecilia verzog das Gesicht, ebenso Kjell. »Warum wollen Sie das eigentlich alles wissen?«, fiel ihm plötzlich ein.

»Wir untersuchen einen Mord«, sagte Lena, der es langsam zu bunt wurde. Was war denn nun mit den Aufnahmen?

Cecilia schlug die Hand vor den Mund. »Herregud! Was ist denn passiert?«

Lena nickte unbestimmt. »Wir können dazu leider keine Auskunft geben. Was sind das für Aufzeichnungen?«

»Geht es um das arme Ding, das im Wald gefunden wurde?«

»Es wurde jemand tot aufgefunden. Haben Sie eine Überwachungskamera?«

Kjell sah schon lange nicht mehr zu ihnen, aber über Cecilias Gesicht huschten Ärger und etwas, was Lena für Furcht hielt. Vera wich etwas zurück, sodass sie nun gar nicht mehr bei der Gruppe stand.

Marten wandte sich ihr zu. »Vielleicht können Sie mir das einfach zeigen?«

»Ja, aber ich … weiß doch gar nicht … Dürfen wir das?«, stammelte Vera. Falls sie blass geworden war, sah man es unter der starken Schminke nicht, aber sie wirkte verängstigt.

»Brauchen Sie dafür nicht einen Beschluss?«, wollte Cecilia wissen. Sie klang gar nicht mehr freundlich, im Gegenteil.

»Um was für Aufnahmen handelt es sich denn?«, fragte Lena.

»Es sind die Überwachungsvideos für die Parkplätze. Der Eingang zur Lagerhalle ist auf der anderen Seite, wir haben Kameras für beide Stellen. Es passiert einfach zu viel.«

»Was passiert denn?«, erkundigte sich Marten. Und warum hatten sie die Veranstaltung dann nicht angemeldet?

»Einbruche vor allem. Hier treibt sich nachts alles mögliche Gesindel rum.«

»Gut. Dann werden wir ohnehin einen Blick auf die Aufzeichnungen werfen müssen, oder?«, fragte er sie freundlich.

»Es gab bisher keine Anzeigen.«

Lena unterdrückte ein Stöhnen, aber Marten wirkte nicht verärgert oder genervt. Im Gegenteil. »Wenn das ein Dauerproblem ist, muss die Polizei natürlich etwas unternehmen. Ich werde auf jeden Fall mit dem Eigentümer darüber reden. Bis dahin würden wir gern einen Blick auf die Aufnahmen werfen. Es ist sicher in Ihrem Interesse, die Polizei bei einer Morduntersuchung zu unterstützen?«

Der letzte Satz war eine Frage, klang aber nicht wie eine. Marten lächelte freundlich und wirkte so entspannt, dass Cecilia schließlich nickte. Vielleicht war es aber auch das Wort Morduntersuchung.

»Zeig ihnen die Aufnahmen«, sagte sie zu Vera, die erleichtert ausatmete.

Lena fragte sich, worüber sie erleichtert war, während sie Marten und Vera zurück ins Haus folgte. Hinter ihr fuhr Cecilia den Handwerker an, offenbar war sie sauer, dass er sich überhaupt in das Gespräch eingemischt hatte. »Zurück an die Arbeit!«, fauchte sie, dann stöckelte sie Richtung Parkplatz davon.

Lena beeilte sich, Marten und Vera einzuholen, die das Haus schon betreten hatten. Sie gingen die Treppe hinauf, dann fuhren sie mit einem Fahrstuhl und liefen ein Gewirr von Gängen entlang, in dem Lena ziemlich schnell die Orientierung verlor, bis sie sich plötzlich im Apartment-Hotel wiederfand. Hier, auf der anderen Seite des Gebäudekomplexes, war das Überwachungssystem des gesamten Geländes untergebracht. Vera zeigte ihnen, wie alles funktionierte, dann rief Marten im Revier an.

Es war nur Petter da, der die Telefon- und Kreditkartendaten von Jenny Boström untersuchte. Sigge und Teresa waren unterwegs in der Stadt, um in Hotels und Restaurants Befragungen durchzuführen.

»Ich wollte eigentlich schon los, an den Försjön, aber das dauert hier alles lange.«

»Wir brauchen jemanden, der vor Ort die Aufnahmen der Sicherheitskameras durchsieht«, sagte Lena ins Telefon.

»Das mache ich, wenn ihr an den Försjön fahrt«, rief Petter und klang tatsächlich enthusiastisch.

Kapitel 13

Marten

»Er ist sehr gründlich«, sagte Marten. »Und er ist seit Tagen für mich unterwegs. Wahrscheinlich ist er froh über die Pause.«

»Was macht er denn?«, fragte Lena, während sie sich auf einem der Stühle niederließ, die vor den Aufnahmegeräten standen. Der Raum war kahl und leer, ein einzelnes Fenster zeigte auf eine graue Hauswand.

»Er hört sich wegen der Drogen um.«

Sie runzelte die Stirn. »Hast du da eine größere Aktion am Laufen?«

Marten zögerte. Das hatte nichts mit dem Fall zu tun, dafür aber umso mehr mit seinem Job als Polizeichef. Schließlich beschloss er, dass er ihr vertrauen konnte. Sie mochte nicht die Ehefrau gewesen sein, die er sich gewünscht hatte, aber mit den Problemen in Vimmerby hatte sie nichts zu tun.

»Ich habe ein Drogenproblem an den Schulen. Fredrik hat sehr viel auf Mitarbeit gesetzt – von den Leuten in der Stadt, die was zu sagen haben. Was die Drogen betrifft, war das aus meiner Sicht nicht so erfolgreich, aber die alten Seilschaften existieren noch. Man tauscht sich aus. Deswegen brauche ich jemanden, dem ich vertrauen kann. Was ist? Warum lachst du?«

»Ich lache nicht. Ich habe gelächelt. Das war sehr diplomatisch ausgedrückt: aus deiner Sicht nicht so erfolgreich.« Sie sah ihn jetzt an, und ihre Augen leuchteten. Für einen Augenblick spürte er diese Verbundenheit, die so lange zwischen ihnen gewesen war.

Dann erstarb das Lächeln, und sie sah wieder weg. »Woher weißt du, dass du Petter vertrauen kannst?«

»Es ist dieses Gefühl, dass uns beiden dieselben Dinge wichtig sind. Und … na ja, als ich Chef geworden bin … Er war der Einzige, der nicht sofort was von mir wollte. Er hat einfach gewartet, bis ich ihn befördert habe. Wenn du die Macht hast, das Leben der Leute zu verändern, dann wollen sie die ganze Zeit was von dir. Petter nicht, er hat einfach darauf vertraut, dass ich schon das Richtige tun werde. Vertrauen erzeugt mehr Vertrauen.«

Er zuckte mit den Schultern, weil er nicht wusste, ob sie ihn verstanden hatte, aber bei Petter war es eher so ein instinktives Gefühl, dass schon alles richtig war. So war es immer gewesen, und Petters Verhalten nach seiner Beförderung hatte das bestätigt.

»Und was ist mit Sigge?«, fragte sie leichthin.

Marten wäre beinahe zusammengezuckt. Dieser siebte Sinn war es vermutlich, was sie zu einer guten Mordermittlerin machte, aber Herregud!

»Sigge wollte meinen Job. Aber Fredrik hat sich anders entschieden«, erwiderte er kurz angebunden.

»Wann steht die endgültige Entscheidung an? Über den Chefposten?«, fragte sie.

Er zuckte mit den Schultern. »Nicht mehr dieses Jahr.« Fredrik war kurzfristig zurückgetreten, wegen der Krankheit seiner Frau. Der Polizeichef von Kalmar, der über die endgültige Nachfolge hätte entscheiden können, stand gerade unter Anklage wegen Bevorzugung, also wurden keine Personalentscheidungen getroffen. Nach Martens Ansicht war es sehr leicht, in einer Chefposition Leute zu bevorzugen, die einen unterstützten, deswegen war er ja so froh, dass er Petter hatte.

Nachdem sie Petter eingewiesen hatten, verließen sie das Gebäude durch den Hintereingang. Hier ging es zum Apartment-Hotel und zu den Lagerhallen. Dass es an diesem Ort regelmäßig Partys gab, war nicht zu erkennen, überhaupt sah dieser Teil des Geländes völlig anders aus als der Eingang vorn. Es lag Müll herum, eine metallene Leiter führte an der Seite des Gebäudes hoch, das hier auch viel höher war. Kein Mensch war zu sehen, es standen am Hotel keine dekorativen Blumentöpfe herum, und die Fenster hatten keine Gardinen.

»Wer wohnt in diesem Hotel?«, fragte Lena.

»Geschäftsreisende meistens. Und Arbeiter, die wochenweise angeworben werden. Die Zimmer haben Küchen, dafür gibt es kaum Service.«

Die Szenerie war trostlos, auch wenn ein kleiner Steg mit einem Baldachin darüber zum Eingang führte. Aber das Gebäude hatte hier das typische Äußere von Industriebauten, nicht das gemütliche Holzambiente auf der anderen Seite.

»Das ist schon eine Art Labyrinth«, sagte Marten und warf einen skeptischen Blick zurück auf das Haus, aus dem sie gerade gekommen waren. Wenn man es Haus nennen konnte. »Lass uns die Brücke dort nehmen, da kommt man direkt in die Innenstadt. Ich habe einen Mordshunger.«

Sie gingen über die Gleise und dann den Båtsmanbacken hinauf. Ausnahmsweise schien mal die Sonne, aber Marten sah von Westen schon wieder Regenwolken heranziehen. Der Himmel hatte eine dreckig weiße Farbe, als hätte man sein Blau immer mehr verdünnt. »Was hast du eigentlich gegen Anders?«, fragte er.

Sie zuckte zusammen, kaum merklich, aber er war fast erleichtert, dass es ihm aufgefallen war. »Nichts. Er scheint mir nur immer noch derselbe Mistkerl zu sein wie früher.«

»Ja, er ist nicht der freundlichste Geselle. Aber du reagierst jedes Mal, als hätte er dir was getan.«

»Ich habe ihn nur in unangenehmer Erinnerung«, sagte sie und beschleunigte ihre Schritte.

Er wusste, dass es eine Ausrede war, aber er konnte nichts tun. Er hatte auch keine Ahnung, was Anders Lena getan haben könnte, sie hatte ja nicht mal in Vimmerby gearbeitet als Polizistin. Und Anders war erst vor Kurzem wieder auf der Bildfläche erschienen, nachdem er die Firma von seinem Vater übernommen hatte. Was er in den Jahren dazwischen gemacht hatte, wusste Marten nicht.

Sie erreichten den Markt, der für das Literaturfestival am Wochenende vorbereitet wurde. Die ersten Stände gab es schon, am Stadthotel wurde Bühnenzubehör ausgeladen und vor dem ehemaligen Rathaus ein Karussell aufgebaut. Um noch mehr Besucher anzulocken, war Thorbjörn auf die grandiose Idee verfallen, parallel zum Festival einen Markt zu veranstalten. Und so würde es am Wochenende nicht nur Lesungen und Preisverleihungen geben, sondern auch Marktgetümmel und Touristenandrang. Vorausgesetzt, das Wetter besserte sich.

»Erinnerst du dich an das erste Festival?«, fragte Marten. Das, was er selbst geplant hatte, bevor Thorbjörn es versaut hatte.

»Ja. Wir sind da hinten rumgelaufen, und da stand das Schild von der Polizei«, erwiderte sie und ging tatsächlich langsamer.

»›Etwas verändern können‹, hat auf der Werbung gestanden. Da sind wir auf die Idee gekommen, Polizisten zu werden.«

Sie sah ihn an. »Der Stand war direkt neben dem der Zeitung, oder?«

»Mein Vater war damals überzeugt, dass sie sich mit Absicht da hingestellt haben. Um mich abzuwerben.«

»Da macht er es sich ein bisschen einfach, finde ich.«

»Die Zeitung ist immerhin seit vier Generationen in der Familie.«

»Und das bleibt auch so. Oder hat deine Schwester aufgehört?«

Er schüttelte den Kopf.

»Na also. Und der Sohn Polizeichef. Ich weiß nicht, worüber er sich beschwert.«

Sie hatte recht, aber er hatte eben über die Jahre immer wieder die Enttäuschung seiner Eltern zu spüren bekommen. Er hatte ihre

Zustimmung verworfen für … ja, wofür? Für das Leben, das er mit Lena hatte führen wollen.

»Und hast du das Gefühl, etwas verändert zu haben?«, fragte er.

Sie war schon weitergegangen, auf das Café zu, in dem sie essen wollten. Nun drehte sie sich um. »Ja«, sagte sie langsam. »Seit ich in Västervik bin, schon.«

Sie blieb stehen und wartete auf seine Reaktion, aber er wusste nicht, wie er reagieren sollte. Es so ausgesprochen zu hören, war brutal, auch wenn er im Grunde immer gewusst hatte, was sie dorthin gezogen hatte. Aber da stand sie, mit adrettem Pferdeschwanz an diesem Tag, in ihrer dezenten Kleidung, fünfunddreißig Jahre alt, die Mutter seines Kindes, und er hatte sie verloren.

»Was ist mit *dir*?«, fragte Lena, nachdem er eine gefühlte Ewigkeit nichts gesagt hatte.

Er räusperte sich. »Was meinst du?«

»Hast du das Gefühl, die Welt verändert zu haben?«

»Ja«, sagte er. »Ich hatte dieses Gefühl schon immer.«

Tatsächlich stimmte das nicht ganz, er hatte es zwischenzeitlich verloren, nachdem sie ihn verlassen hatte. Erst im letzten Jahr war es wiedergekommen, nachdem Fredrik ihm den Chefposten angeboten hatte.

»Lass uns essen gehen«, sagte Lena. »Ich habe inzwischen auch Hunger.«

Sie setzten sich ins Café, es war praktisch leer. Lena bestellte sich einen Garnelensalat, Marten ein reichlich belegtes Brötchen und einen Schokokuchen dazu.

»Die Gerichtsmedizin hat sich gemeldet«, sagte sie mit einem Blick auf ihr Tablet.

»Okay, schieß los.«

»Die Spurensicherung ist so weit fertig, es wurden keine Schleifspuren gefunden.« Sie fuhr mit dem Finger die Zeilen entlang. »Sehr viele Abdrücke … von Schuhen, Reifen … noch nicht zugeordnet … Todeszeitpunkt … nein … Profil der Blutreste auf der Kleidung: Hinten und vorn am Oberkörper sind Spuren, am Kopf seitlich runtergelaufen, in beide Richtungen, dann nur noch in eine. Keine großen Blutmengen auf der Kleidung.«

Marten dachte nach. Es tat ihm gut, sich mit so sachlichen Dingen zu beschäftigen, das lenkte ihn von dem bitteren Gefühl ab, das das Gespräch gerade hinterlassen hatte. »Kopfwunden bluten stark. Selbst wenn sie sofort umgefallen wäre, es wäre nach hinten oder vorn gelaufen, und sie hätte Blut am Hals und den Schultern und dort an der Kleidung.«

»Also hat sie gelegen. Das würde die Blutspuren auf dem Oberkörper erklären. Sie liegt, der Täter schlägt zu, es spritzt in alle Richtungen, zusätzlich läuft es über Stirn und Schläfen. Dann dreht sie sich oder wird gedreht, er schlägt wieder zu, dasselbe noch mal.«

»Sie hatte Schürfwunden an Händen und Knien, das klingt nach auf allen vieren«, sagte Marten.

»Sie ist also weggekrochen, und er hat noch mal zugeschlagen?«

»Ich denke eher, das war der erste Schlag. Das kann ja dann nur der von hinten gewesen sein, der nicht so tief ist wie der vorn. Sie kriecht weg, er schlägt zu, sie bricht zusammen, er dreht sie um und schlägt erneut zu.«

Ihr Essen kam, und er biss in sein Brötchen, sein Magen knurrte inzwischen hörbar. Lena legte das Tablet dankenswerterweise zur Seite, während sie aßen, aber als sie fertig war, holte sie es wieder hervor. Marten hatte gerade mit dem Schokokuchen angefangen.

»Was mich beschäftigt, ist das Würgen«, sagte Lena. »Wann ist das passiert, vor oder nach den Schlägen?«

»Und ist sie daran gestorben?«, fügte er mit vollem Mund hinzu.

»Ja, Moment … nein, Abraham ist noch nicht fertig mit der Obduktion. Aber er hat weitere Einzelheiten geschickt. Kleidungsfasern, vermischt mit Erde und Moorschlamm, er hält einige davon für mögliche Reste, die sich übertragen haben, als sie getragen wurde. Haare hat er auch gefunden, aber das ist immer so schwierig. An der Hose war ein Ölfleck … und Teppich …«

»Nicht so schnell«, unterbrach er sie gut gelaunt. Nun, da sein Magen wieder voll war, fühlte er sich deutlich besser. »Warum sind Haare schwierig?«

»Sie sind überall und werden leicht weitergegeben. Jemand kann sie von Person A auf die Kleidung bekommen und gibt sie an Person B weiter, und wir denken, Person A hat was mit Person B zu tun. Als Spuren sind sie ungeeignet. Du kannst erst im Nachhinein feststellen, dass sie vermutlich etwas miteinander zu tun hatten, als zusätzlichen Beweis. Zum Beispiel: Hier steht, dass eines der Haare auf dem Unterhemd war. Das ist etwas sicherer, aber eben auch nur bedingt angesichts der Tatsache, dass sie vermutlich irgendwo übernachtet hat und sich umgezogen hat.«

»Okay, das mit dem Ölfleck, da klingelt irgendwas. Wo war der?«

Sie sah auf das Tablet. »Unten am Bein.«

»Rechtes Bein, Innenseite?«

»Ja«, sagte sie verwundert.

»Das ist von einem Fahrrad, Tove hat das manchmal, wenn sie nicht vorsichtig ist. Mit dem alten bei mir. Ich ziehe ihr inzwischen eine alte … Ist auch egal. Der Schlüssel … erinnerst du dich an den Schlüssel?«

»In der Hosentasche«, unterbrach sie ihn. »Von einem Fahrradschloss!«

»Wer schließt denn hier sein Fahrrad ab?« Es war in Småland extrem unüblich, dass die Leute ihre Fahrräder mit Schlössern sicherten.

»Aber das müsste ja zu finden sein. Es steht seit Tagen irgendwo abgeschlossen rum, und ein Schloss deutet auf Innenstadt, Industriegebiet und so weiter hin.«

»Ich schicke jemanden los«, sagte Marten und strahlte. Er wusste auch schon wen: Kajsa kannte die Stadt wie ihre

Hosentasche, und sie fuhr selbst Fahrrad. »Kannst du dich an ein abgestelltes Fahrrad bei den Lagerhallen erinnern?«

Lena sah zur Seite. Sie konnte sich Dinge bildlich ins Gedächtnis rufen, er hatte schon mehrfach erlebt, wie sie sich an winzige Details erinnerte, weil sie die Person oder den Gegenstand direkt vor Augen hatte. »Nein. Aber würde sie sich schick anziehen und dann mit einem Fahrrad zu einer Party fahren?«

»Wenn sie kein Auto hat.«

»Was ist mit Alkohol … ach Moment, ich sehe nach.« Ein Blick aufs Tablet. »Geringe Mengen im Blut, entspricht einem oder zwei Drinks. Keine Drogen.«

»Eine junge Frau in Ausgehkleidung, die keinen Sex hatte, fast nichts getrunken hat und die niemand vermisst. Und die dann brutal erschlagen wird«, fasste er zusammen. »Vielleicht ein Zufallsdelikt?«

»Sie hatte Streit – erinnerst du dich an den blauen Fleck am Arm? Und das Würgen – das ist so persönlich.«

»Da sind wir wieder bei der Frage, wann das passiert ist. Ablauf eins: Sie wird gewürgt, auf den Kopf geschlagen, herumgedreht und erneut geschlagen.«

»Oder zwei«, fiel sie ein, »er schlägt sie auf den Hinterkopf, dreht sie, schlägt ins Gesicht und würgt sie dann.«

»Warum sollte sie jemand würgen, wenn sie schon tot ist?«, fragte Marten.

»Es ergibt keinen Sinn, du hast recht. Um ins Gesicht zu schlagen, braucht man viel Kraft und Überwindung. Es ist selten, die meisten bringen es nicht über sich, besonders wenn das Opfer noch lebt.«

»Oder aber«, sagte Marten langsam, »er hat es hingekriegt. Immerhin *hat* er ihr ja ins Gesicht geschlagen. Und dann hat er es mit den Händen beendet. Sie wird nicht sofort tot gewesen sein, nur bewusstlos.«

»Das sind zwei sehr unterschiedliche Szenarien mit zwei sehr unterschiedlichen Mördertypen, einer chaotisch und unorganisiert und einer brutal und emotional.«

»Oder es sind zwei unterschiedliche Täter«, sagte er mit einem Lächeln.

»Es macht dir Spaß, wilde Theorien aufzustellen, oder?«, fragte sie, klang aber nicht ärgerlich.

»Das habe ich von dir gelernt«, erwiderte er und stand auf, um zu zahlen. Er rechnete mit einem verärgerten Kommentar, aber nichts geschah. Als er sich umdrehte, hatte sie bereits alles zusammengepackt. »Teresa hat getextet«, sagte sie. »In der Sevedegatan hat jemand Jenny Boströms Bild wiedererkannt. In einem Restaurant.«

Die Sevedegatan kreuzte den Markt, es war also um die Ecke. »Dann lass uns noch vorbeigehen«, sagte er.

Beim Rausgehen warf er ihr einen Blick zu, aber sie wirkte vollkommen entspannt.

Das Restaurant war ein Schnellimbiss, in dem es Pizza und Gyros gab. Es duftete angenehm nach geröstetem Brot und Fleisch, als sie es betraten, allerdings war es nicht besonders sauber. Teresa und Sigge saßen in einer Ecke und aßen Pizza.

Die Bedienung war eine junge Frau mit braunen Haaren, klein, rundlich und mit einem freundlichen Lächeln. »Ja, die war hier, letzten Samstagabend. Ich erinnere mich, weil sie so traurig war.«

»Inwiefern traurig?«, wollte Lena wissen.

»Sie hat kaum etwas gesagt. Die anderen beiden haben die ganze Zeit von ihren ganzen Bekannten erzählt. Das schien eine richtig große Gruppe zu sein. Sie wirkte, als hätte sie niemanden.«

»Die anderen beiden?«

»Ja, sie waren zu dritt, es war eine reine Frauenrunde. Sie waren fröhlich, haben richtig viel gegessen und sind dann aufgebrochen, ich glaube, sie wollten tanzen gehen.«

Das Kharma lag nicht weit entfernt, und zu den Lagerhallen kam man, indem man die Brücke über die Gleise nahm – also ein kurzer Weg für beide Möglichkeiten. Und der Laden hier war eher von der günstigen Sorte.

»Wissen Sie wohin?«, wollte Marten wissen.

Sie schüttelte den Kopf. »Ins Kharma vermutlich, wohin sonst? Sie waren alle schick angezogen, vor allem die Große.«

Teresa stand auf und schluckte ihre Pizza runter. »Ich habe die Beschreibung schon entgegengenommen, eine war groß und blond, mit bauchfreiem Top und einem kurzen Rock, Schnürsandalen bis zu den Knien. Die andere war kleiner, dunkelhaarig und hatte ein schwarzes Kleid an.«

»Sie wissen nicht, wer die waren?«, fragte Lena die Bedienung.

»Nein. Hier kommen Dutzende Leute in der Stunde durch. Ich erinnere mich nur so genau, weil die beiden irgendwie aufgekratzt waren, aber die da«, sie zeigte auf das Foto, »hat die ganze Zeit dagesessen und auf die Tischplatte gestarrt. Vielleicht wollte sie nicht mitfeiern oder so was.«

»Was haben sie denn gefeiert?«

Die Bedienung dachte nach. »Das weiß ich leider nicht mehr. Aber es war irgendwas … irgendwas war passiert, und das haben sie gefeiert.«

Lena bedankte sich und auf dem Weg zum Auto fügte sie hinzu: »Dann ist es jetzt an der Zeit, noch mal mit den Eltern zu reden.«

Marten seufzte. Sigge, der während der gesamten Episode im Restaurant keinen Ton von sich gegeben hatte, stapfte mürrisch vor ihnen her. Es war Zeit, der Sache mit dem Leck auf den Grund zu gehen, auch wenn er seine Untergebenen nicht gern ohne Nachweis verhörte. Aber das Gespräch über Petter hatte ihn daran erinnert, und das *betraf* die Ermittlungen.

Also fuhren sie alle zurück ins Büro, wo Marten Sigge in sein Büro bat. Er kannte Sigge nicht besonders gut, er war ziemlich verschlossen und hielt sich aus dem allgemeinen Miteinander raus.

Sigge hatte zu einer Nachbarschaftsfehde in Kulla Interna weitergegeben an Leute, die er persönlich kannte. Fredrik hatte Marten davon erzählt, bevor er die Polizei verlassen hatte, um zu begründen, warum Sigge nicht für den Chefposten infrage kam, obwohl er das richtige Alter hatte und auch ein kompetenter Ermittler war. Seine Erklärung hatte so geklungen, als wäre es um Verpflichtungen Sigges gegenüber seiner Familie gegangen. »Auch wenn ich es persönlich verstehe, wenn man die Familie vorzieht, aber Chef kannst du dann nicht sein. Da kommt immer erst die Polizei.«

Vielleicht, dachte Marten, hatte Fredrik deshalb ihn ausgewählt: Weil er keine Familie mehr hatte, die zuerst kommen konnte.

Sie gingen in den Besprechungsraum, und er setzte sich. Sigge trat ungeduldig von einem Bein auf das andere. »Was gibt es?«

»Hast du mit Thorbjörn geredet?«, fragte er frei heraus und sah Sigge dabei in die Augen.

»Weswegen? Die Übernachtungen?«

»Nein, ich meine, um Interna weiterzugeben.«

Sigge starrte ihn einen Augenblick an, dann wurde er weiß unter seinen roten Bartstoppeln. »Nein!«, rief er und wich ein Stück zurück. »Wie kommst du dazu, mir so was vorzuwerfen?«

»Du hast früher schon mal Interna ausgeplaudert.«

Sigges Gesicht wurde, falls das möglich war, noch weißer. »Woher weißt du davon?«, fragte er und klang wütend.

»Ich bin der Chef hier. Solche Sachen muss ich wissen.«

»Fredrik hat es dir erzählt, oder? Wir hatten ausgemacht, dass es unter uns bleibt.«

»Also hast du tatsächlich Informationen durchsickern lassen. Warum?«, fragte Marten. Er kannte die Details nicht, Fredrik hatte sich, so gut es ging, an die Vereinbarung mit Sigge gehalten.

»Das geht dich nichts an. Und ja, es war ein Fehler. Ich habe seitdem nie wieder irgendwem was erzählt.«

»Sicher? Thorbjörn wusste, dass die Tote nicht identifiziert war, als ich gestern bei ihm war. Und es wäre nicht das erste Mal, dass er versucht, an solche Informationen zu kommen.«

»Ich habe sie ihm nicht gegeben. Aber er hat mal versucht, mich auszuhorchen. Im Frühjahr«, fügte er hastig hinzu.

Etwas zu hastig, fand Marten, angesichts der Tatsache, dass Sigge sonst eigentlich immer etwas überheblich war. »Was wollte er wissen?«

»Weiß ich nicht mehr. Ist auch egal, ich hab ihm nichts erzählt. Ich gebe nichts weiter.«

Das war nicht gerade die überzeugendste Verteidigung. »Warum hast du mir nicht davon erzählt? Dass Thorbjörn dich angesprochen hat?«

Sigge sah weg. Hatte er doch geplaudert? Er musste an Lenas Kommentar denken: In einer Mordermittlung lügen alle, und in 90 % hat das nichts mit dem Mord zu tun. Da Marten die Details nicht kannte, konnte er nicht sagen, warum genau Sigge damals Informationen weitergegeben hatte, nur die ominösen familiären Verpflichtungen standen im Raum. Aber das hier wirkte gerade anders, es sah aus, als ob irgendetwas dahinterstand, wofür sich Sigge schämte. Er bestand darauf, dass er nichts weitergegeben hatte, aber er gab keine vernünftige Begründung.

Das, oder er log eben doch.

»Wenn dich wieder jemand anspricht, musst du das an mich weitergeben«, sagte Marten streng. »Ich weiß, dass das zu Fredriks Zeiten ein wenig anders gelaufen ist, aber ich will es wissen, wenn jemand versucht, die Polizei für seine Zwecke auszunutzen.«

Sigge sah zur Tür. »Mach ich. Darf ich jetzt gehen?«

»Seid ihr mit den Befragungen in der Stadt fertig?«

»Die Hotels und Pensionen sind wir durch, es läuft eine Anfrage an das Buchungssystem der Campinggesellschaft, und wir haben eine an die Privatvermieter geschickt. Sollen wir die restlichen

Restaurants noch machen? Das sind ziemlich viele, so schaffen wir es sicher nicht mehr zum Försjön raus.«

Marten dachte einen Augenblick nach. »Nein, wir haben sie ja nun identifiziert. Fahrt raus, ihr übernehmt den Bereich Richtung Mariannelund. Wir kommen dann nach, sobald wir noch mal mit den Eltern geredet haben.«

Sigge nickte und stürmte aus dem Zimmer.

Marten seufzte. Wer außer Sigge würde noch Informationen über einen Mordfall weitergeben?

Kapitel 14

Lena

»GIBT es ein Problem mit Sigge?«, fragte Lena Marten, als sie auf dem Weg zu den Boströms waren.

Er sah stur geradeaus. »Nein, wir hatten nur was zu bereden.«

Aha. »Komm schon, du magst ihn nicht, du wusstest, ich würde ihn nicht mögen, und trotzdem ist er im Team«, versuchte sie, ihn zum Reden zu bringen.

»Ich habe nicht gesagt, dass ich ihn nicht mag«, murmelte Marten. Dann räusperte er sich. »Als ich gestern mit Thorbjörn geredet habe … Er, äh, wusste mehr, als er hätte wissen dürfen.«

Lena brauchte einen Moment, um den Gedanken zu Ende zu denken. Sie versuchte, nicht allzu fassungslos zu klingen. »Und du dachtest, es war Sigge?«

»Es könnte auch jeder andere gewesen sein. Und es war nicht so, dass Thorbjörn wusste, welche Verletzungen sie hatte, wie sie angezogen war und so weiter. Er wusste nur, dass sie nicht identifiziert ist.«

»Jetzt redest du es dir aber ein bisschen schön. Er muss dir ja nicht gesagt haben, was er alles wusste.«

»Zugegeben. Aber diese Information – dass wir die Tote nicht identifizieren können – wäre genau die Art Info, die Thorbjörn sucht. Nicht zu detailliert, um ihn nicht in Verdacht zu bringen, aber belastend: Die Polizei ist nicht mal in der Lage, die Tote zu identifizieren.«

»Und war es Sigge?«

Er zuckte mit den Schultern. »Wenn es so einfach wäre …«

»Wenn du ihm ernsthaft zutraust, dass er plaudert, weil er sich übergangen fühlt, ist es egal, wie gut er als Ermittler ist. Dann ist er als Polizist ungeeignet.«

Diesmal sah er sie an. »Und genau das weiß ich nicht. Und bevor ich nicht etwas Handfestes habe …«

»Du musst …«, begann sie, aber er fiel ihr ins Wort.

»Ich muss gar nichts. Aber ich werde.«

Er klang genervt, und Lena ärgerte sich darüber. Vorhin war die Stimmung so gut zwischen ihnen gewesen, aber in Västervik hatte nur einer mal etwas zu viel erzählt – gegenüber seiner Tante, die ihn stundenlang ausgefragt hatte –, und Björn hatte ihn rausgeschmissen. Das war aus Lenas Sicht die einzig richtige Strategie, besonders in einer Mordermittlung.

Die Boströms hockten auf dem Sofa und sahen kaum auf, als Marten sich ihnen gegenübersetzte. »Die Identifizierung ist jetzt abgeschlossen. Wir können jetzt mit Sicherheit sagen, dass es sich bei der Toten um Ihre Tochter Jenny handelt. Es tut mir sehr leid.«

Ihre Tochter war tot, und die Eheleute konnten diese Information nicht richtig verarbeiten. Man konnte sehen, wie sie versuchten, einen Sinn darin zu finden. Åke erzählte von Jennys neuem Leben an der Uni und wie viele Dinge sie vorgehabt hätte, und Petra redete die ganze Zeit von Gottes Willen. Gläubige Leute neigten zu solchen Reaktionen, aber in Lenas Erfahrung machte ihnen das die Situation nicht leichter. Es gab einfach keinen Sinn darin, dass das eigene Kind erwürgt, erschlagen und in einem Wald abgelegt worden war.

»Wenn Sie noch einen kurzen Blick darauf werfen könnten? Sind das Ihre Sachen?«, fragte Lena die Mutter und hielt ihr Bilder des Jacketts und des Glitzertops hin.

Petra sah mit verweinten Augen hin und schüttelte dann den Kopf.

»Sind Sie sicher?«, wollte Lena wissen.

»Wieso ist das wichtig?«, fragte Åke.

»Sie muss sich umgezogen haben. Wir versuchen herauszufinden, wo sie war und eventuell wo sie die Kleidung herhatte.«

»Ich habe solche Sachen nicht«, flüsterte Petra. »Ich gehe nicht aus, und ich habe auch Jenny ermutigt, es nicht zu tun.«

»Vielen Dank«, sagte Lena.

»Dürften wir uns ihr Zimmer ansehen?«, fragte Marten.

Die Eltern nickten. »Ich zeige es Ihnen.«

Jennys Zimmer lag im hinteren Teil des Hauses, weit weg von Küche und Wohnzimmer, es war klein und hatte eine altmodische Blümchentapete. Sie war mit Postern von amerikanischen Städten vollgepflastert, das Bett war ordentlich gemacht, es lagen eine bestickte Decke darauf und ein Stapel Briefe, die an Jenny adressiert waren.

»Es ist aufgeräumt. Oft kann sie nicht zu Hause gewesen sein«, sagte Marten.

Lena glaubte, einen schwachen Hauch Parfüm wahrzunehmen, irgendwas Süßliches. Neben dem Fenster stand eine große Schminkkommode, es gab noch einen leeren Schreibtisch und einen geräumigen Kleiderschrank, der die gesamte Wand einnahm und eine Menge Kleidung des Typs praktisch und günstig enthielt. Nichts davon ähnelte dem Top und dem Blazer, sogar die Hosen waren weit geschnitten.

»Bemerkenswert unaufregend«, sagte Lena. »Als ob sie nicht wirklich viel Zeit hier verbracht hätte, außer zum Umziehen und Schminken.«

»Sie wohnt nicht hier«, wandte Marten ein.

»Bis vor zwei Monaten aber doch, sie hat das Studium erst im August angefangen.« Sie hatte, während Marten mit Sigge geredet hatte, zwar erneut mit der Universität in Linköping telefoniert, aber der zuständige Studienkoordinator war nicht ans Telefon gegangen. Also hatte sie ihm eine Nachricht hinterlassen und wartete auf den Rückruf.

»Warum hat sie erst dieses Jahr mit dem Studium begonnen?«, fragte Marten. »Sie war einundzwanzig, sie muss schon zwei Jahre mit der Schule fertig sein.«

»Vielleicht hat sie ein Praktikum gemacht? Oder war im Ausland?« Sie deutete auf die Poster. »USA vielleicht?«

Sie gingen wieder zu den Eltern ins Wohnzimmer.

»Eine Frage hätte ich noch: Hat Ihre Tochter nach dem Schulabschluss Zeit im Ausland verbracht?«, fragte Lena.

Petra schüttelte den Kopf. »Nein, nein. Sie hat nach der Schule gejobbt. Im Burgerrestaurant oder in einer der Kleiderboutiquen in der Innenstadt. Sie … sie wusste nicht, was sie werden wollte.«

Åke verzog das Gesicht. »Sie war viel feiern. Mit ihren Freundinnen. Vielleicht fragen Sie *die* mal.«

»Warum sagen Sie das?«, fragte Lena.

»Sie hat mehr Zeit mit denen verbracht als mit uns. Eigentlich sollte sie direkt nach dem Gymnasium studieren, doch nach dem Abschluss hat sie sich plötzlich umentschieden.«

Lena sah zu Marten, er sah interessiert aus. Also hatte er den abfälligen Tonfall des Vaters auch bemerkt.

»Wissen Sie, wie diese Freundinnen heißen?«, fragte Lena.

Beide schüttelten den Kopf. »Wir wollten sie nicht hier haben«, fügte der Vater noch hinzu.

»Warum?«, fragte Marten sanft. *Kinder sind ja so schwierig*, sagte seine Stimme.

»Sie war die ganze Zeit unterwegs, ist die ganze Nacht weggeblieben. Wir waren so froh, als sie endlich mit dem Studium angefangen hat. Da war *das* endlich vorbei.«

»Hatte sie denn auf dem Gymnasium andere Freunde?«, fragte Marten. »Angemessenere?«

Die Mutter schüttelte den Kopf. »Eigentlich ist sie immer sehr für sich geblieben. Sie hatte genug zu tun und hat sich auf ihr Leben vorbereitet.«

Einen Moment sah sie starr geradeaus, dann begann sie lautlos zu weinen. Ihr Oberkörper zuckte, ihr Mann legte ihr die Arme um die Schultern und hielt sie fest.

»Können Sie uns noch sagen, was Sie am Wochenende gemacht haben?«, fragte Lena. Es war Zeit zu gehen.

»Am Wochenende?« Åke sah erstaunt auf.

»Ja, zwischen Samstag und Montagmorgen.«

»Wir waren hier, es hat ja geregnet. Am Sonntag sind wir in die Kirche, und nachmittags waren wir zum Kaffeetrinken eingeladen. Bei den Ladensons. Sie denken doch nicht, dass wir etwas damit zu tun haben!«

»Wir müssen das fragen. Und ich versichere Ihnen, die Polizei Vimmerby wird alles tun, um herauszufinden, was Ihrer Tochter passiert ist.« Sie sah dabei abwechselnd den Vater und die Mutter an, damit sich beide angesprochen fühlten.

Danach verabschiedeten sie sich. Lena fühlte sich erschöpft und ausgelaugt. Sie wusste, dass es Marten genauso ging und dass sie beide an Tove dachten. Hatte es je eine Zeit gegeben, in der sie gewusst hätte, was sie jetzt sagen sollte? Als Tove auf die Welt gekommen war, hatte sie längst beschlossen, Mordermittlerin zu werden. Marten war damals sehr zufrieden gewesen, Job in seiner Heimatstadt, Frau, Kind und ein schönes Haus. Sie hatte es mehrfach angesprochen, aber er hatte nie wirklich reagiert. Im Nachhinein war ihr klar geworden, dass die Vorstellung, Vimmerby zu verlassen, ihm Angst gemacht hatte. Und auch diese tägliche Beschäftigung mit dem Tod. Deswegen war er nicht Polizist geworden. Er wollte Ordnung in das Leben der Menschen bringen, Sinn und Hoffnung. Also hatte er einfach geschwiegen, in der Hoffnung, dass diese wilden Ideen von allein wieder verschwinden würden.

Sie verließen Vimmerby und begannen, die Dörfer abzufahren. Am frühen Nachmittag war auch meistens wieder jemand zu Hause. Hier waren die Wälder voller alter Höfe, die Ferienwohnungen und Jagdausflüge anboten. Der alte Königsweg, an dem Vimmerby gegründet worden war, führte hier entlang, und es gab noch viele Bauern, deren Höfe an den endlosen Straßen aufgereiht lagen.

Ein blaugrauer Himmel spannte sich über ihnen, und die Einfahrten standen voller Wasser. Am Wochenende waren viele zu Hause gewesen, wegen des Wetters und weil inzwischen das Vieh in den Ställen war und die Wintervorbereitungen anstanden. Und entsprechend war auch kaum jemand im Wald gewesen, oder die Leute in der Gegend hatten es nicht bemerkt. Es gab ein paar Erwähnungen einer Bauarbeitertruppe, die offenbar auf der Durchfahrt gewesen war und das Jedermannsrecht in Anspruch genommen hatte – jedoch ohne ernsthaft Lärm zu machen. Als sie den Platz besichtigten, eine Jägerunterkunft in Djurstorp, fanden sie haufenweise Müll und deutliche Zeichen, dass in dem heruntergekommenen Wohnwagen jemand geschlafen hatte.

»Das Grundstück gehört Hampus. Das ist einer von Thorbjörns Jägerkumpels. Ich muss das melden«, sagte Marten, während Lena um den Wagen herumging und auf ein paar nur halb vergrabene Innereien stieß. »Und gejagt haben sie offenbar auch«, rief sie Marten zu.

Der Wald hier war vor allem Wirtschaftswald, gerade Kiefern erstreckten sich in Reih und Glied gen Himmel. Der Boden war weich und schwammig, von den tief hänsgenden Ästen tropfte es. Auch hinter dem Wohnmobil war es nicht viel ordentlicher, es lagen vergammelte Bretter, alte Wellbleche und mit löchriger Plane abgedeckte Kisten herum. Wer weiß, was dieser Hampus hier alles aufbewahrte. Gemütlich war es hier jedenfalls nicht, und viele nutzten solche Niederlassungen für Schmuggelgut oder illegale Jagden. Es hätte sie nicht gewundert, wenn Hampus wusste, dass jemand bei ihm übernachtet hatte.

Sie sah zum Himmel, der inzwischen weiße Flecken hatte. Es klarte auf.

»Was?«, hörte sie Marten rufen. »Lena? Kommst du mal?«

Sie lief zurück. Marten stand mit dem Smartphone in der Hand da und sah ihr entgegen. »Er sagt, Thorbjörn war am Sonntag hier, um den Schaden zu überprüfen. Gegen Abend. Und dass er nach Björnebro wollte.«

»Von Björnebro kann man praktisch zum Försjön laufen. Was wollte er dort?«

»Wusste Hampus nicht. Aber Tatsache ist, dass Thorbjörn kein Wort darüber gesagt hat, dass er am Wochenende hier war.«

»Hast du nach dem Wochenende gefragt?«

»Nein. Aber das werde ich gleich nachholen«, erwiderte er grimmig.

Kapitel 15

Marten

SIE waren kaum zurück auf dem Revier – inzwischen war es Abend –, als Petter anrief. Er hatte Jon Sjögren auf den Überwachungsvideos der Lagerhallen gefunden, und zwar am Samstagabend, kurz nach Beginn der Party um neun.

»Ich hab den Freitag durch – laut der Managerin war da auch Party – und hatte gerade mit Samstag angefangen, da hab ich ihn gesehen.«

»Er darf da gar nicht rein, er ist nicht achtzehn«, sagte Marten.

»Cecilia hat doch was von Wachleuten gesagt? Kontrollieren die das beim Eintritt nicht?«, wollte Lena wissen.

»Was ist mit Jenny? Hast du sie schon auf den Videos gefunden?«, fragte Marten.

»Bisher nicht. Das sind mehrere Stunden Aufzeichnungen für zwei Parkplätze, und die Qualität ist nicht besonders gut. Am Freitag war ordentlich was los, ich hoffe, dass ich sie überhaupt erkenne, wenn sie auftaucht.«

»Dann muss sie am Samstag da gewesen sein. Sie war Samstagabend essen, danach wollten sie tanzen gehen. Wir wissen, dass sie zwischen Freitag und Sonntag gestorben ist und danach noch irgendwo gelegen hat, das heißt, sie ist frühestens am Sonntag in den Wald gebracht worden. Wir haben also Agata Sundströms Freund am selben Abend in der Disco, Vater Sundström am selben Tag im Wald und Agata, die die Leiche findet«, fasste Marten zusammen.

»Außerdem kennt Thorbjörn Interna aus der Untersuchung«, fügte Lena hinzu.

»Ich werde ihn offiziell zur Vernehmung bestellen. Gleich morgen früh«, sagte Marten. Es würde ihm eine Freude sein, die Einladung zu überbringen.

Und so begann der Freitagmorgen mit einem sehr wütenden Thorbjörn Sundström, der den Verhörraum betrat wie ein König den Thronsaal und sich dann auf dem unbequemen Plastikstuhl niederließ, als würde er den Herrschersitz besteigen.

Er verlangte etwas zu trinken und musterte erst Lena und dann Marten mit zusammengezogenen Brauen. »So ist das also. Sie schicken deine Ex-Frau. Ich wünschte wirklich, die Polizei dieser Stadt wäre nicht ein derartig unfähiges Familienunternehmen.«

»Wir sind geschieden, Thorbjörn. Technisch gesehen sind wir keine Familie mehr«, sagte Lena vollkommen ruhig. Warum blieb sie bei diesem Mann ruhig, während jede Erwähnung von Anders diese seltsame Reaktion auslöste? »Aber wenn dir die aktuelle Konstellation nicht passt, beschwer dich gern in Västervik. Oder in Kalmar. Da soll es momentan ohnehin sehr ruhig zugehen, ich bin sicher, sie haben Zeit für eine derartige Beschwerde.«

Er lächelte süffisant. »Ach, frech werden! Habt ihr denn schon irgendwas über die Nacht herausgefunden, in der eine unschuldige Bürgerin der Stadt ihr Leben lassen musste?«

»Woher weißt du, dass sie eine Bürgerin der Stadt war?«, fragte Marten.

»Sie lag in einem Wald, der zur Gemeinde gehört.«

»Das ist an sich schon eine schwache Erklärung. Aber es ist ja nicht das erste Mal, dass du was weißt, was du nicht wissen solltest. Und dann finde ich auch noch heraus, dass du zur Tatzeit vor Ort warst.«

Einen Moment war Thorbjörn überrascht, fing sich jedoch sofort wieder. »Zur Tatzeit? Was meinst du?«

»Du warst Sonntag in Björnebro. Wir haben einen Zeugen, der das ausgesagt hat. Was wolltest du dort?«

»Was geht dich das an?«

»Björnebro liegt direkt neben dem Ort, wo die Tote gefunden wurde.«

»Und du glaubst, dass ich am Sonntag dort eine Tote abgelegt habe? Bist du völlig von Sinnen?«

»Was hast du dort gemacht?«

Er schien zu überlegen. »Ein Grundstück angesehen«, antwortete er. »Ich plane in der Gegend … etwas zu bauen.«

»Was?«

»Eine Padelarena«, grummelte Thorbjörn. »Dass mir das nicht nach außen dringt.«

»Ich glaube, du hast noch nicht kapiert, was hier los ist. Das hier ist ein Verhörraum. Ich bin der Polizeichef, das ist eine Mordermittlerin. Du wurdest in der Nähe des Fundorts der Leiche gesehen, deine Tochter hat sie gefunden, und du denkst, das einzig Wichtige ist, dass ich deine Investitionspläne nicht weitererzähle?«

»Ich habe nichts damit zu tun!«

»Was hast du zwischen Samstag und Montagvormittag gemacht?« Marten zog einen Block heraus und schob ihn Thorbjörn hin. »Am besten mit Uhrzeiten.«

Thorbjörn nahm den Stift.

»Was fährst du für ein Auto?«, fragte Lena.

»Einen Volvo V90 Cross Country«, murmelte Thorbjörn, während er Uhrzeiten und Daten hinschrieb. Der Mann war ziemlich beschäftigt.

Lena checkte auf dem Tablet die Reifenspuren, die am Rastplatz an der Amaliengrotte gefunden worden waren, einem Ort, der nur zwei Kilometer von dem Grundstück entfernt war, das Thorbjörn sich angesehen hatte. Marten sah sie durch die Tabelle scrollen, dann schob sie ihm das Tablet hin: ein Volvo V90 war dabei.

»Warst du auch am Försjön?«, fragte Marten.

Thorbjörn sah auf. Auf seinem Gesicht lag eine undefinierbare Mischung aus Ärger und Scham. Wofür schämte er sich?

»Meine Tochter und ich haben dort Pause gemacht«, antwortete er zwischen zusammengebissenen Zähnen. Thorbjörn war noch nie gut auf ihn zu sprechen gewesen, aber diesmal hatte er es sich wirklich mit ihm verscherzt.

»Agata war dabei? Und das konntest du mir nicht vorher erzählen?«

»Du hast nicht gefragt.«

»Im Ernst, Thorbjörn. Du warst da, sie war da, sie findet die Tote. Obwohl sie da nie hingeht. Und du meinst, das sei nicht wichtig? Oder unsere gegenseitige Abneigung sei wichtiger als das Leben dieser Frau?«

Thorbjörn ließ den Stift sinken. Sie hatten ihn. Marten hatte mit einem einzigen Satz, platziert an der richtigen Stelle, den Durchbruch geschafft.

»Es geht dich nichts an, was ich geschäftlich so treibe. Aber gut, ich sehe, dass es Agata mehr in Gefahr bringt, als es ihr hilft. Also, wir waren am Wochenende dort, um das Grundstück anzusehen. Es steht ein Gebäude drauf, ich möchte es kaufen und wollte die Reparaturmaßnahmen einschätzen, deswegen hatte ich noch einen Handwerker dabei. Er kann dir das bestätigen. Wir sind eine Stunde dort herumgelaufen, danach hatte Agata die Nase voll. Weil ich noch zu diesem Jägersitz musste, bin ich zum Försjön gefahren, damit wir einen schönen Blick haben, während wir was essen. So ist sie auf die Idee mit der Grotte gekommen. Ich hab ihr erzählt, was es damit auf sich hat, und sie hat es Jon erzählt. Danach sind wir weitergefahren.«

»Und das hast du vorgestern nicht erzählt, weil …?«, fragte Lena.

»Ich wollte nicht, dass Agata mit der Sache verbunden wird. Sie hat ja schon die Leiche gefunden. Das Kind ist völlig durch den Wind seitdem.«

Marten musste an Jon denken, wie er starr und apathisch am Küchentisch gesessen hatte. »Und weiß Jon, dass Agata die Idee von dir hat? Mit der Grotte?«

»Vermutlich schon. Sie wird ihm von dem Ausflug erzählt haben. Warum?«

»Weil er dann vermutlich denkt, dass du Jenny Boström umgebracht hast«, sagte Marten.

Kapitel 16

Lena

SIE wollten gerade zur Befragung von Jon Sjögren aufbrechen, als Petter anrief. Er hatte Jenny Boström auf den Videos gefunden.

»Jetzt geht es aber Schlag auf Schlag«, sagte Marten gut gelaunt.

Es war eine Aufnahme vom hinteren Parkplatz, kurz nach neun Uhr abends. »Da«, sagte Petter und zeigte auf eine Frau, die gerade aus einem Auto gestiegen war, einem kleinen VW.

»Man sieht praktisch nichts, vor allem nicht das Gesicht«, wandte Marten ein.

»Sie hat ein Glitzertop an. Daran habe ich sie erkannt. Und später sieht man ihr Gesicht.«

Sie warf sich ein Jackett über und marschierte an der Seite von zwei weiteren Frauen in Richtung Gebäude, eine war groß und blond, die andere kleiner und mit dunklen, langen Haaren.

»Das passt zur Beschreibung aus dem Restaurant«, sagte Lena. »Außer, dass die Große keinen kurzen Rock und Sandalen trägt.«

Marten kniff die Augen zusammen. »Das sieht wie ein Kleid aus oder ein Mantel. Sie wird etwas drübergezogen haben, es ist Anfang Oktober.«

Lena fiel auf, dass die Frau mit dem Glitzertop etwas hinter den anderen beiden ging, leicht versetzt, als habe sie gerade noch in der Mitte gestanden und wäre nun verdrängt worden.

Die Kamera umfasste nur den Parkplatz, und die Frauen verschwanden schnell aus dem Bild.

»Der Eingang ist über die Leiter«, sagte Petter, »ich habe gefragt. Danach habe ich vorgespult, den Bereich dazwischen schaue ich mir nachher noch mal genauer an, ich wollte nur, dass ihr eine Zeitlinie habt. Also hier.«

Gegen Viertel nach elf kam Jenny ins Bild gerannt, im Schein der Gleisbeleuchtung waren Gesicht und Glitzertop gut zu erkennen. Sie trug wieder das Jackett und eine Handtasche. Hektisch sah sie sich um, dann rannte sie weiter. »Schaut hier«, sagte Petter und zeigte wieder auf den Rand.

Noch eine Frau kam angerannt, sie war dunkelhaarig und trug ein kurzes Kleid und Stöckelschuhe, sonst nichts. Sie sah Jenny, lief zu ihr und begann, hektisch auf sie einzureden. Jenny schüttelte mehrmals energisch den Kopf und lief dann Richtung Straße und außer Sicht der Kamera.

»Okay«, sagte Marten. »Sie haben also …«

»Wartet. Es kommt noch mehr.«

Die zweite Frau stand einen Moment da, dann holte sie ihr Handy und telefonierte. Einen Moment später tauchte die dritte Frau auf – diesmal war auch zu erkennen, dass sie einen weiten, offenen Mantel trug –, sie unterhielten sich kurz, dann stiegen beide in das Auto. »Für mich sind das die beiden, mit denen sie gekommen ist«, sagte Petter.

Es war nicht zu erkennen, was sie unter dem Mantel anhatte, dafür war die Qualität nicht gut genug.

»Meinst du, sie fahren ihr hinterher?«, fragte Lena.

»Wenn es die beiden sind, mit denen sie gekommen ist, wahrscheinlich. Zu Fuß ist es ja ein ganzes Stückchen bis in die Innenstadt«, erwiderte Marten.

»Warum ist sie nicht über die Brücke gegangen? Die liegt ja direkt dahinter.«

»Auch zu ihren Eltern wäre es so kürzer«, meinte Petter.

»Das Hotel vielleicht?«, schlug Marten vor.

»Sigge und Teresa haben mit denen schon gesprochen. Hier hat sie nicht übernachtet«, sagte Petter.

»Sie ist einundzwanzig und Studentin. Die Eltern haben kaum Kontakt. Sie hat kein Geld für ein Hotel«, sagte Lena. »Und selbst wenn, das kannst du ja auf der anderen Aufnahme überprüfen. Und könntet ihr noch das Kennzeichen überprüfen?«

Petter machte sich eine Notiz, und sie gingen hinaus. Inzwischen war Mittag lang vorbei und die Sonne schien ausnahmsweise mal, also gingen sie auf dem Markt etwas essen – der Markt war inzwischen fast fertig aufgebaut –, dabei bekamen sie die Nachricht, dass die Obduktion abgeschlossen war.

»Schlag auf Schlag, sag ich doch. Gibt es einen Todeszeitpunkt?«, fragte Marten mit vollem Mund. Er aß mit großer Begeisterung seine zweite Wurst, während Lena schon nach der ersten genug gehabt hatte.

»Zwischen Samstagabend und Sonntag früher Morgen«, sagte sie. »Da wir wissen, dass sie bis Viertel nach elf am Leben war, ist sie zwischen 23:20 am Samstag und drei oder vier Uhr am Sonntagmorgen gestorben. Sie hat irgendwo gelegen, bevor sie in den Wald gebracht worden ist, mindestens zehn bis zwölf Stunden, wenn man sich die Totenflecken ansieht. Sie waren voll ausgeprägt, im Wald lag sie auf der anderen Seite. Sie kann also nicht vor Sonntagnachmittag oder -abend dort abgelegt worden sein.«

»Das würde Thorbjörn dann ausschließen, er war vormittags in Björnebro und gegen zwei wieder zu Hause. Wir müssten noch mal mit Agata reden, aber irgendwie scheint mir seine Geschichte stimmig.«

»Es passt zu Thorbjörn, dass ihm seine Geschäfte wichtiger sind als alles andere«, sagte Lena.

Marten zog das Tablet zu sich rüber. »Das Würgen ist nicht die Todesursache. Über den Würgemalen waren schwache Blutspritzer. Sie wurde erst gewürgt, laut Abraham kann es sein, dass sie noch nicht mal das Bewusstsein verloren hat. Laut der Analyse der Knochenfragmente hat der Schlag auf den Hinterkopf sie vermutlich nur betäubt, aber nicht getötet. Todesursache war der Schlag bzw. die Schläge auf die Stirn. Sie hat gelegen, jemand hat von oben auf sie eingeschlagen.«

»Das schließt dann den brutalen, emotionalen Täter aus, und wir haben einen chaotischen Täter, der sie vielleicht gar nicht töten wollte.«

»Oder der sie töten wollte, aber brutal, und gewürgt hat sie wer anders.«

Lena seufzte und nahm einen Schluck von ihrer Cola. »Mach weiter.«

»Es gibt eine leichte Hirnblutung, die laut Gerichtsmediziner nicht von den Schlägen kommt. Sie war einige Stunden alt, als sie starb. Wir fassen also zusammen. Sie hat sich den Kopf gestoßen, ein paar Stunden später würgt sie jemand, dann fällt sie, der Mörder schlägt sie auf den Hinterkopf, dreht sie rum und tötet sie.«

Lena war es kalt den Rücken runtergelaufen. Wie sollte sie das den Eltern erklären? »Was ist diesem armen Mädchen nur passiert?«

Marten sah leicht angewidert aus. »Lass uns zu den Sjögrens fahren«, sagte er. »Was dagegen, wenn ich meine Mutter anrufe und nach ihnen frage?«

»Mach nur«, sagte Lena. Martens Mutter war die Leiterin des Abstinenzvereins, eine sehr strikte, sehr selbstbewusste Frau, die ihre Aufgabe vor allem in der Jugendförderung sah. Der Verein organisierte Jugendfeste und Theateraufführungen, bot Handwerkskurse und alles Mögliche andere an, um die vom Leben in einer Kleinstadt gelangweilte Jugend vom Alkohol abzuhalten.

»Hallo, Mamma«, sagte Marten ins Telefon. »Ich bin es. Ich schalte dich mal auf laut, ich bin hier mit Lena.«

Er legte das Telefon ab. »Hallo, Lena«, kam es aus dem Lautsprecher.

»Hallo, Kristina«, erwiderte die. Sie klangen beide reserviert. Lena hatte Martens Mutter immer etwas seltsam gefunden. Sie liebte ihre beiden Kinder, aber sie hatte auch klare Vorstellungen, was sie werden sollten, und als Marten sich denen nicht untergeordnet hatte, war sie sehr abweisend gewesen, im Gegensatz zu Lenas Eltern, die zwar etwas hippiemäßig waren, aber Lena (und auch Marten) immer bei allem unterstützt hatten.

»Wie läuft die Untersuchung?«

Überraschend gut, dachte Lena. Es war der dritte Tag, und sie fand es sehr fruchtbar, mit Marten die spärlichen Hinweise zu diskutieren. Auch wenn er gefühlt immer anderer Meinung als sie zu sein schien.

»Gut, Mamma. Du weißt, dass wir nicht über die Einzelheiten sprechen können. Wir haben eine Frage zu Astrid Sjögren.«

»O ja, die Arme ist völlig am Ende. Erst die Geschichte mit ihrem Mann und dann das. Der Sohn findet eine Leiche im Wald. Ich habe ihr gesagt, sie soll sich keine Sorgen machen, ihr verdächtigt sie ganz sicher nicht!«

Stille. Lena unterdrückte ein Stöhnen. Ja, genau das war es, was sie an Kristina immer so nervenaufreibend gefunden hatte. Aber welche Frau mochte schon ihre Schwiegermutter?

»Ist Jon in letzter Zeit bei euch gewesen? Kommt er regelmäßig zu den Treffen? Oder macht was anderes?«, fragte Marten mit einer Stimme, an die sie sich gut erinnerte. Vorsichtig neutral, aber auch reserviert.

»Vor dem Sommer, ja. Er hat im Theater mitgespielt. Er sieht sehr gut aus, wir geben ihm immer die Rolle des Liebhabers. Aber seit er Agata Sundström kennengelernt hat, kommt er nicht mehr.«

»Auch nicht zu den Treffen?« Das waren die wöchentlichen Zusammenkünfte, die technisch keine Gottesdienste waren, aber in der Realität sehr viel damit gemein hatten.

»Doch, aber seltener als früher. Ich denke, Astrid verliert langsam die Kontrolle über ihn. Ich habe ihr gesagt, man muss seine Kinder irgendwann gehen lassen, sie müssen ihren eigenen Weg finden, aber sie hat Angst. Verständlicherweise.«

»Denkt sie, dass er so wird wie sein Vater?«

»Natürlich. Welche Mutter würde das nicht?«

»Trinkt er denn?«

»Nicht, dass ich wüsste. Aber wenn er es tut, dann tut er es heimlich. *Ich* würde davon sicher nichts mitbekommen.«

Auch das war typisch Kristina. Auf der einen Seite sehr strikt und sehr religiös, auf der anderen Seite praktisch und keineswegs blind. Wenn etwas schieflief, benannte sie es auch, sie neigte nicht dazu, sich die Welt schönzureden.

»Und seine Mutter?«, fragte Lena.

Es gab eine winzige Pause, bevor Kristina antwortete. »Das müsst ihr sie fragen. Ich trage mich mit dem Gedanken, dass sie es mir erzählen würde oder jemand anderem. Aber Menschen verhalten sich manchmal völlig anders, als man erwarten würde, auch wenn man sie Jahrzehnte kennt.«

»Was genau ist mit dem Vater passiert?«, fragte Lena.

»Er hat schon getrunken, bevor sie geheiratet haben. Nicht viel, aber jeden Tag. Mit der Zeit wurde es mehr, sie hat versucht, ihm zu helfen, doch er hat das wahre Ausmaß vor uns verborgen. Die typische Trinkerkarriere. Sie belügen sich selbst, das ist das Schlimmste. Sie sagen, drei, vier Bier am Tag, das ist doch nicht schlimm. Tatsächlich trinken sie zehn, und irgendwann können sie nicht mehr ohne. Dann wird es immer mehr, und schließlich können sie es nicht mehr verbergen. Es gab Streit, er verließ das Haus und baute einen Unfall.«

»Wie alt war Jon da?«, wollte Lena wissen.

»Zehn. Immerhin hat er seine Frau und das Kind nie geschlagen.«

»Deprimierend ist es trotzdem«, sagte Marten.

»Es ist schrecklich. Ich habe mein Bestes gegeben, die beiden wieder aufzurichten, also mach mir das nicht kaputt.«

Marten biss sich auf die Lippe.

Lena atmete tief durch. »Vielen Dank, Kristina. Das war sehr hilfreich.«

»Kein Problem. Was ist mit Tove? Bleibt es bei dem geplanten Wochenende?«

»Ich bringe sie morgen Vormittag vorbei«, sagte Lena. »Gegen neun.«

»Gut. Tobias möchte mit ihr zum Zeitungsworkshop. Dann viel Erfolg bei der Ermittlung!«

Und damit legte sie auf. Lena und Marten sahen sich einen Moment an, dann grinste er. »Sie hat sich nicht verändert, oder?«

Lena lächelte. »Nein. Du bist mit Mitte dreißig Polizeichef der größten Kommune der Gegend, und sie sind nicht mal stolz.«

»Alte Zeitungsehre. Ich glaube schon, dass sie stolz sind. Es ist nur … es ist, als ob ich eine Geliebte hätte, weißt du? Nicht, dass ich wüsste, wie das ist, aber in meiner Familie kommt die Familie zuerst. Mit der Polizei habe ich das teilweise hinter mir gelassen, und das können sie nicht verstehen.«

»Dass dir das Wohl aller wichtiger ist als das Wohl deiner Familie?«

»Ja, so in etwa. Natürlich musste ich da noch nie wählen, aber theoretisch könnte es so sein. Aber sie geben sich Mühe, wirklich. Als wir … Sie haben mir die Wohnung besorgt, direkt neben dem Revier, damit ich es nicht so weit habe. Sie haben mir sehr geholfen, als ich plötzlich allein war.«

Natürlich haben sie das. Sie hatten dich ja endlich wieder, dachte sie. Sie war in Västervik völlig allein gewesen, kannte dort niemanden, die Wohnung war neu und kalt, der Job anstrengend, und sie trug die Hauptlast der Kinderbetreuung. Sie hatte es so gewollt, aber abends hatte sie trotzdem oft im Bett gelegen und den Tränen freien Lauf gelassen. Glücklicherweise war das alles so anstrengend gewesen, dass sie nie lange wach gelegen hatte.

»Ja … das war nett von ihnen«, sagte sie und startete den Wagen. Sie wollte nichts sagen, denn wenn sie es getan hätte, hätte sie etwas dazu bemerken müssen, wie sehr sie ihn dafür gehasst hatte, dass er ihr keine Wahl gelassen hatte. Sie hatte jahrelang versucht, mit ihm über ihre Unzufriedenheit zu reden, aber es war immer gewesen, als redete man gegen eine Wand. Wenn er sich nach der Scheidung also allein gefühlt hatte, dann weil er sich davor wie ein Arschloch verhalten hatte.

Jon war seit Mittwoch zu Hause, wie ihnen Astrid beim Eintreten mitteilte, und als er sich nun in die Küche schleppte, sah er vollkommen erledigt aus.

»Wie geht es dir?«, fragte Marten mitfühlend.

»Geht so«, sagte er und setzte sich. Die Mutter servierte wieder Kaffee und Zimtschnecken, die der Junge sofort zwischen den Fingern zerkrümelte.

»Wir haben nur ein paar kurze Fragen«, sagte Marten. »Du hast beim letzten Mal ausgesagt, dass es deine Idee war, zur Amaliengrotte zu fahren. Stimmt das?«

»Was? Äh, ja, irgendwie schon.«

»Warum wolltest du dahin?«, fragte Marten.

»Na, um Agi meine Liebe zu schwören.«

»Und sie ist einfach so mitgekommen?«

»Sie wollte erst nicht. Hat gesagt, dass es bestimmt sumpfig ist, weil es das ganze Wochenende geregnet hat.«

»Sie war also am Wochenende dort?«

Er sah ihn einen Moment erstaunt an, dann nickte er. »Sie … sie war mit ihrem Vater dort.«

»Weißt du, was sie dort gemacht haben?«

Er senkte den Blick. »Keine Ahnung. Irgendwas angeguckt oder so.« Er nahm ein Stück Zimtschnecke und ließ es wieder fallen.

»Jon! Was weißt du über diesen Ausflug?«, fragte die Mutter streng.

»Nichts! Ich habe keine Ahnung, was die da draußen treiben. Mann!«

»Was hast du am Samstagabend gemacht?«, fragte Lena.

»Was?«, erwiderte er überrumpelt.

»Letzten Samstagabend, gegen neun?«

Er sah zu seiner Mutter und wischte sich dann die fettigen Hände an der Hose ab. »Keine Ahnung.«

»Du bist auf einer Kamera zu sehen, wie du gegen neun die Lagerhallen betrittst. Den Nachtklub.«

Er wurde weiß. Seine kantigen Gesichtszüge traten dadurch noch mehr hervor, und Marten dachte, dass Jons Vater vermutlich auch sehr gut aussehend gewesen war. »Nein, nein, das kann nicht sein!«

»Wir haben einen Beweis, schwarz auf weiß. Also sag uns einfach, was du dort gemacht hast.« Er warf Lena einen Blick zu, die daraufhin begann, die Bilder auf dem Tablet aufzurufen.

»Ich … war nicht dort«, presste Jon hervor.

»Jon, wenn du in einem Nachtklub warst, musst du der Polizei davon erzählen«, sagte die Mutter. Sie versuchte, ruhig zu klingen, aber man hörte das Zittern in ihrer Stimme.

Jons Augen wurden feucht. Er sah kurz auf und dann schnell wieder zu Boden. »Ich wollte … für Agi schauen.«

»Was schauen?«

»Sie … sie will doch dort so gern hin. Und sie wird doch bald achtzehn. I-i-ich dachte, ich schaue mal.«

»In einem Nachtklub?«, fragte die Mutter fassungslos.

»Erzählen Sie das nicht Agis Vater, ja? Der hasst mich. Er darf nicht erfahren, dass ich dort war.«

»Ist das wichtiger, als dass du minderjährig Alkohol getrunken hast?«

»Ich habe nichts getrunken!«, rief er. Er sah dabei auch zu seiner Mutter. »Das musst du mir glauben. Ich wollte nur mal schauen.«

»Agata möchte also gern in einen Nachtklub gehen, sobald sie achtzehn ist?«, fragte Marten. »Was sagt ihr Vater dazu?«

»Ist am Durchdrehen, hat ihr schon mehrfach Hausarrest erteilt. Aber Agi macht, was sie will. Und …« Er brach ab.

»Und was?«

Jon schwieg, also antwortete Astrid. »Und Thorbjörn mag meinen Sohn nicht besonders.«

»Er denkt, Agi braucht jemanden, der Geld hat. Man muss etwas bewegen können«, sagte Jon in einer ziemlich akkuraten Nachahmung von Thorbjörns Stimme.

»Und deshalb gehst du mit seiner Tochter in einen Nachtklub, um ihm zu zeigen, dass er dich mal kann?«, fragte Marten.

»Was?« Jon sah sie verwirrt an.

Lena fiel etwas auf in dem, was er gerade gesagt hatte. »War sie denn schon mal in den Lagerhallen? Oder warum hat sie Hausarrest bekommen?«

»Nee, nur tagsüber«, sagte Jon.

»Was? Sie war tagsüber in den Lagerhallen?«

»Bei diesem Immobilientypen. Ihr Vater und der machen Geschäfte.«

Sie fragten noch nach einem Alibi, aber die Mutter war um zehn Uhr wach gewesen, als der Sohn nach Hause gekommen war. Laut ihrer Aussage war er danach ins Bett gegangen, und er behauptete, die ganze Nacht dort geblieben zu sein.

Kapitel 17

Marten

»NACHDEM wir Thorbjörn schon ausgeschlossen hatten, ist er jetzt plötzlich wieder verdächtig«, sagte Lena auf den Rückweg zum Revier. Es hatte seit gestern nicht geregnet, der Himmel hing klar und blau über der weiten Ebene, durch die der Stangån floss, selbst die Luft schien sich aufgehellt zu haben.

»Es ist eine kleine Stadt. Thorbjörn ist für die touristische Entwicklung zuständig, natürlich hat der was mit Immobilienhändlern zu tun. Und der Lagerhallen AB gehört die halbe Innenstadt.«

Als sie das Revier betraten, kam ihnen Sigge entgegen. »Ich habe das Kennzeichen entziffert«, sagte er mürrisch.

»Und?«, wollte Lena wissen.

»Das Auto gehört einer Anna Käll, zwanzig Jahre alt, wohnhaft in der Bullerbygatan 26, bei ihren Eltern.«

»Hier in Vimmerby?«, fragte Lena.

Sigge nickte. Lena neben ihm atmete aus. »Gute Arbeit«, sagte sie. »Dann sehen wir uns das gleich mal an.«

»Laut Akte arbeitet sie in einem Kosmetiksalon an der Storgatan. Sie wird momentan wahrscheinlich nicht zu Hause sein.«

»Akte?«, fragte Marten.

»Sie ist aktenkundig. Wegen … Moment … Trunkenheit am Steuer, Erregung öffentlichen Ärgernisses, Körperverletzung. Alles Kleinkram, aber praktisch alle Orte, wo man abends Alkohol trinken kann, werden erwähnt. Ach, und Teresa und ich sind mit der Befragung am Försjön fertig.«

Er zeigte auf die entsprechende Datei in der Akte und verschwand dann die Treppe hinauf.

»Und was habt ihr so herausgefunden?«, rief Lena ihm hinterher. Doch Sigge antwortete nicht. Ob er es nicht mehr gehört hatte oder nicht antworten wollte, war nicht zu sagen.

»Sieht aus, als hätte ich ihn verärgert«, sagte Marten.

»Er ist sich entweder keiner Schuld bewusst oder unschuldig«, sagte sie. »Wie bist du überhaupt auf die Idee gekommen, dass er das Leck sein könnte?«

Siebter Sinn, eindeutig. Er versuchte, entspannt auszusehen, merkte dann aber, dass sie gar nicht hersah, sie blätterte in der Akte. »Wir stehen hier immer mal wieder zwischen Familie und Polizei, und Sigge … hat sich irgendwann mal für die falsche Seite entschieden. Ist schon eine Weile her.«

Sie sah auf. »Und da wollte er Fredriks Nachfolger werden?«

»Fredriks Entscheidung kam ziemlich plötzlich«, sagte er langsam, während sie wieder in die Akte sah. »Ich weiß ehrlich gesagt nicht, warum er sich für mich entschieden hat.«

»Gab es andere Interessenten?«, fragte sie abwesend. Sie war dabei, einen Eintrag zu lesen.

»Ja, Larissa. Erinnerst du dich an sie?« Larissa war eine Polizistin um die vierzig, die schon länger mit Fredrik zusammengearbeitet hatte.

Sie sah auf. »Was ist mit ihr? Ich habe sie bisher noch nicht gesehen.«

»Sie hat aufgehört, nachdem sie den Posten nicht bekommen hat. Sie arbeitet jetzt auf der Gemüsefarm ihrer Familie.«

»Hmm«, machte Lena. Larissas Austritt war nicht friedlich verlaufen. Fredrik hatte ihr den Posten offenbar irgendwann in der Vergangenheit mal versprochen und sich dann spontan umentschieden.

»Also, hier steht, dass ein Bauer aus Brånhult am Montagmorgen einen Pick-up mit abgedeckter Ladefläche am Försjön gesehen hat. Er dachte an illegale Jagd, deswegen hat er es sich gemerkt.«

»Kennzeichen?«

»Nein.« Sie blätterte in der Akte. »Aber es gab Reifenspuren eines Toyota Hilux am Parkplatz. Älteres Modell.«

»Das ist nicht Thorbjörns.«

»Was ist mit Hampus oder diesen Jägerkumpels von ihm?«

»Ich schicke Sigge direkt los«, sagte er und grinste.

Lena grinste nicht zurück. Sie wirkte abwesend und reserviert. Gestern war sie noch so entspannt gewesen, doch seitdem war die alte Lena wieder zum Vorschein gekommen. In seiner Erinnerung hatte das mit der Geburt von Tove begonnen und war immer schlimmer geworden, bis er es irgendwann nicht mehr ausgehalten hatte. Es war, als wäre ein Buch vor seiner Nase zugeschlagen worden. Warum war die Frau, mit der er als Teenager stundenlange Spaziergänge gemacht hatte, die einzige Frau, mit der er immer über alles hatte reden können, ihm auf einmal fremd geworden?

Sie fuhren in die Bullerbygatan, ein Wohngebiet an der Durchgangsstraße, genau gegenüber des Astrid-Lindgren-Erlebnisparks. In der Gegend war auch das Geburtshaus der Schriftstellerin, drum herum standen endlos Wohnblöcke und Parkplätze. Hier wohnte, wer sich kein eigenes Haus leisten konnte.

In der Wohnung machte niemand auf. Eine ältere Nachbarin erklärte, dass die Källs in Västervik arbeiteten und abends immer spät nach Hause kämen.

Im Salon hatten sie auch kein Glück, Anna Käll war offenbar im Urlaub. Aber immerhin identifizierte die Chefin eine der Frauen auf dem Video tatsächlich als Anna Käll und die andere als Ebba Julning.

»Die sind Freundinnen. Ziemlich dicke. Kein guter Einfluss, besonders seit … Kurzem.«

»Was ist seit Kurzem?«, fragte Lena.

Sie zuckte mit den Schultern. »Sie kommt nicht zur Arbeit und wenn doch, dann ist sie zu spät. Andere müssen ihre Schicht übernehmen.«

»Warum feuern Sie sie nicht?«

»Zu jung. Das Beste ist, sie gewöhnt sich diese Gesellschaft wieder ab.«

»Welche Gesellschaft?«

Wieder dieses Schulterzucken. »Ich weiß nicht genau, wer die sind. Nur, dass sie mit Leuten rumhängt, mit denen sie nicht rumhängen sollte.«

Das war reichlich vage. »Gibt es einen Freund?«, wollte Marten wissen. Das war eine plausible Annahme über eine Zwanzigjährige.

Die Chefin sah weg. »Weiß ich doch nicht. Da ist so ein komischer Typ dabei, ja. Vielleicht ist es der.«

Mehr war nicht aus ihr rauszubekommen. Sie zeigten ihr auch noch Jennys Bild, aber sie erkannte sie nicht wieder.

Der Samstag begann damit, dass sie sich alle bei Martens Eltern trafen. Sie wohnten in einem alten, blau gestrichenen Gutshaus aus den Zwanzigern am Rande des Gästgivarehagen. Hinter dem Haus ragten Birken in den Himmel. Der Gästgivarehagen war altes Weideland für die Höfe, aus denen dieser Stadtteil einst bestanden hatte. Jetzt grasten dort nur noch die Schafe von Tore, dem stadtbekannten Musiker, und am hinteren Ende befand sich ein Freilichtmuseum. Aber alle gingen gern im Park spazieren und genossen das Rauschen der Bäume und das Singen der Vögel.

Marten war lange nur sporadisch hier gewesen, aber seit der Scheidung hatte sich das Verhältnis zu seinen Eltern verbessert, weil sie glaubten, dass er sich für Vimmerby statt für Lena entschieden hatte. Doch nichts konnte ferner von der Wahrheit sein. Lena hatte sich gegen Marten entschieden, er hatte da kein Mitspracherecht gehabt.

Ihr Auto stand vor der Tür, und als er klingelte, stürmte ihm Tove entgegen.

»Papa! Papa!«, rief sie und rannte ihn fast um. Er umarmte sie, hob sie hoch und drückte sie fest an sich. »Hallo, Äpfelchen! Na, wie war die Fahrt?«

Sie plapperte fröhlich drauflos, wie immer, wenn er diese Frage stellte. Sie war so groß geworden, und das so schnell. Als Lena nach Västervik gezogen war, wütend und kaum in der Lage, ihm ihre neue Adresse mitzuteilen, war Tove fünf gewesen und hatte noch nicht mal Fahrradfahren können. Sein kleines Mädchen!

»Wir sind am Geisterwald vorbeigekommen, beim Högabölen. Mamma hat da früher Reiten geübt, hat sie gesagt. Und na ja, sie hat mir die Stelle gezeigt, und können wir da hinfahren, wenn das Fest vorbei ist?«

»Was? Heute?«

»Ja, ist das nicht spannend?« Sie riss sich los und rannte zurück ins Haus. Offenbar betrachtete sie den Ausflug schon als ausgemacht.

Lena stand in der Küche und unterhielt sich etwas steif mit seiner Mutter. Marten nickte ihnen zu und ließ sich von Tove ins Wohnzimmer ziehen, wo sie ihm Leute auf alten Zeitungsfotos zeigte, die lustige Grimassen zogen oder wie Geister aussahen. Tove hatte eine rege Fantasie, sie dachte sich Geschichten über diese Leute aus und tippte sie einfingrig in ihren Computer. Martens Vater Tobias hatte deswegen begonnen, noch mehr von diesen Fotos aus dem Zeitungsarchiv auszugraben, und an diesem Wochenende würde er einen Workshop für Kinder geben, die gern Geschichten schrieben. Mit Tove als Helferin.

Offensichtlich hoffte er, dass wenigstens seine Enkeltochter in seine Fußstapfen treten würde.

Marten musterte sie liebevoll von der Seite. Die blonden Locken hingen ihr wild ins Gesicht, sie hatte Pausbacken und grinste frech.

»Kommst du?«, rief Lena aus der Küche. »Wir müssen los.«

Tove sprang herum und klammerte sich an Martens Bein. »Geh nicht weg, Papa! Nein, tu's nicht!«, jammerte sie dramatisch und versuchte, daran hochzuklettern, so wie sie es früher oft getan hatte.

»Tove, Liebes, dein Vater muss jetzt arbeiten«, sagte Kristina, die zu ihnen getreten war. »Wie wäre es mit etwas Kuchen? Und danach können wir noch einmal über den Markt gehen, bevor du und Opa eure Veranstaltung habt.«

»O ja!« Tove ließ Marten los und rannte an Lena vorbei in die Küche. »Ich will Karamellen. Und Kakao!« Sie war dreimal so lebendig wie alle Kinder von Martens Schwester zusammen, und das waren immerhin drei Jungen.

Marten sah seiner Tochter versonnen hinterher. Einen Augenblick wünschte er, dass er das Wochenende mit ihr verbringen könne.

»Kommst du?«, fragte Lena erneut.

Marten raffte sich auf und nickte. Kurze Zeit später waren sie auf dem Weg zu Ebba Julning.

Sie wohnte in Aby, einem Stadtteil östlich der Innenstadt. Hier reihten sich dreistöckige Backsteinhäuser aneinander. Die Bebauung stammte aus den Siebzigern, als eine Bevölkerungsexplosion schnell viele Wohnungen erforderlich gemacht hatte. Damals hatte Småland nach zweihundert Jahren Hungersnöten und Auswanderung zum ersten Mal wieder etwas Luft bekommen. Inzwischen war die Gegend vor allem bei jungen Leuten und solchen ohne große finanzielle Mittel beliebt, die Wohnungen waren großzügig und günstig, wenn auch etwas heruntergekommen.

Zwischen den Wohnblöcken waren Parks und kleine Baumgruppen, und es war einiges los, vermutlich weil gutes

Wetter war. Vor allem Familien mit Kindern waren unterwegs, sicher auch wegen des Marktes. Vor den Eingängen lagen Rabatten, die um diese Jahreszeit fast kahl waren. Kleine Mauern trennten die Eingänge voneinander ab, dadurch sah alles ordentlich und sauber aus.

Ebba Julning wohnte im ersten Stock. Sie klingelten und standen kurz danach vor einer kleinen rundlichen Frau mit schwarz gefärbten Haaren, die eine Zigarette im Mundwinkel hielt und sie misstrauisch ansah.

Sie sah vage wie die zweite Frau auf dem Video aus, auf dem Foto im Bevölkerungsregister hatte sie deutlich ordentlicher und schlanker ausgesehen, da waren die Haare auch kürzer gewesen.

»Wollen Sie zu mir?«, fragte sie.

»Ebba Julning?«, fragte Lena.

»Ja?«

Lena stellte sich und Marten vor. »Dürfen wir reinkommen?«

»Warum?«

»Wir haben ein paar Fragen zu einer Freundin von Ihnen.«

Ebba starrte sie an. Marten konnte praktisch sehen, wie ihr Herzschlag in die Höhe schoss. »Welche Freundin?«

»Wir hätten ein paar Fotos, die Sie sich ansehen sollen«, sagte Lena.

Das verwirrte sie, und Marten nutzte das, um sie zum Einlass zu überreden. Kurz darauf saßen sie in einer heruntergekommenen Einbauküche, deren Verkachelung in diesem Gelbbraun glänzte, das in den Siebzigern so beliebt gewesen war. Die Einraumwohnung war unordentlich, dreckig und roch nach Rauch.

Lena legte das Bild von der Überwachungskamera auf den Tisch. Es zeigte Jenny, als sie aus dem Klub gerannt war, kurz bevor Ebba hinterhergekommen war.

»Wissen Sie, wer das ist?«

Ebba starrte das Bild an, fasste sich an den Kopf, sah auf und wieder zurück. Sie packte ihre Hand und begann, die Finger zu kneten. »Äh … wieso?«

»Wir möchten einfach wissen, wer das ist.«

»Äh … ist was mit ihr?«

Sie sah auf, in ihrem Blick stand Panik.

»Wir wollen nur wissen, wer sie ist«, sagte Lena mit fester Stimme.

»Hat sie was gemacht? Ich meine, was verbrochen?«

»Nein«, sagte Lena mit so viel Überzeugung in der Stimme, dass Ebba schließlich nachgab.

»Das ist Jenny. Jenny Boström«, sagte sie.

»Eine Freundin von Ihnen?«, fragte Lena.

Ebba nickte.

»Woher kennen Sie sich?«

»Sind zusammen zur Schule gegangen.«

Hatten die Eltern nicht gesagt, dass sie sich erst nach der Schule kennengelernt hatten?

»Und dann?«

»Hat sie angefangen zu studieren.«

»Wo?«

»Linköping.«

»Aber sie war am Wochenende hier?«

Wieder zögerte Ebba. Lena griff nach dem Tablet, aber sie musste das Bild von dem Streit gar nicht aufrufen, denn Ebba nickte.

»Was haben Sie gemacht?«

»Waren feiern.«

»Wo?«

»In den Lagerhallen.«

»Und wie lief es?«

»Gut. Wieso?«

Diesmal rief Lena das nächste Bild auf. Man sah Ebba mit erhobenen Händen, wie sie Jenny den Weg versperrte. Marten erinnerte sich an das Video, daran, wie Jenny versucht hatte weiterzugehen.

Ebba sah auf. »Was ist damit?«

»Was ist da passiert?«

»Ich weiß nicht. Haben uns gestritten.«

»Worüber?«

»Weiß ich nicht mehr.«

»Sie wollte weg«, sagte Lena und rief ein anderes Bild auf. Darauf drängte sich Jenny an Ebba vorbei, die sie am Ärmel ergriffen hatte. »Und Sie haben sie nicht gelassen.«

Ebba schwieg. Marten konnte sehen, dass sie schwitzte.

»Warum?«, fragte er so sanft wie möglich. »Warum haben Sie sie nicht vorbeigelassen?«

Sie zuckte mit den Schultern. »Haben uns halt gestritten. Was ist denn mit ihr?«

»Wann haben Sie Jenny zum letzten Mal gesehen?«, fragte Lena.

Ebba knetete die Hände, sagte aber kein Wort.

Marten räusperte sich. »Wir müssen Ihnen leider mitteilen, dass Jenny Boström am Dienstagabend tot aufgefunden wurde.«

Ebba starrte ihn an. Ihr Ausdruck war leer, als könne sie nicht begreifen, was er gerade gesagt hatte. Wovor auch immer sie Angst gehabt hatte, es war nicht deswegen gewesen.

»Wann haben Sie sie zum letzten Mal gesehen?«, fragte Lena erneut. Diese Taktik war riskant, es konnte sein, dass Ebba jetzt endgültig zumachte.

»Samstagnacht«, stammelte Ebba. »Nachdem sie da weggelaufen ist.«

»Was ist passiert?«

Auf einmal wirkte Ebba viel lebendiger. »Sie ist weggerannt, die blöde Gans. Bin hinterher. Hab versucht, sie einzuholen. War doch mitten in der Nacht.«

»Und?«, wollte Lena wissen.

»Hab sie aber nicht mehr gekriegt.«

»Haben Sie sie nun zuletzt gesehen, nachdem sie weggelaufen ist, oder haben Sie sie nicht mehr eingeholt?«

»Wir haben sie nicht mehr eingeholt«, sagte sie.

»Aber das haben Sie gerade nicht gesagt. Sie haben gesagt, ›nachdem sie …‹«

»Hab ich mich eben vertan«, unterbrach sie Lena.

Lena holte das Bild heraus, auf dem Ebba mit Anna in das Auto einstieg. »Wer ist das?«

»Was ist mit Jenny?«, flüsterte Ebba, als hätte sie gerade eben erst verstanden, was Marten vor ein paar Augenblicken gesagt hatte.

»Sie wurde tot aufgefunden«, sagte Marten, wieder so sanft, wie er nur konnte.

»Wissen Sie etwas darüber?«, warf Lena mit scharfer Stimme ein.

Ebba sah aus, als wäre ihr schlecht. Ihr Blick ging an Lena und auch an Marten vorbei. Lena sah ihn an. Es war Zeit, das Gespräch zu beenden.

»Wenn Sie uns noch kurz sagen könnten, wer diese Frau ist?« Lena tippte auf die blonde Frau mit dem Mantel.

Ebbas Blick flackerte zum Tablet. Sie war weiß um die Nase.

»Wir finden es ohnehin heraus, aber es wäre besser, wenn Sie es uns sagen.«

»Anna«, brachte sie heraus. »Auch ’ne Freundin von mir.«

»Warum sind Sie ihr hinterhergefahren?«

Ebba starrte das Bild an, sie hatte die Zähne zusammengebissen. »Sag ich doch. Weil wir sie finden wollten.«

»Und haben Sie sie gefunden?«

»Nein.«

»Was ist dann passiert?«

»Wir sind nach Hause.«

»Sie sind beide hierhergekommen?«

»Nee, Anna ist zu ihren Eltern, ich hierher.«

»Wir haben gehört, dass Anna im Urlaub ist. Stimmt das?«

Ebba nickte. Dann schlug sie sich die Hand vor den Mund, sprang auf und rannte ins Bad. Sie hörten sie hinter der geschlossenen Tür würgen.

Kapitel 18

Lena

»ICH rufe psychologische Unterstützung«, sagte Lena. »Bleib einen Moment hier, ich kläre das.«

Sie ging in den Flur, doch im zweiten Stock redeten zwei Bewohner, also ging sie weiter runter, bis sie die Haustür sehen konnte. Der Vorplatz mit der Mauer war leer, aber der Fußgängerweg war voller Leute.

Während sie mit Teresa sprach, schlenderte Lena nach draußen. Gegenüber lag ein Parkplatz, und um den immer noch vorbeiziehenden Familien aus dem Weg zu gehen, lief sie über die Straße und dann zwischen den Autos hindurch. Dahinter lag ein Wäldchen, inzwischen fast blattlos, zwischen den Stämmen konnte man die nächste Häuserreihe sehen.

Laut Teresa konnte es eine Weile dauern, bis hier auf dem Land eine Psychologin bereit war, aber Lena erklärte ihr, in welchem Zustand die Zeugin war und dass sie keine Wahl hatten. Da bemerkte sie einen Mann, der zwischen den Bäumen stand und zu ihr herüberstarrte.

Teresa begann, von ihren Nachforschungen zu berichten, aber Lena war abgelenkt. »Ja, okay, gut«, sagte sie. »Ruf einfach an und sag, dass es dringend ist.«

Dann legte sie auf.

Der Mann drehte sich um und rannte los.

Lena sprintete hinterher. Sie hatte ihn nicht besonders gut gesehen, aber er hatte sie eindeutig beobachtet. Sie schoss zwischen der nächsten Autoreihe durch, wäre beinahe mit einem Kinderwagen kollidiert, schlug einen Haken und erreichte die Bäume.

Der Mann war nirgends zu sehen.

Verdammt! Das Wäldchen lag auf einem Hügel, dahinter ging es runter, nicht tief, aber er konnte einfach hinter eines der Häuser gerannt sein, von hier aus war nicht zu sagen, welches. Was hatte er angehabt? Eine Arbeitshose und eine blaue Regenjacke. Kopfbedeckung? Sie konnte es nicht genau sagen, sie hatte ihn nur aus der Entfernung gesehen und war abgelenkt gewesen.

Sie ging zurück, entschuldigte sich beim Vater, der immer noch damit beschäftigt war, das brüllende Baby zu beruhigen, und lief dann in großen Schritten zu Ebbas Haus zurück. Sie hatte den Platz vor der Haustür gerade betreten, da rief jemand aus dem zweiten Stock. »Sind Sie von der Polizei?«

Lena sah auf. Es war eine Frau um die dreißig, mit langen rot gefärbten Haaren und einem karierten Hemd, die auf dem Balkon stand und rauchte.

»Lena Wallin, Mordkommission Västervik. Kann ich helfen?«

»Was machen Sie hier?«

»Erkundungen einziehen. Es ist nichts passiert.«

»Wem sind Sie da eben hinterhergelaufen?«

Toll, jetzt hatte sie auch noch die Nachbarschaft in Aufruhr versetzt. »Das war ein Versehen«, sagte sie so überzeugend wie möglich.

»Ein Versehen, hä? Kriegt ihr auch mal was gebacken?«

»Darf ich fragen, wer Sie sind? Wohnen Sie hier?«

»Da beschwert man sich monatelang, aber bei der Polizei interessiert es keinen! Typisch!«

Sie starrte Lena herausfordernd an, und die wollte gerade vorschlagen hochzukommen, als Marten in der Tür erschien. »Lena?«

»Ich komme später noch mal zu Ihnen«, rief sie hoch, aber die Frau war schon wieder nach drinnen verschwunden.

Sie kehrte mit Marten in Ebbas Wohnung zurück. Die saß auf dem Balkon und rauchte Kette, bis eine Stunde später endlich eine Psychologin auftauchte.

Sie erklärten die Situation, und die Psychologin versprach, sich bei ihnen zu melden. Dann gingen sie hoch und klingelten, aber die Nachbarin war entweder nicht mehr da oder machte nicht auf. Per Telefon baten sie Teresa nach Informationen über sie. Sie hieß Victoria Nyander und war Verkäuferin.

»Soweit ich das sehe, hat sie sich mehrmals wegen Lärm aus dem ersten Stock beschwert, aber niemand ist dem bisher nachgegangen.«

Lena warf Marten einen Blick zu. »Ich setze sie auf die Liste von Leuten, mit denen wir reden müssen«, sagte er.

»Jedenfalls«, ließ sich Teresa am Telefon vernehmen, »ist Anders Johannson aus dem Urlaub zurück. Ihr könnt ihn im Hotel antreffen.«

»Hast du mit ihm geredet?«, fragte Lena.

Teresa gab ein Prusten von sich. »Nein. Aber Petter. Anders hat ihn aus dem Videoraum geschmissen und die Belegschaft zusammengestaucht, weil sie uns überhaupt reingelassen haben. Ihr solltet wohl mal mit ihm reden.«

»Wovor hatte Ebba Angst?«, fragte Lena auf dem Weg zur Industrigatan.

»Gute Frage. Jedenfalls nicht davor, dass Jenny tot sein könnte.«

»Ihre Reaktion war mehr als seltsam. Erst war sie fast erleichtert, dass es nur um die tote Jenny geht. Und dann hat sie begriffen, was das bedeutet.«

»Ich fand auch, dass es wirkte, als wüsste sie nichts davon. Und als sie es dann begriffen hat, war sie auch entsetzt.«

»Aber wovor hatte sie dann am Anfang Angst?«

»Es hatte auf jeden Fall was mit Jenny zu tun«, sagte Marten.

»Und mit Anna.«

»Also dann vor dem, was vor dem Streit auf dem Parkplatz passiert ist. Oder danach.«

Ah, dachte Lena. »Du denkst wieder an deinen zweiten Täter, oder?«

»Glaubst du nicht, dass es zwei sind?«

»Ich habe noch keine Theorie, ich finde, dafür ist es zu früh. Schlag auf Schlag oder nicht«, fügte sie hinzu.

Er grinste. »Dann lass uns zu Anders fahren und mehr Informationen sammeln. Ich bin sehr gespannt, was du dir dann für wilde Sachen ausdenkst.«

Nun ja. Sie straffte sich innerlich. *Bringen wir es hinter uns.*

Als Lena das letzte Mal in einem Nachtklub gewesen war, hatte Marten sie danach gefragt, ob sie ihn heiraten wolle. Sie waren Anfang zwanzig gewesen, Studenten und sehr angetrunken. Sie hatte spontan Ja gesagt und sich danach jahrelang darüber gefreut, dass sie aus einer Laune heraus geheiratet und es nie bereut hatte.

Bis sie es dann bereut hatte.

Beim Betreten des Hotels brach ihr der Schweiß aus. Sie war halb durchnässt von einem plötzlich eingetretenen Starkregen, ihre Jacke klebte an den Schultern und das Haar an den Schläfen. Marten sah nicht besser aus, aber wenigstens war er nicht nass von kaltem Schweiß am ganzen Körper.

Vera führte sie erneut durch das Gewirr an Gängen und Fahrstühlen in einen kleinen Saal, in dem muskulöse Arbeiter gerade Stühle und Bänke verteilten. Ein DJ probte an der Station, jemand ließ Lichtersequenzen durchlaufen, sodass Lena vor lauter Geblitze kaum etwas sehen konnte. Auf dem Boden lag Konfetti, und die Holzpaneele an der Wand sahen fleckig aus.

Es war Samstag, wurde ihr klar. Die nächste Party stand an.

»Da hinten durch«, sagte Vera und zeigte auf einen offenen Durchgang. Dahinter war eine Bar, doch sie waren kaum hindurchgetreten, da kam ihnen ein muskelbepackter Wachmann entgegen. Er warf einen Blick auf ihre Ausweise, dann ließ er sie durch.

Der Raum bestand nur aus dem Tresen und ein paar abgenutzten Tischen. Lena erkannte Anders sofort. Er stand hinter einer Bar und diskutierte mit einem untersetzten Mann im weißen T-Shirt, der dem Wachmann sehr ähnlich sah.

Was hatte Teresa gesagt? Lena habe sich nicht verändert? Das traf auch auf Anders zu. Er war immer noch schlank und groß mit diesem athletischen Körperbau, auf den alle Mädchen in der Schule gestanden hatten. Doch Lena drehte sich bei seinem Anblick der Magen um.

»Lena?«, fragte Marten neben ihr, und sie wunderte sich, dass er noch da war.

»Ja, alles okay.« Sie atmete tief durch, die Übelkeit ging nicht weg, aber sie hatte sich wieder im Griff. Warum nahm sie das nach all der Zeit immer noch so mit?

Anders hatte ihren Wortwechsel gehört und sich umgedreht. Seine Augen blitzten, halblange Haare, dazu ein Dreitagebart. Genau die Art Mann, auf die immer alle hereinfielen, sie hatte keine Ahnung warum. Am liebsten wäre sie rausgelaufen, aber sie legte entschlossen die letzten Meter bis zum Tresen zurück.

»Marten Henriksson, Polizei Vimmerby. Das hier ist …«

»Lena Wallin, ja, ich weiß. Lange nicht gesehen. Wie geht's dir?«

Lenas Herz hämmerte. Er war noch immer blass, die Haare zurückgebunden, die hellen, fast farblosen Augen auf sie geheftet, als könnte er sie damit fesseln.

»Können wir uns einen Moment unterhalten?« Sie deutete zur Seite, in Richtung der Tische, aber Anders rührte sich nicht von der Stelle. Sie konnte noch heute seine Finger auf ihrer Haut spüren, und plötzlich war ihr, als wären nicht siebzehn Jahre, sondern nur ein paar Minuten vergangen.

»Du warst ja damals auch eher eine von der hübschen Sorte.« Er musterte sie von oben bis unten. »Na ja, wenn sie älter werden … Da kann man nichts machen. Kinder?«

Er legte die Arme auf die Bar, und Lena wäre beinahe zurückgewichen. Sie fühlte sich wie erstarrt, und nur ihr Training als Polizistin bewahrte sie davor, ihn wie ein paralysiertes Kind anzustarren.

»Zeig ihm die Fotos«, sagte Lena zu Marten. Ihre Stimme klang normal, oder?

Marten rief die Ausweisfotos der drei Frauen auf. »Wir haben ein paar Fragen, in einer Morduntersuchung«, erklärte sie währenddessen.

Anders zog die Augenbrauen hoch. »Wer ist denn ermordet worden?«

Marten hielt ihm das Tablet hin. »Weißt du, wer diese Frauen sind?«

Anders betrachtete kurz den Bildschirm, dann sah er wieder Lena an. »Also deshalb hast du dich an meiner Kamera zu schaffen gemacht. Um meine Gäste auszuspähen.«

»Ich leite eine Morduntersuchung«, sagte Lena. »Wenn ein Verdacht besteht, können wir auf solche Aufnahmen zugreifen.«

»Ist das so? Aber dafür musstest du immer noch in *mein* Hotel gehen und *meine* Angestellten bitten, dir die Aufnahmen zu geben, oder nicht?«

»Kennst du eine der Frauen?«

Er wandte sich an den Barkeeper. »Tja, August, da ist man einmal aus dem Haus, und schon tanzen die Mäuse auf dem Tisch.«

Der Angesprochene reagierte nicht, sondern räumte weiter Flaschen ins Regal.

Anders sah wieder zu Lena und bleckte die Zähne. Sie hatte sich nicht gerührt, stand gerade aufgerichtet vor ihm. Ihr Rücken schmerzte, die Haut kribbelte. Seine Finger … »Schau mich nicht so an, Schätzchen. Das sind Gäste von mir. Die waren hier tanzen. Eigentlich sind die immer hier tanzen.«

Marten zeigte auf das Bild von Jenny. »Die auch?«

Er ignorierte ihn und starrte weiterhin Lena an. »Ja, früher mal. Wieso?«

»Wie heißen sie?«, ertönte Martens Stimme.

Anders kratzte sich am Kopf. »Warum sollte ich die Namen von meinen Gästen weitergeben? Sie kommen hierher und wollen nur ihren Spaß haben. Daran ist nichts Verbotenes. In meinem Klub kann jeder anonym bleiben, wenn er oder sie will.«

»Eine junge Frau ist ermordet worden, reicht dir das nicht als Grund? Oder soll ich dich aufs Revier bestellen?« Martens Stimme klang irgendwie hohl, als wäre er weit weg.

»Ja, ja. Immer so aufdringlich, diese Polizisten, nicht wahr, meine Liebe? Die hier ist Anna, ist 'n hübsches Mädchen, so wie du, als du in ihrem Alter warst. Und die anderen … sind Annas Freundinnen. Die gehen hier ein und aus. Mögen es bei mir.«

Mögen es bei mir. Die Worte schallten durch ihren Kopf. Sie waren allein auf der Welt, nur Anders und sie, in dieser dunklen Gasse, seine Finger auf ihrer Haut, und er flüsterte ihr ins Ohr: »Die anderen mögen es bei mir.«

»Was hast du am letzten Samstag gemacht?«, ertönte eine Stimme von weither.

Was war nur los mit ihr? »Zwischen neun Uhr abends und Mitternacht«, fügte sie hinzu.

Anders lachte schallend. »Willst du das wirklich wissen, Mädchen?«

Wie er sie ansah! Ihr ganzer Körper rebellierte, es war, als würde er wegwollen, weg von Anders, weg aus diesem Raum.

Lena straffte sich. Sie durfte nicht zulassen, dass ihr Körper sie so beherrschte. »Auch gern für den Rest der Nacht«, sagte sie kühl.

»Das klingt verdammt nach der Frage, ob ich ein Alibi habe. Muss ich mich vorsehen?« Er bog den Oberkörper zurück, als stelle sie eine Gefahr dar.

»Also, wo warst du?«, fragte sie. Sie spürte, wie sie eine Gänsehaut überlief. Sie musste hier raus, möglichst bald. Sonst würde er sie wieder anfassen, wie damals, in der dunklen Gasse, und ihr Sachen ins Ohr flüstern.

Er legte den Kopf schief, als würde er nachdenken. »Tja, mal sehen. Erst war ich hier, oder?«, fragte er in Augusts Richtung. Der nickte vorsichtig.

»Und danach?«

»Nach Mitternacht? Da war ich immer noch hier.«

»Wie lange?«

»Tja, wie lange ging die Party an dem Tag?« Er sah August an, der nach einem Moment Schweigen langsam antwortete: »Bis sechs Uhr morgens, Boss.«

»Siehst du. Bis sechs Uhr morgens dann. Willst du auch wissen, was ich danach gemacht habe?« Er griff nach dem Tresen und schob die Hüfte rhythmisch vor und zurück. Lena atmete scharf ein.

»Nein«, sagte sie und bereute es im selben Moment. Sie hätte ihm nicht nachgeben dürfen. »Ich meine: Warst du hier?« Alles in diesem Raum schien weit entfernt, sie war nicht sicher, wie lange sie noch durchhalten würde.

Er lachte, August lachte inzwischen auch. Es klang hohl. »Komm! Ich zeig dir, wo ich war. Dann kannst du es gleich überprüfen.« Er deutete auf einen Seitenausgang. Die Tür stand halb offen, dahinter führte eine Treppe nach oben.

»Das reicht!«, erwiderte Marten. Er klang angewidert. »Wenn du eine Mordermittlung so witzig findest, nehmen wir dich eben mit und zeigen dir auf dem Revier, wie ernst es ist.«

»Aber wir sind unschuldig, Herr Inspektor«, erwiderte Anders in flehendem Tonfall und grinste dabei. Er sah zum ersten Mal Marten an.

»Dann gibt es keinen Grund, sich lustig zu machen. Behinderung der Justiz mag keine Straftat darstellen, aber ich bin mir nicht sicher, was deine Geschäftspartner davon halten, wenn sich das rumspricht.«

Anders runzelte leicht die Stirn, hatte sich aber sofort wieder im Griff. »Ich war die ganze Nacht im Klub, und ich habe Hunderte von Leuten, die das bestätigen können.«

»Wir hätten gern eine Liste«, sagte Marten.

Lena schwirrte der Kopf. Sie hatte das Gefühl, gleich zu platzen, wenn sie sich nicht bewegte. Aber wenn sie sich rührte, würde sie sich umdrehen und rausrennen. Das ging auch nicht. »Leuchtende Drinks?«, brachte sie mühsam hervor.

»Ja, doch. Die habe ich immer. Was wird das hier?«

»Wie ich sagte, ich leite eine Morduntersuchung.« Sie deutete auf August. »Wir brauchen seine Personalien.«

Der Barkeeper sah Anders unsicher an, doch er zuckte mit den Schultern. »Sag es ihr. Hier hat ja keiner irgendwen ermordet, oder?«

August zog seine ID-Karte heraus, die Lena scannte. »Du bist ein bisschen blass um die Nase«, ließ Anders sich vernehmen. »Alles in Ordnung, Frau Inspektor?«

Er griff nach ihr, aber sie wich zurück.

»Finger weg«, fauchte sie und wandte sich an August. »Erinnern *Sie* sich an die Frauen?« Sie riss Marten das Tablet aus der Hand und hielt es ihm hin. »Überlegen Sie sich gut, was Sie antworten!«

August sah zu Anders, doch Marten ging dazwischen: »Wenn ich noch mal sehe, dass ihr euch absprecht, bestelle ich jeden einzeln zum Verhör auf die Station. Ich komme auch gern mit dem Polizeiauto, damit es jeder mitkriegt.«

Anders lachte wieder schallend. Lena spürte ihren Körper kaum noch, aber August sagte: »Die waren hier. Haben getanzt.«

»Von wann bis wann?«

Er zuckte mit den Schultern. »Von der Öffnung bis Mitternacht vielleicht. Keine Ahnung.«

»Haben sie noch was gemacht außer tanzen? Sich mit jemandem getroffen?«

Er sah wieder zu Anders, besann sich aber im letzten Moment. »Haben sich gestritten, glaube ich«, sagte er zögernd. »Die da nicht.« Er zeigte auf Ebba. »Wollte, dass die anderen beiden damit aufhören.«

Das Tablet piepte, die Personalien waren in der Akte. Weg, nur weg hier! Wenn sie jetzt nicht verschwand, würde sie sich auf den Tresen übergeben.

Sie warf ihre Visitenkarte auf den Tresen. »Wenn Ihnen noch was einfällt, melden Sie sich in der Polizeistation.«

Sie drehte sich um, der Geruch nach Schweiß, Alkohol und Rauch wurde immer stärker, und schwarze Flecke tanzten vor ihren Augen. Sie schwankte, beinahe wäre sie gegen den Türrahmen gerannt.

An der frischen Luft schlug etwas verzögert die Panik endgültig zu. Sie lehnte sich an die Wand, bis sie wieder klar denken konnte.

In ihrem Kopf drehte sich alles, und sie musste alle Kraft aufwenden, um den Würgereiz zu unterdrücken.

Ihr war nicht klargewesen, dass er nach all den Jahren noch so eine Macht über sie hatte.

Es ist doch gar nichts passiert, redete sie sich gut zu. *Du bist ihm doch entkommen. Es waren doch nur ein paar Minuten. Unangenehme Minuten, aber eben nur Minuten. Anderen Frauen ist viel Schlimmeres passiert.*

Jetzt reiß dich mal zusammen.

Als sie aufsah, starrte Marten sie an.

Kapitel 19

Marten

MARTEN stand auf dem Hinterhof der Lagerhallen und beobachtete Lena, die gegen die Wand gelehnt flach atmete. Sie bekam sich langsam wieder in den Griff, aber das da drinnen war nicht die Lena gewesen, die er seit seinem sechzehnten Lebensjahr kannte. Und was sie hier gerade hatte, war eine Panikattacke. Von einem Gespräch mit einem – zugegebenermaßen extrem unsympathischen – Zeugen.

»Was war das?«, fragte er, als sie aufsah, wieder normal atmend und ohne zu zittern.

Sie schüttelte den Kopf. »Geht schon wieder.«

Bebte ihre Stimme? Marten fuhr sich durchs Haar. Was sollte er jetzt machen? Es dabei zu belassen, kam nicht infrage.

Es war vier Uhr nachmittags, Wind war aufgekommen und eine kräftige Böe zerrte an seiner Jacke. Der Hinterhof war kein Ort, um so ein Gespräch zu führen.

»Lass uns zum Auto gehen«, sagte er.

Sie nickte, löste sich von der Wand und beschleunigte sofort ihre Schritte. Ihr Auto stand auf der anderen Seite des Gebäudemonstrums, sie mussten erst vor zur Straße, am Restaurant vorbei und dann auf den Parkplatz.

»Hast du ein Problem mit Anders?« Er musste sich beeilen, um mit ihr Schritt zu halten.

»Was? Nein, natürlich nicht.«

»Was war das dann?«

»Was meinst du?«

Der Drang, sie anzuschreien, war da, er konnte ihn irgendwo unterhalb seiner Kehle spüren. Er hatte fünf Jahre damit verbracht, diesen Drang niederzukämpfen. Ja nichts Falsches sagen, jedes Mal, wenn es angeblich nur um Tove ging. Doch jetzt sah sie ihn nicht an, sie sah stur geradeaus, stürmte auf die Straße, ohne auch nur nach links und rechts zu sehen, und hatte schon fast das Restaurant erreicht, als er sich wieder im Griff hatte.

»Du hattest schon während des Gesprächs Probleme. Und am Ende hast du ihm nachgegeben. Dann stehst du auf dem Parkplatz und kriegst keine Luft. Lena, es ist wichtig, dass du mir …«

»Ich war eben schlecht drauf. Das kann ja mal passieren. Jetzt ist alles wieder in Ordnung, du musst nicht so eine große Sache daraus machen.«

»Ich mache keine große Sache daraus.« *Ich will nur wissen, wie es dir geht.* »Es ist schon wichtig, dass wir so was teilen. Wir ermitteln ja zusammen. Und er ist ein Verdächtiger.«

Sie blieb stehen. Das Restaurant lag links. Die Leuchtinschrift hing schief herab, offenbar hatte es der Handwerker nicht geschafft, sie zu reparieren. »Mir geht es gut«, sagte sie mit Nachdruck. Diesmal sah sie ihn an, der Blick klar und fest, das Gesicht ausdruckslos. Er kannte diese Mimik nur zu gut.

»Es ist unprofessionell, sich von einem Verdächtigen so provozieren zu lassen. Ich will doch nur wissen, wie es dir geht.«

»Nein, willst du nicht. Du willst, dass ich nachgebe und dir mein Herz ausschütte. Aber das wird nicht passieren. Es ist nicht nötig, und es geht dich nichts an. Nicht mehr.«

Damit drehte sie sich wieder um und lief zum Auto.

Marten blieb stehen wie vor den Kopf geschlagen, die alte Verbitterung wie ein brennendes Feuer im Magen.

Was zum Teufel ging hier vor?

Nachdem er Lena bei seinen Eltern abgesetzt hatte, fuhr Marten ins Revier. Es wurde langsam dunkel, der Himmel war schwarzgrau, und die Laternen malten blaugraue Kreise auf den Asphalt. Die Luft war frisch, und es roch nach Sägespänen, wie immer, wenn der Wind von Süden aus Richtung der Sägewerke kam.

Im Grunde hatten sie nichts herausgefunden, außer dass sich Anders und seine Angestellten gegenseitig Alibis gaben. Das galt auch für Cecilia, Vera und Kjell, alle hatten eine gute Erklärung, wo sie an dem Abend gewesen waren. Cecilia und Kjell hatten irgendeinen Zwischenfall in einer von Anders' Immobilien untersucht, und Vera war zwar in der Disco gewesen, aber mit ihrem Freund, der zufällig auch für Anders arbeitete.

Auf der Plusseite wussten sie jetzt zumindest etwas mehr über den Abend: Anna und Jenny hatten sich gestritten, Ebba hatte versucht zu vermitteln. Das passte zu den Videoaufnahmen. Aber worüber? Dass sich junge Frauen betrunken bei einem Abend in der Disco stritten, war nicht so ungewöhnlich. Es war ein interessantes Detail, aber sie hatten keine Ahnung, ob es mit dem Mord zusammenhing.

Er betrat das Revier und sah im Gemeinschaftsbüro im ersten Stock nach. Petter und Ulla waren noch da. Beide sprangen auf, als er reinkam, offenbar hatten sie Dringendes mit ihm zu bereden.

»Einer nach dem anderen«, wehrte er freundlich ab.

Petter sah Ulla an und nickte, woraufhin die zu sprechen begann. »Ich hatte heute mehrere Anrufe von Leuten, die wissen wollten, wie sicher der Wald ist, ob man noch wandern gehen könne und ob am Försjön noch mehr gefunden wurde. Es hat sich rumgesprochen, und die Leute haben Angst.«

»Dann setzen wir eine neue Pressemeldung auf, sprich mit den Eltern darüber, was wir nennen dürfen. Du kannst schon mal vorformulieren. Tote ist … im Wald gefunden … Umstände werden noch untersucht … Einzelfall … nach aktuellen Erkenntnissen keine Gefahr für die Bevölkerung.«

Ulla nickte. »Du solltest mit jemandem darüber reden.«

Damit meinte sie, dass er hier und da ein Wort fallen lassen sollte, den Leuten zeigen, dass alles in Ordnung war. Normalerweise ging er aus, jetzt, wo er allein lebte, hatte er abends oft Zeit. Aber das ging bei einer Mordermittlung nicht, hinzu kam, dass er tatsächlich keine Zeit hatte. Es war fünf, und er hatte noch tausend Dinge zu erledigen.

»Was ist mit meinem Vater?«, fragte er.

»Hatte bisher keine Zeit für mich«, erwiderte Ulla und sah so verärgert aus, wie Marten sich fühlte.

»Ist gut. Ich rede mit ihm.«

Ulla lächelte erleichtert und übergab das Wort an Petter. »Ich war fast durch mit den Videoaufnahmen, als Anders mich rausgeschmissen hat. Alles, was wir haben, habe ich hochgeladen. Ich bin noch mal alles durch, und ich habe Thorbjörn gleich mehrfach gefunden.«

Marten runzelte die Stirn. »Was heißt mehrfach?«

»Er war am Freitag da, tagsüber, am Samstagvormittag und am Samstagabend, knapp nachdem Jon Sjögren rein ist. Jeweils nur kurz, er trug auch immer seinen üblichen Anzug, also wollte er vielleicht gar nicht feiern.«

»Ich werde ihn fragen, aber wir wissen ja von Jon, dass er offenbar mit Anders Geschäfte gemacht hat.«

»Aber so viele Besuche in zwei Tagen? Und warum abends?«

Marten kam der Verdacht, dass Jon Sjögren vielleicht gar nicht dort gewesen war, um den Nachtklub für seine Freundin auszukundschaften, sondern weil er gewusst oder gehofft hatte, dass er Thorbjörn dort finden würde.

»Wir müssen noch mal mit Jon reden. Setz es auf die Liste. Gute Arbeit, Petter!«

Als Marten gegen zehn das Haus seiner Eltern erreichte, war Lena längst wieder verschwunden. Seine Mutter erklärte ihm, dass sie eine Weile mit Tove gespielt und bei ihnen zu Abend gegessen hätte, um dann nach Västervik zu fahren.

»Was ist das mit euch zwei?«, fragte sie besorgt.

Machte sie sich vielleicht Sorgen, weil Lena irgendetwas von ihrem Streit gesagt hatte, oder ganz allgemein, weil sie so plötzlich wieder in sein Leben getreten war? Seine Eltern hatten sie nicht wirklich abgelehnt oder dergleichen, aber richtig gemocht hatten sie sie auch nicht. Dafür war Lenas Familie zu ausgeflippt und sie selbst zu unabhängig. Sie machte, was ihr gefiel, und sie hatte ihn dabei unterstützt, als er auch hatte seinen Interessen folgen wollen. Er war sich nicht sicher, ob er die Anmeldung für die Polizeischule ohne Lena jemals durchgezogen hätte. Zu Hause hatte es beinahe täglich deswegen Stress gegeben.

»Wir arbeiten zusammen«, sagte er in so neutralem Ton wie möglich. »Mehr nicht.«

Er konnte sich irren, aber sie wirkte erleichtert. Seine Mutter war aber selbst für ihn schwer zu lesen, und er war müde. Er gab ihr einen Kuss auf die Wange und ging zu Tove, um sie ins Bett zu bringen.

»Wie ist die Arbeit so?«, fragte Tove, die auf dem Bett saß und »Lasse und Maja« las.

»Was meinst du?«

»Streitet ihr euch wieder?«

Er musste gegen seinen Willen lächeln. Sein kleines Mädchen kam bei dieser Geschichte viel zu kurz.

»Lach nicht. Ich meine das ernst.«

Er setzte sich zu ihr aufs Bett. Es war ein altmodisches Kinderbett mit einem hohen Kopf- und Fußteil aus braunem Holz und ausziehbar. Diese alten Betten wuchsen mit den Kindern mit, und Toves war inzwischen am Anschlag.

»Das weiß ich, Äpfelchen. Und wir streiten uns nicht. Das ist doch unsere Arbeit.«

»Früher war das auch eure Arbeit, und da habt ihr euch auch gestritten.«

»Wir haben uns nicht bei der Arbeit gestritten. Es war mehr … mehr der Rest.« Es war nicht das erste Mal, dass er mit ihr darüber redete, bisher war es meist darum gegangen, dass sie sich nicht um Tove gestritten hatten. Kinder nahmen so was nicht selbstverständlich an, und er hatte viel Zeit damit verbracht, ihr zu erklären, dass Mamma und Papa sich in einer Sache tatsächlich immer einig gewesen waren, und das war ihre Tochter.

»Ihr habt euch darüber gestritten, wo wir leben sollen«, sagte sie mit Nachdruck, als müsse sie ihm etwas erklären, was er nicht verstand.

Er lehnte sich an das Kopfende und legte den Arm um sie. »Weißt du, wenn man heiratet, verspricht man sich, immer zusammenzubleiben und alles miteinander zu teilen. Und man möchte das da ja auch, man will mit dem anderen sein Leben verbringen. Doch zwei Menschen sind zwei Menschen, sie sind verschieden und haben unterschiedliche Wünsche und Hoffnungen, und manchmal sind diese Wünsche eben so, dass man sie nicht gleichzeitig erfüllen kann.«

»Aber Västervik ist doch nicht so weit weg«, sagte sie in einem Tonfall, der ihn sehr an Lena erinnerte.

»Das stimmt schon, aber wir hatten eben unser Leben hier in Vimmerby aufgebaut. Natürlich kann man auch in zwei verschiedenen Städten wohnen, aber das ist dann nicht dasselbe. Ein Zuhause kann man nicht einfach wechseln, ein Zuhause ist ja nicht nur das Haus, in dem man lebt, und die Bilder, die man an die Wand hängt. Ein Zuhause sind die Menschen, mit denen man zu tun hat, die Orte, die man besucht, die Geister am Högabölen, die Trollwohnung im Skogsbacken, der Kastanienbaum vor deinem Fenster.«

Sie machte »Hmmm« und sah dabei auf die Decke. Den Kastanienbaum hatte sie besonders geliebt. Das Haus war inzwischen verkauft, und Marten hatte es in fünf Jahren nicht über sich gebracht vorbeizufahren, um zu sehen, was die neuen Eigentümer draus gemacht hatten.

Tove pfriemelte an einer Seite ihres Buches herum und würde sie wahrscheinlich gleich einreißen.

Er drückte sie etwas fester an sich. »Was ist los?«

Sie schniefte und ließ die Seite los. Er zog sie zu sich, und mit dem Kopf an seiner Schulter purzelte es schließlich aus ihr heraus. »In Västervik – auf Mammas Arbeit –, da sagen sie immer, sie passen aufeinander auf. Weil ja jemand gestorben ist. Und weil vielleicht auch jemand sterben kann, der nach dem Mörder sucht, weil Mörder ja böse Menschen sind und nicht gefunden werden wollen. Also passen sie aufeinander auf.«

Und mit einem Mal begann sie zu schluchzen, leise und nicht besonders stark, aber sie hörte auch nicht wieder auf. Marten hielt sie an sich gedrückt und streichelte ihr Haar, bis sie sich wieder beruhigt hatte. Mamma und Papa, die sich nicht mochten, aber aufeinander aufpassen mussten. Was für ein undurchdringliches Gemenge für eine Neunjährige.

»Ich passe auf Mamma auf, Äpfelchen. Ich würde nie etwas anderes tun, egal wie sehr wir uns streiten. Ich mag Mamma doch, und ich passe auch auf alle anderen Polizisten auf, mit denen ich arbeite.«

»Mamma hat gesagt, du magst sie nicht mehr.«

Marten unterdrückte ein Seufzen. »Ich mag Mamma sogar sehr. Vor ein paar Wochen, als Adele den anderen von deiner geheimen Geschichte erzählt hat, erinnerst du dich?«

Sie nickte, also fuhr er fort. »Da mochtest du sie eine Weile gar nicht. Du hast über sie geschimpft, zwei Wochenenden lang.«

»Aber jetzt verstehen wir uns wieder.«

»Ganz genauso wie vorher? Oder ist vielleicht ein kleines Gefühl noch da, von dem Ärger, den du zuerst empfunden hast?«

»Das war kein Ärger. Also, später schon. Aber am Anfang war es etwas anderes.«

»Wut und Trauer?«

»Ja. Ich mochte Adele wirklich gern.«

»Siehst du? Du *hast* sie gemocht. Danach nicht mehr. Aber jetzt versteht ihr euch wieder, und wenn sie auf dem Schulhof hinfällt und sich verletzt, würdest du dich doch um sie kümmern, oder? Oder gleich verhindern, dass sie irgendwo runterfällt oder im Winter im Eis einbricht.«

»Klar!«

»Und genauso ist es mit Mamma und mir. Wir mochten uns mal sehr gern, und wir mögen uns immer noch. Wie Freunde, die sich mal sehr schlimm gestritten haben. Aber wir passen immer aufeinander auf, besonders wenn es gefährlich wird.«

»Okay«, sagte sie und schmiegte sich fester an ihn.

Kapitel 20

Lena

ALS Lena am Sonntagmorgen Martens Büro betrat, fühlte sie sich übernächtigt und hatte ein schlechtes Gewissen. Es war nicht ganz so schlimm wie damals, als sie, ohne ihm etwas zu sagen, ihren Umzug nach Västervik geplant hatte, aber es war da, ganz deutlich. Im Grunde war es die ganze Zeit da gewesen, dieses Gefühl, das sie seit Beginn der Ermittlung bei seinem Anblick überkommen hatte.

Es war Schuld. Sie hatte sich ihm entzogen, ihm Tove weggenommen, nur um ihr eigenes Leben zu planen. Nicht, dass sie es bereute, im Gegenteil, sie fühlte sich erst so richtig wohl mit ihrem Job, seit sie in Västervik angefangen hatte, aber es blieb das Problem, dass sie dafür ihre Ehe zerstört hatte.

»Wie geht es dir heute?«, fragte er, kaum dass sie die Tür hinter sich geschlossen hatte.

»Gut. Wie lief's mit Tove?«

»Hervorragend. Sie befürchtet, dass ich dich nicht beschützen werde, wenn der Mörder dich umbringen will, um einer Entdeckung zu entgehen.«

Sie starrte ihn einen Moment an. War das ein Scherz? Aber er grinste nicht, also hatte Tove vermutlich tatsächlich etwas gesagt.

»Ich … äh, was hast du ihr gesagt?«

»Dass ich dich immer noch gern habe und dich natürlich beschützen werde wie jeden anderen Polizisten. Vielleicht solltest du noch mal mit ihr darüber reden, dass du auch mich beschützen wirst, denn bisher klingt mir das alles so, als ob ich hier der Böse bin.«

Wovon redete er bitte schön? »Du bist der Böse?«

Er nahm sein Tablet und ging rüber in den Besprechungsraum. »Es klingt für mich so, als ob sie glaubt, dass ich *so* sauer auf dich bin, dass ich dich nicht mal vor einem Mörder beschützen würde, während du das umgedreht natürlich tun würdest.«

Endlich machte es klick bei Lena. Er dachte, sie hätte Tove irgendwas über ihn erzählt, dass er für die Trennung verantwortlich war oder so. Das stimmte natürlich nicht, aber sie war lange ziemlich wütend auf ihn gewesen, und Kinder spürten so was ja.

Hatte er seine Verbitterung nie ausgestrahlt? Sie wollte gerade etwas erwidern, da ging die Tür auf, und das Team strömte herein. Lena versuchte, Marten noch einen Blick zuzuwerfen, aber er sah nie in ihre Richtung, ob absichtlich oder weil es sich einfach nicht ergab, konnte sie nicht sagen. Er begrüßte Petter mit einer Umarmung, fragte nach dessen Katze, die offenbar Verstopfung hatte, reichte Ulla eine volle Tasse Kaffee, die sie dankbar entgegennahm, und zog Teresa den Stuhl heran. Der Empathinator in Aktion. Nur Sigge wich ihm aus und setzte sich ans vordere Ende der Tafel, so nah wie möglich an die Tür.

Er wich Martens Blick aus, begrüßte auch die anderen nur kurz und vergrub sich dann hinter seinem Computer. Lena kannte ihn nicht, er musste hergewechselt sein, als sie in Västervik gewesen war, und solche Hinzugekommenen wurden ja gerne mal zum Chef ernannt. Was war vorgefallen, bevor Fredrik sich für Marten entschieden hatte? Nicht, dass sie Marten den Job nicht zutraute – im Gegenteil –, aber er war ein ziemlich unwahrscheinlicher Kandidat, vor allem wenn es schon zwei Interessenten gab, die beide älter als Marten waren.

Lena setzte sich. »Guten Morgen! Ich hoffe, ihr seid alle noch dabei wie am Anfang, auch wenn wir jetzt ein wenig durchhängen?«

Sie sah sich um. Alle in der Runde nickten, sogar Sigge. »Wir haben eine Menge neuer Informationen, denen wir nachgehen müssen, unter anderem muss Thorbjörns Alibi überprüft werden, auch wenn die Spur mit dem Pick-up nichts gebracht hat. Er war am letzten Wochenende gleich mehrfach in den Lagerhallen, unter anderem auch an dem Abend, an dem Jenny dort war.«

»Aber er ist lange vor ihr gegangen«, wandte Petter ein.

»Trotzdem kann da etwas vorgefallen sein, was später am Abend zu dem Mord geführt hat. Ich weiß, es ist keine besonders tolle Spur, aber Thorbjörn ist irgendwie in die Sache verwickelt. Wir müssen dem nachgehen. Ich möchte auch, dass seine Geschäfte überprüft werden, vor allem die, die er mit Anders Johannson macht.«

Petter nickte. »Das übernehme ich.«

»Nimm Teresa dazu«, sagte Marten. »Das schaffst du nicht allein, und Teresa kann was lernen.«

Die strahlte und lehnte sich in ihrem Stuhl zurück. Sie sah gut aus, jung und gesund, vermutlich war sie heute Morgen schon eine Stunde gejoggt, bevor sie ins Revier gekommen war. »Ich habe auch die Anzeige überprüft, wie du gesagt hast, und Victoria Nyander hat sich wiederholt wegen Lärm in der Wohnung unter ihr beschwert. Das ist Ebba Julnings Wohnung. Musik, viele Gäste, ständig wurde gefeiert, und zwar bis in die frühen Morgenstunden. Und offenbar geht das schon länger, seit Anfang des Jahres, wobei das der Zeitpunkt der ersten Beschwerde ist, also vermutlich noch länger.«

»Seltsam«, sagte Ulla.

Alle sahen sie an, aber sie redete nicht weiter, sondern starrte auf ihren Kaffee. »Was ist seltsam, Ulla?«, fragte Lena schließlich.

»Heute Morgen hat der Pfarrer angerufen. Der, der die Familie Boström betreut, Joachim Holmström. Er ist jeden Tag bei ihnen, oft auch abends, weil Petra Boström nicht schlafen kann. Sie beten dann gemeinsam.« Sie machte eine Pause und kratzte sich am Kopf. »Jedenfalls hatte ich um Rückruf gebeten, weil ich ja wegen der Pressemitteilung noch einiges abklären muss, und da hat er angerufen, nicht die Eltern.«

»Warum?«, wollte Sigge wissen.

»Warum was?«, fragte Ulla verwirrt.

»Warum rufen sie nicht selbst an?«

»Ach so. Ja, laut Pfarrer geht es ihnen nicht so gut. Petra Boström verlässt das Sofa nicht mehr, und Åke sitzt im Zimmer seiner Tochter und starrt an die Wand. Er gehe jeden Abend vorbei, um sich zu versichern, dass es ihnen gut geht. Schuld, hat er gesagt. Sehr verbreitet bei Eltern, die ihr Kind verloren haben.«

»Dann sollten wir ihnen einen Psychologen zur Seite stellen«, sagte Lena.

»Ich habe den Hilfsdienst schon informiert«, sagte Ulla. »Aber etwas, was der Pfarrer erzählt hat, passt nicht zu dem, was Teresa gerade gesagt hat. Dass bei Ebba gefeiert wurde. Er … also der Pfarrer hat gesagt, dass Jenny nie Party gemacht hätte. Dass sie immer zu Hause geblieben wäre, schon als Kind.«

»Woher weiß der Pfarrer das? Sind sie in der Kirche aktiv?«, fragte Sigge.

»Der Pfarrer scheint die Familie schon seit Jahren zu betreuen, ja«, sagte Ulla. »Aber laut seiner Aussage hat auch Jenny gelegentlich mit ihm geredet. Er sagt, im Frühjahr oder Sommer ist irgendetwas vorgefallen, was Jenny dazu gebracht hat, doch wegzugehen, wie es ihre Eltern immer wollten. Laut dem Pfarrer wirkte es so, als wolle sie fliehen, und das Studium war nur der schnellste Ausstieg.«

»Die Eltern wollten, dass sie weggeht?«, fragte Marten.

»Sie haben ja ausgesagt, dass Jenny das Studium verzögert hat und dass sie damit nicht einverstanden waren«, erinnerte ihn Lena.

»Aber schon *immer*?«

Lena blinzelte. »Du meinst, der Pfarrer hat gesagt, die Eltern wollten ihr Kind loswerden? Ulla, hat er das so gesagt?«

Ulla zog die Stirn kraus, während sie sich offensichtlich den Gesprächsverlauf ins Gedächtnis rief. »Ich weiß nicht, ob er das *genauso* gesagt hat, aber das Gespräch war seltsam. Der Pfarrer hat immer gesagt: die Eltern hatten den Eindruck, für die Eltern wirkte es so, die Eltern haben mir gesagt und so weiter. Ich weiß noch, dass ich mich gefragt habe: Und Jenny? Was hat Jenny gedacht?«

»Vielleicht hat Jenny ihm was erzählt, aber er kann es nicht weitergeben«, überlegte Marten.

»Das ist jetzt aber wirklich Spekulation«, meinte Lena.

»Aber er *hat* mir ja gesagt, dass im Frühjahr was vorgefallen ist«, warf Ulla ein.

»Angesichts der bisherigen Hinweise dachte ich eher, dass das was mit ihren Freundinnen zu tun hatte.«

»Warum fragen wir nicht bei der Jugendfürsorge?«, schlug Teresa vor. »Falls irgendwas mit den Eltern war, gibt es vielleicht eine Akte.«

»Gute Idee«, sagte Marten. »Und wir fragen noch mal Ebba. Die Psychologin hat sich gemeldet, sie hat etwas von …«, er warf einen Blick auf sein Tablet, »Affektverflachung gesagt. Aus ihrer Sicht hat die Zeugin wenig Zugang zu den eigenen Emotionen, die gar nicht oder spät kommen.«

»Ich fand sie sehr emotional. Sie hatte eindeutig Angst«, sagte Lena.

»Aber die Reaktion auf Jennys Tod war seltsam. Erst hat sie es gar nicht richtig wahrgenommen. Und dann hat sie vermutlich gelogen, was den Ablauf des Abends betrifft. Was wir brauchen, sind Zeugen von dem Abend in der Disco. Angenommen, Ebba und Anna sind diese Freundinnen, mit denen sie vor ihrem Studium rumgehangen hat …«

»Was wir nicht sicher wissen«, unterbrach ihn Lena.

»Ja, was wir nicht genau wissen, aber mal angenommen, es ist so, dann ist sie vor ihnen weggelaufen. Streit gab es auch, das hat Anders' Barmann ausgesagt. Das glaubt doch keiner, dass die ihr nicht hinterhergefahren sind.«

»Und vermutlich haben sie sie auch gefunden, ich meine, es gibt ja nicht so viele Wege da. Und mit dem Auto sind sie viel schneller«, warf Sigge ein.

»Am besten, du übernimmst das, Sigge«, sagte Marten. »Finde uns ein paar Zeugen von dem Abend.«

Sigge stöhnte. »Ich bin mit Linköping nicht fertig. Können wir nicht einen Aufruf machen?«

Ulla wirkte besorgt. »Ich weiß nicht. Wir haben hier eine etwas delikate Situation. Der letzte Mord ist eine Weile her, und das war ein eindeutiger Fall, nicht eine junge Frau ohne Identität, die halb nackt im Wald lag.«

»Halbnackt ist jetzt etwas übertrieben«, meinte Sigge.

»Ich habe gestern Leute genau das sagen hören«, erwiderte Ulla ruhig. Offenbar brauchte sie erst ein paar Tassen Kaffee, bis sie in Schwung kam. »Ich weiß, dass es nicht stimmt. Aber darum geht es ja. Die Leute reden, je pikanter der Fall, umso mehr. Und je länger wir brauchen, um einen Fall zu lösen, über den schon Hunderte pikante Details im Umlauf sind, umso schlechter für das Ansehen der Polizei.«

»Und wenn wir jetzt einen Aufruf machen, wird das schlimmer?«, wollte Sigge wissen.

»Es gibt den Gerüchten Nahrung. Und Anders Johannson wird alles andere als begeistert sein, wenn die Polizei einen Zeugenaufruf zu seinem Nachtklub macht. Weil dann natürlich alle *annehmen*, dass da was passiert ist.«

Sigge wollte auffahren, aber Lena ging dazwischen. »Wir verzichten auf den Aufruf, und du versuchst es anders. Ein bisschen gute alte Polizeiarbeit.« Sie lächelte ihm zu, aber Sigge verzog nur das Gesicht.

Kapitel 21

Marten

EBBA sah verweint aus und hatte Ringe unter den Augen. Durch das Fenster war das Wäldchen zu sehen, die Birken blattlos und grau vor dem stahlblauen Himmel. Er schien fast zu strahlen, was das verwahrloste Apartment noch deprimierender aussehen ließ.

»Was wollen Sie diesmal?«, fragte Ebba und ließ sich aufs Sofa fallen. Der Fernseher lief, aber sie hatte ihn auf stumm gestellt.

Marten stellte sich ans Fenster, Lena setzte sich ihr gegenüber auf einen abgenutzten Sessel. Über der Lehne hing ein besticktes Tuch, auf dem »Trautes Heim, Glück allein« stand.

»Wie geht es Ihnen?«, fragte Lena.

Ebba schüttelte den Kopf und sah dabei zu Boden.

»Ist es okay, wenn wir Ihnen ein paar Fragen stellen?«

Ebba nickte. Die schwarzen Haare waren ihr ins Gesicht gefallen.

»Fangen wir mit Jenny an. Woher kannten Sie sie?«

»Wir waren befreundet. Seit der Schule. Bis sie dann weggegangen ist.«

»Warum ist sie weggegangen?«

Sie zögerte. »Na ja … Sie hat gesagt, das Kaff hier ist ihr zu klein und sie will raus.«

»Sie wollte sich verändern?«

»Sie wollte in die Stadt. Was für'n Scheiß! Als ob dort alles besser wäre.«

Marten sah weiter Ebba an, um Lenas Blick zu meiden. Er hatte sich auf dem Weg hierher kurz bei ihr entschuldigt, sein Kommentar war unnötig und unpassend gewesen. Sie hatte genickt, gesagt, dass sie niemals ihm allein die Schuld an der Scheidung geben würde, dann allerdings geschwiegen. Bevor ihm etwas Vernünftiges eingefallen war, hatten sie Ebbas Wohnung erreicht – Vimmerby war klein.

»Worum ging es in dem Streit? Vor der Disco am Samstagabend?«, fragte Lena weiter.

Ebba sah an Lena vorbei auf die Wand. Dort flackerte der Fernseher.

»Ebba?«

»Ähm … Jenny war eifersüchtig.«

»Weswegen?«

»Anna ist mit Jennys früherem Freund zusammen. Und das mochte sie halt nicht.«

»Wer ist der Freund?«

Keine Antwort.

»Ist sie deswegen zurückgekommen? Weil Anna ihr den Freund ausgespannt hat?«

Ebba zuckte mit den Schultern. »Nee, sie wollte mit uns feiern.«

Erst war sie sauer, dass Anna ihr den Freund weggenommen hatte, dann wollte sie mit ihr feiern?

»Was haben Sie gefeiert?«, fragte Marten.

»Dass wir uns halt treffen.«

Lena sah auf, Marten zuckte mit den Schultern. Die Frage war: Was war die Lüge? Dass Jenny hergekommen war, um mit ihnen zu feiern, oder dass Anna ihr den Freund weggenommen hatte? Hätten Jennys Eltern einen Mann im Leben ihrer Tochter bemerkt? Nach Hause gebracht hatte sie ihn ja dann offensichtlich nicht.

Lena sah wieder zu Ebba. »Das kann aber nicht sein. Wir haben Zeugenaussagen, dass sie eigentlich gar nicht richtig mitgefeiert hat.«

»Nee, das stimmt nicht«, sagte Ebba mit einem Hauch Trotz in der Stimme. Sie begann, Lena abzublocken.

»Wie war es im Nachtklub?«, fragte Marten betont freundlich. »Dort haben Sie sich auch gestritten, oder?«

Ebba atmete zischend aus und wandte sich ab.

»Möchten Sie uns sagen, weswegen?«

»Hab ich doch gesagt. Sie wollte ihren Kerl wieder. Dann hätte sie halt nicht weggehen dürfen.«

»Ihr Freund hat sie verlassen, weil sie nach Linköping gegangen ist?«

»Ich würd da auch nicht mit wollen.«

»Haben Sie deshalb versucht zu vermitteln?«

»Was? Ach das. Nee, ich wollte nur nicht, dass sie uns den schönen Abend versaut.«

Sie drehten sich im Kreis. Der Abend war ganz offensichtlich nicht schön gewesen, zumindest nicht für Jenny.

»Als Sie ihr hinterhergefahren sind, was wollten Sie da von ihr?«, fragte Marten.

Sie presste die Lippen zusammen. »Wir wollten sie einsammeln«, sagte sie schließlich. »Damit sie sich nicht verläuft.«

»Sie kannte sich doch aus, oder nicht? Und *so* weit ist es nicht bis in die Innenstadt.«

»Kann sein. Na und?«

»Hat Jenny bei Ihnen übernachtet?«, fragte Lena.

»Nee!«

»Und wo wollte sie dann hin?«

»Na, weg halt. War beleidigt, dass wir glücklich sind.«

Eine schöne Wiedersehensfeier war das gewesen. Nur, wie sollten sie Ebba dazu bringen, die Wahrheit zu sagen? Freundlichkeit brachte offensichtlich nichts, Flirten war hier auch fehl am Platz. Marten fiel es schwer, sie überhaupt einzuschätzen. Möglicherweise hatte die Psychologin recht.

»Wann ist sie hergekommen? Von Linköping?«, wollte Lena wissen.

»Am selben Tag.«

»Und wann genau am Samstag?«

»Keine Ahnung. Irgendwann am Mittag, glaub ich.«

»Was hatte sie an?«

Ebba warf ihr einen seltsamen Blick zu, als wäre ihr gerade etwas eingefallen. Lena wollte weitersprechen, aber Marten hatte es auch bemerkt. »Ebba, Sie müssen es uns sagen, wenn sie bei Ihnen war. So etwas kommt in der Untersuchung ohnehin raus. Es geht hier um einen Mordfall.«

»Okay … Sie war hier«, sagte Ebba zögernd. »Wir haben … uns umgezogen. Aber ich hab nichts damit zu tun. Ich hab ihr nichts getan.«

Sie ballte die Fäuste, entspannte sich im nächsten Augenblick aber schon wieder. In ihrem Blick lag Wut. Marten kannte das, es war Ärger darüber, dass die Polizei sie überhaupt belästigte. Schöne Freundinnen waren das.

»Hat Jenny irgendwas in Ihrer Wohnung zurückgelassen?«, fragte Marten.

Ebba schüttelte den Kopf.

»Was ist mit der Handtasche?«

»Welche Handtasche?«

»Sie hatte eine Handtasche bei sich, als sie die Lagerhallen verlassen hat.« Lena rief das Bild auf und zeigte es ihr.

»Ich weiß es nicht. Bei mir ist sie nicht.«

»Sie wird aber nicht die Ausgehsachen getragen haben, als sie von Linköping hergekommen ist. Was hatte sie an?«

»Weiß ich nicht mehr. Mann, das ist ’ne Woche her.«

»Wenn Sie sich hier umgezogen haben, müssen ihre Sachen noch hier sein. Oder war sie nach elf Uhr am Samstag noch mal in Ihrer Wohnung?«

Ebba zuckte zusammen. Dann sprang sie auf, rannte ins angrenzende Bad und begann, hektisch im Wäschekorb zu wühlen. Sie zog Sachen heraus und warf sie zurück. »Nee, hier ist nichts.«

»Was haben Sie und Anna gemacht, nachdem Sie Jenny nicht gefunden haben? Samstagnacht?«, fragte Lena. Beharrlich war sie.

»Hab ich doch schon gesagt. Anna hat mich hergefahren und ist dann nach Hause.«

»Also war das letzte Mal, dass Sie Jenny gesehen oder etwas von ihr gehört haben, als Sie vergangenen Samstag gegen elf die Lagerhallen verlassen haben?«, fragte Lena.

Marten beobachtete Ebba. Sie wand sich, sie wollte auf die Frage nicht antworten. »Ja. So war es«, kam dann doch.

»Keine Nachrichten, Anrufe, E-Mails?«

Sie schüttelte den Kopf, dabei rutschte ihre Hand zur Hose. Sie fingerte an dem Telefon herum, das dort rausschaute.

Marten machte einen letzten Versuch. »Ebba, Jenny war Ihre Freundin. Sie wollen doch sicher wissen, was ihr passiert ist?«

Sie sah ihn nicht mal an. Diese Zeugin hatten sie verloren, falls sie überhaupt eine war und nicht die Täterin.

Lena erhob sich. »Ebba, wenn Ihnen noch etwas einfällt, egal was, melden Sie sich.«

Ebba sah auf. Sie stand im Bad, eine Hand immer noch am Wäschekorb, das Gesicht verkniffen, die ganze Haltung zusammengesunken, als läge ein schweres Gewicht auf ihrer Schulter. »Na klar«, sagte sie, und es klang, als wäre es ihr völlig egal.

Kapitel 22

Lena

SIE gingen zum Auto, um kurz Luft zu schnappen und sich zu besprechen. Das ging erstaunlich leicht, trotz des Streits gestern, trotz Martens Frust. Wenn sie arbeiteten, konnten sie all das beiseiteschieben.

Warum war das so einfach?

Vermutlich weil sie beide es beiseiteschieben *wollten.* Sie wollten nett miteinander sein, sie wollten sich wie zivilisierte Menschen benehmen, nicht wie traumatisierte Opfer, die sich gegenseitig nur wehtun konnten.

Sie sah zu den kahlen Birken hinter ihnen, aber die Gegend war heute fast leer, vermutlich waren alle beim Markt in der Innenstadt. Aber das Gefühl ging nicht weg.

»Jenny ist also weggegangen, weil sie sich für etwas Besseres gehalten hat?«, fragte Lena, um sich abzulenken.

»Kaum. Sie lügt, bei einer Menge Sachen. Die Klamotten sind ihr offenbar gerade erst eingefallen, aber was immer da in der Nacht vorgefallen ist, sie hat Angst davor. Und sie war mit Sicherheit auch nicht eifersüchtig«, antwortete Marten, ohne aufzusehen. Er tippte auf dem Tablet herum, um seinen Eindruck von dem Gespräch möglichst frisch wiederzugeben.

»Das sah mir nicht wie die Angst einer Mörderin aus.«

»Weißt du denn, wie die Angst einer Mörderin aussieht?«, wollte Marten wissen.

»Anders, nicht so eingeschüchtert.«

»Die Aussicht auf Gefängnis kann einen schon einschüchtern. Was, wenn sie es geplant haben? Sie und Anna? Aus Rache oder um sie von Annas Freund fernzuhalten? Gemocht haben sie sie ja eindeutig nicht.«

»Zwei Zwanzigjährige planen einen Mord?«, fragte Lena. »Mit einer Eisenstange oder was auch immer verwendet worden ist?«

»Es würde erklären, warum es so chaotisch aussah. Sie haben die Kontrolle verloren.«

»Jetzt bist du aber von der Zwei-Täter-Theorie abgekommen. Chaotisches Würgen und kontrolliertes Erschlagen passen nicht mehr zu zwei jugendlichen Tätern, die die Tat gemeinsam begangen haben.«

Er sah auf. »Streng genommen sind es immer noch zwei Täter«, sagte er und grinste frech.

Sie hätte beinahe die Hand gehoben und ihm einen Klaps auf die Schulter gegeben. Er wandte nur seine Mitarbeiterleitungstechniken bei ihr an, um sie aus der Reserve zu locken, oder einfach nur, um die Stimmung zu verbessern. Er war nicht wirklich gut drauf. »Selbst wenn du recht hast, wir brauchen noch immer konkrete Informationen. Warum ist Jenny zurückgekommen, worum ging es bei dem Streit, wer ist dieser mysteriöse Freund?«

»Lass uns mit der Nachbarin reden«, sagte er. »Vielleicht erfahren wir ja zumindest etwas.«

Sie hatten Glück, auch Victoria Nyander war zu Hause. Sie schien froh zu sein, dass sie gekommen waren. Lena stellte sie vor, und sie winkte aufgeregt Richtung Wohnzimmer. »Immer rein, rein. Setzen Sie sich. Was wollen Sie wissen?«

Sie gingen an ihr vorbei ins Wohnzimmer. Die Wohnung war genauso aufgebaut wie die von Ebba, aber der Unterschied hätte nicht größer sein können. Im Wohnzimmer stand ein gemütliches Sofa voller Kissen, darüber hing ein Regal, in dem Duftkerzen standen. Es roch nach Lavendel und Kaffee, die Einbauküche war nicht gelb, sondern blau gekachelt.

Marten räusperte sich. »Wir haben uns Ihre Anzeigen angesehen. Könnten Sie noch mal kurz mit eigenen Worten schildern, was genau vorgefallen ist?«

»Die bringt immerzu jemanden mit, mitten in der Nacht. Es ist furchtbar laut. Da kann keiner schlafen.«

»Wer bringt wen mit?«

»Na, Ebba natürlich. Viele verschiedene Freundinnen. Die vergnügen sich dann. Und trinken.«

»Auch Männer?«

Victoria überlegte. »Nee, Männer sind da eigentlich keine dabei. Ab und zu kommt einer vorbei und holt sie ab, der ist schon etwas älter. Ist aber nicht der Vater. Aber sonst sind es immer nur Mädchen. Aber was für welche! Unmöglich.«

»Inwiefern unmöglich?«

Sie wiegte den Kopf hin und her, sodass ihre Haare über die Schulter fielen. »Na ja, *so* Mädchen eben. Rausgeputzt bis zum Gehtnichtmehr, tanzen unanständig, manchmal tun sie sogar so, als ob sie Sex miteinander hätten.«

Lena fragte sich, woran Victoria merkte, dass sie nur so taten, aber Marten war mal wieder schneller. »Waren Sie mal unten, in der Wohnung, meine ich?«

»Ständig. Sobald der Krach losgeht, klopfe ich. Man will ja schlafen. Die Nachbarn stört es auch, sie trauen sich nur nicht.« Sie beugte sich vor. »Und dann stehen die da im Zimmer und tanzen aneinander gepresst und stöhnen, sobald sie mich sehen. Unanständig, sage ich ja!«

»Kennen Sie eine der Frauen?«, wollte Marten wissen.

»Nee, ich weiß nicht, wie die alle heißen. Aber es sind einige.«

Lena zeigte ihr ein Bild von Anna. »Ja, die ist auch dabei.« Beim Bild von Jenny runzelte sie die Stirn. »Die hab ich ’ne Weile nicht gesehen. Keine Ahnung, vielleicht haben sie sich gestritten.« Sie lachte gehässig. »Wahrscheinlich hat eine mit der anderen was angefangen. Oder ihr den Freund gestohlen.«

»Was ist mit letztem Samstag?«, fragte Marten. »War da auch jemand da?«

Victoria dachte nach. »Das war der zweite, oder? Da hat's geregnet, ich wollte mit dem Hund von der Nachbarin raus. Nee, abends war es dann aber trocken. Ja, die waren weg, und gegen Mitternacht sind sie zurückgekommen.«

»Wer?«

»Die Mädchen.«

»Wie viele?«

»Keine Ahnung. Ebba und noch ein paar. Die haben sich fürchterlich angeschrien in der Wohnung. Und dann ging das noch weiter.« Sie zeigte zum Balkon. »Da draußen. Vor dem Haus. Ich hab ihnen gesagt, sie sollen aufhören, aber sie haben mich nicht mal angesehen.«

»Konnten Sie jemanden erkennen?«, fragte Marten.

Sie zuckte mit den Schultern.

»Wenn Sie auf dem Balkon waren, haben Sie sie doch sicher gesehen?«

Victoria dachte nach. »Es war nicht Ebba. Die mit ihrer wilden Mähne, das hätt ich nicht übersehen. Gegenüber gibt's ja 'ne Laterne. Unsere ist kaputt, kann man sich das vorstellen? Seit drei Monaten. Und die dunkle Zeit ist da. Ich sag das der Hausverwaltung schon seit Wochen, aber hier kümmert sich ja niemand.«

»Also zwei oder mehr Frauen haben sich nach Mitternacht vor dem Haus gestritten?«, erinnerte sie Lena.

»Es waren zwei. Eine war blond, die andere weiß ich nicht.«

Lena hielt ihr das Bild von Jenny hin, dann das von Anna, beide waren blond. Aber Victoria verzog nur unsicher den Mund. »Kann sein. Weiß ich ehrlich gesagt nicht so genau.«

»Was hatten sie an?«

Victoria schloss die Augen. »Die eine, sie stand direkt vor der Tür … das war die Blonde … die hatte … ein Kleid an. Ziemlich kurz, praktisch nackt.«

»Und die andere?«

»Die stand im Schatten, bei der Mauer. Keine Ahnung. Konnte ich nicht sehen.« Sie öffnete die Augen.

»Und das haben Sie vom Balkon aus gesehen? Waren Sie draußen?«, fragte Lena. Sie hatte eine Idee.

Victoria nickte bereitwillig.

»Könnten wir kurz einen Blick rauswerfen?« Lena wollte sehen, wo genau die beiden Frauen gestanden hatten.

Victoria öffnete die Balkontür, und Lena schaute hinaus. Von hier aus sah man den Eingangsbereich inklusive Mauer und Bepflanzung, aber nicht die Tür.

Lena ließ sich zeigen, wo ungefähr die Frauen gestanden hatten, dann bedankte sie sich.

»Haben Sie mitbekommen, worum es bei dem Streit ging?«, fragte Marten beim Rausgehen.

»Um einen Mann natürlich«, erwiderte Victoria. »Bei denen geht es immer um einen Mann.«

Vor dem Haus blieb Lena stehen und warf einen Blick auf die halb mit Liguster überwachsene Mauer. Sie war aus Ziegelsteinen und bröckelte.

»Stell dich mal hierhin«, sagte sie zu Marten und zog ihn ein Stück zur Haustür, dabei warf sie einen Blick nach oben. »Das ist der Balkon. Damit sie dich sieht, müsstest du ungefähr hier stehen. Sie sagte, die andere Frau war im Schatten der Mauer, also …«, sie ging auf die kleine Mauer zu, »… hier.«

Sie drehte sich um. Marten stand knapp zwei Meter entfernt und starrte sie an. »Was?«

Er räusperte sich. »Was, wenn ich einen Schritt auf dich zukomme?«

Und das machte er. Sie wich zurück und stieß gegen die Mauer.

Marten grinste, und Lena fuhr herum, begann, die bröckligen, dunkelroten Steine abzusuchen … Da war es!

»Hier ist Blut«, sagte sie.

Kapitel 23

Marten

WÄHREND Marten die Spurensicherung rief, beobachtete er Lena aus den Augenwinkeln. Die leichte Gehirnblutung, mehrere Stunden vor dem Tod, nicht mittig am Hinterkopf, weil sie schräg zur Mauer gestanden hatte … Die Idee war ihm schon gekommen, als sie ihn hin und her geschoben hatte. Aber sie hatte so schön ausgesehen beim Nachdenken, für einen Augenblick hatte er kein Wort rausgekriegt.

Irgendwas war passiert, gestern Abend oder heute. Erst hatte er gedacht, sie würden wieder in ihre alten Streitereien verfallen, aber das Gegenteil war der Fall. Es fiel ihm leichter, sich in ihrer Gegenwart zusammenzureißen, und es machte ihm sogar Spaß, mit ihr zu arbeiten.

Sie warteten, bis die Spurensicherung endlich eintraf, danach fuhren sie zu Anna Källs Wohnung. Sie war aus dem Urlaub zurück, aber laut ihren Eltern nicht ansprechbar. »Sie hat erfahren, dass ihre Freundin ermordet wurde, und ist verständlicherweise außer sich, Inspektor. Bitte respektieren Sie das!«

Da sie Anna nicht zu Gesicht bekamen, war nicht klar, ob das stimmte, aber es spielte auch keine Rolle, denn zwingen konnte man niemanden. Also bestellten sie sie am nächsten Tag zum Verhör ins Revier. Die Mutter telefonierte bereits mit dem Anwalt, als Marten dem Vater noch erklärte, wie man zum Revier kam. Das würde spannend werden morgen.

Danach trafen sie sich mit Martens Eltern auf dem Rathausplatz. Hier tobte der Bär. Das Karussell war in vollem Gange, an den Essensständen reihten sich die Menschen, und der Kirchenchor sang Herbstlieder. Tove fand bald eine Freundin aus dem Reitklub, mit der sie die Süßigkeitenstände abklapperte, und Martens Eltern, dick eingepackt und sichtlich unbegeistert von mehreren Stunden Aufenthalt an der frischen Luft, zogen sich mit Bekannten ins Hotel zurück, um den Lyriklesungen zuzuhören und die schwierige Lage der Vereine zu diskutieren.

Lena und Marten holten sich eine Wurst, danach ließen sie sich von Tove alles zeigen und suchten im Buchladen ein paar neue Bildbände für sie raus, zu denen sie sich Geschichten ausdenken konnte. Sie hatte auch eine Freundin beim Schreibworkshop gefunden, mit der sie alle zusammen ins Café gingen, Kuchen aßen und Kakao tranken.

Bald saßen Tove und Elin kichernd in einer Ecke und lasen sich gegenseitig ihre Texte vor. Für zwei Neunjährige waren das schon ganz schön fortgeschrittene Geschichten, auch wenn die Rechtschreibung grauenhaft war.

»Ich könnte es nicht ertragen, wenn Tove was passiert«, kam es Marten plötzlich in den Kopf, und er merkte erst im nächsten Moment, dass er es laut ausgesprochen hatte.

Ein Blick auf Lena zeigte ihm, dass sie etwas Ähnliches gedacht hatte. Er fand es irritierend, dass er sie mal verstand und mal nicht, aber er wollte dieses Gefühl der Verbundenheit nicht zerstören. »Wir kümmern uns um sie, oder nicht?«, sagte er vorsichtig.

Lenas Gesicht machte etwas, ihr Mund zuckte, und dann atmete sie tief durch. Gefühle zu zeigen, war noch nie so ihr Ding gewesen, aber jetzt bemühte sie sich gerade richtig. »Natürlich«, erwiderte sie mit belegter Stimme. »Es tut mir leid, wenn du gedacht haben solltest, dass ich Tove gegenüber schlecht über dich geredet habe. Das habe ich nicht. Vielleicht …« Sie stockte und setzte dann wieder an. »Vielleicht hat sie mitbekommen, dass ich … ich nicht ganz einverstanden war mit dem, was du getan hast, also vor der Scheidung, aber ich habe mich wirklich immer sehr bemüht.«

»Das weiß ich«, sagte er, obwohl er gar nichts wusste.

»Du warst doch auch verbittert. Ist dir nie was rausgerutscht?«

»Ich habe mir angewöhnt, vor ihren Besuchen unsere alten Fotoalben anzusehen.«

Überrascht sah sie auf, nippte dann an ihrem Kaffee und stellte ihn wieder hin.

»Uns zu sehen, wie wir glücklich waren, da wurde ich traurig. Dann hat sie zwar gemerkt, dass ich traurig bin, aber das fand ich besser als Wut.«

Lena griff nach ihrer Tasse und trank sie in einem Zug leer. Dann stand sie auf und holte sich Nachschub. Marten aß derweil seinen Kuchen auf, er brauchte auch Nervennahrung. Niemals hätte er gedacht, dass es jemals wieder so weit zwischen ihnen kommen würde: Sie konnten miteinander reden wie zwei normale Menschen.

»Wenn du wegen Tove irgendwelche Bedenken hast, dann sprich mit mir. Ich verspreche auch, dass ich nichts Dummes mehr sagen werde«, erklärte er, als sie zurückkam.

Sie sah ihn an, wieder ganz beherrscht. »Das gilt auch für dich. Wir haben unsere Ehe versaut, das müssen wir ja nicht mit unserer Tochter wiederholen.«

Kurz danach kam Tove und verlangte Pizza. Also holten sie auf dem Heimweg drei große Pizzen, aßen sie in der Küche seiner Eltern und spielten den Rest des Tages Scrabble und Twister mit Tove, die vollkommen begeistert war, ausnahmsweise mal beide Eltern für sich zu haben. Lena lachte und wirkte entspannt, aber Marten wartete den ganzen Abend darauf, dass noch irgendwas kam.

Was es nicht tat. Gegen acht stieg Tove gähnend in Lenas Auto, die sich wiederum mit einem Nicken von Marten verabschiedete, das gar nicht so unfreundlich aussah, und Marten wurde mit

Schrecken klar, dass sie, sobald der Fall gelöst wäre, wieder aus seinem Leben verschwinden würde.

Es machte ihm Spaß, mit ihr zu ermitteln. Lenas Arbeit machte ihm Spaß!

Zur Ablenkung führte er danach das deutlich schwierigere Gespräch mit seinem Vater, bei dem er sich ungefähr zwanzigmal anhören musste, dass er besser Journalist geworden wäre, dann hätte er dieses Problem selbst regeln können. Wie er die Probleme der Polizei hätte regeln sollen, wenn er kein Polizist geworden wäre, entzog sich Martens Kenntnis, doch er biss die Zähne zusammen und hatte seinen Vater schließlich so weit, dass der dem wilden Spekulieren ein wenig Einhalt gebieten würde. Er kannte Hinz und Kunz und galt als Respektsperson.

Der Montagmorgen zeigte, dass er sogar noch eher mit seinem Vater hätte reden sollen, denn in der Eingangshalle des Reviers wartete eine größere Menge Menschen, angeführt von Thorbjörn, der bei Martens Erscheinen sofort auf ihn zugestürmt kam.

»Wir verlangen eine Erklärung!«, rief er, gefolgt von den Leuten. Es waren ungefähr zwanzig, Marten kannte keinen davon.

»Guten Morgen, Thorbjörn«, sagte Marten und lächelte gezwungen. »Was möchtest du denn erklärt haben?«

»Komm mir nicht so. Ein Mord ist geschehen, in unserer Stadt. Wir wollen endlich wissen, wer es war.«

»Ja, die Polizei auch.«

»Ihr habt es also noch immer nicht herausgefunden.«

»Wir haben noch immer nicht beschlossen, dich darüber zu informieren. Nur weil ich deine Informationsquelle beseitigt habe, heißt das nicht, dass du jetzt den Polizeichef belästigen darfst, wie es dir …«

»Noch bist du nicht Chef«, fuhr Thorbjörn dazwischen.

»Ich bin es, bis es anders entschieden wird. Und zu dieser Position gehört, dass ich meine Kollegen schütze. Die Weitergabe von Informationen in einem Strafverfahren ist gegen das Gesetz. Wenn du weiterhin meine Mitarbeiter zu Straftaten verleitest, erstatte ich offiziell Anzeige.«

Thorbjörn starrte ihn an. Auf der Treppe waren Polizisten stehen geblieben und beobachteten die Szene, Thorbjörns besorgte Bürger waren sehr still geworden. Marten spürte die Hitze, die in ihm aufgestiegen war, und in diesem Moment bemerkte er Lena, die am Eingang stand. Er musste daran denken, wie sie sich in dieser Halle angeschrien hatten.

»Und jetzt entschuldige mich. Ich muss mich um meine Arbeit kümmern«, sagte Marten, drängte sich an Thorbjörn vorbei zu Lena, die auch prompt auf ihn zukam. Gemeinsam marschierten sie in Richtung seines Büros, und Marten hörte noch, wie Thorbjörn seine Leute anwies, das Gebäude zu verlassen. »Du hast wirklich keine Ahnung, was in *deiner* Stadt so vorgeht«, zischte er noch, dann marschierte er ebenfalls hinaus.

»Das mit der Presseerklärung scheint nicht so recht funktioniert zu haben«, sagte Lena.

»Ging ja heute Morgen erst raus. Vielleicht ist er auch nur sauer. Oder er nutzt einfach die Gelegenheit, um mir Druck zu machen. Thorbjörn gehörte eindeutig zum Team Larissa.«

»Nicht Sigge?«, fragte Lena, und als er sie ansah, glaubte er ein Schmunzeln zu erkennen.

Er lächelte zurück. »Nein, ich glaube, außer Sigge wollte niemand, dass Sigge Chef wird. Es ist nicht nur die alte Geschichte mit der Informationsweitergabe, von der ohnehin außer mir niemand was weiß. Er ist einfach nicht sehr beliebt.«

»Warum nur?«, fragte Lena und ging an ihm vorbei ins Besprechungszimmer. »Anna kommt in einer Stunde. Lass uns das Verhör vorbereiten und das Meeting danach machen, okay?«

Anna war blass, schlank und sehr dezent geschminkt. Sie trug eine teure Bluse, eine eng anliegende Jeans und hatte eine strassbesetzte Handtasche dabei. Sie wirkte völlig anders als Ebba, elegant und irgendwie wie eine Eisprinzessin. Seufzend ließ sie sich auf den Stuhl fallen, der Anwalt nahm daneben Platz. Die Eltern setzten sich dahinter und hielten sich mit starrem Gesichtsausdruck an den Händen.

»Meine Klientin hat nichts zu sagen«, verkündete der Anwalt, sobald Marten und Lena Platz genommen hatten.

»Sie ist mit dem Opfer gesehen worden, kurze Zeit vor ihrem Verschwinden«, sagte Marten. »Wenn sie nichts mit dem Verschwinden zu tun hatte, hat sie uns sogar sehr viel zu sagen.«

Anna saß mit übereinandergeschlagenen Beinen leicht zurückgelehnt da und warf ihrem Anwalt nur einen kurzen Blick zu. »Was wollen Sie wissen?«, fragte sie gelangweilt.

»Woher kannten Sie Jenny Boström?«, fragte Marten.

»Über Ebba. Die beiden sind schon länger befreundet. Irgendwann hat Ebba sie angeschleppt, und wir waren dann ab und zu feiern.«

»Was heißt ab und zu?«

Sie zuckte mit den Schultern. »Alle paar Wochen vielleicht? Sie war so eine graue Maus, bevor sie dann plötzlich geglaubt hat, sie wäre was Besseres, und beschlossen hat, sie müsse jetzt studieren. Umweltmanagement? Kann man sich das vorstellen?« Sie lachte geziert, dabei warf sie den Kopf zurück. »Sie war ein bisschen eingebildet, aber nicht besonders schlau.«

»Gab es Streit?«

Anna sah irritiert aus. »Was meinen Sie?«

»Ich meine: Gab es Streit? Im Frühjahr«, sagte Marten mit seiner besten Ich-weiß-ganz-genau-was-passiert-ist-Stimme.

Sie blinzelte, dann lächelte sie wieder geziert. Langsam fing sie an, ihm auf die Nerven zu gehen. »Streit ist zu viel. Sie hat einfach nicht dazugepasst. Das habe ich Ebba auch immer wieder gesagt. Und irgendwann … hat Jenny es eben auch eingesehen und ist dahin gegangen, wo sie eigentlich hingehört hat.« Zu den Kakerlaken, so klang ihre Stimme.

»Und vorher haben Sie ihr den Freund ausgespannt?«

Anna lachte. Nicht geziert, sondern gehässig. »Jenny … den Freund ausgespannt? Haha! Die war doch frigide.«

»Aber sie hatte einen?«

Anna zuckte mit den Schultern.

»Haben Sie einen?«

Sie wollte offensichtlich Ja sagen, sie hatte das Wort schon geformt, dann unterbrach sie sich selbst. »Nein«, kam es dann ziemlich mürrisch.

Und zum ersten Mal, seit sie hier war, nahm Marten so etwas wie Bedauern oder Schmerz an ihr wahr. Jenny schien ihr völlig egal zu sein, aber bei ihrem Freund war das was anderes. Wie hatte es die Nachbarin ausgedrückt? *Bei denen geht es immer um Männer.*

»Wir haben Aussagen, dass Sie mit jemandem zusammen sind«, sagte Marten.

Annas Mutter schnaubte und wollte etwas sagen, doch der Anwalt hielt sie davon ab. Anna sah einen Augenblick weg, und als sie Marten wieder ansah, war der Moment vorbei. Ihre Augen hatten dieses kalte Glitzern, die Eisprinzessin war wieder da.

»Sie war also eigentlich in Linköping? Warum ist sie wieder nach Vimmerby gekommen?«, fragte Lena.

»Sie war die meiste Zeit weg. Und am Samstag war sie eben wieder da, warum auch immer. Ebba hat mich angerufen, hat erzählt, dass Jenny wieder da sei, und gefragt, ob wir nicht feiern wollten. Das haben wir dann gemacht.«

»Was haben Sie gemacht?«

»Wir waren essen, dann sind wir zur Party.«

»Wo waren Sie essen?«

»Am Markt irgendwo. Ebba hat das ausgesucht, eine Pizzeria in der Innenstadt. Ich fand das Essen furchtbar, aber na ja.«

»Laut Zeugen sind Sie um acht gegangen, die Lagerhallen machen um neun auf. Was haben Sie in der Zwischenzeit gemacht.«

»Keine Ahnung. Rumgelaufen? Wir waren ja in Feierlaune, da habe ich nicht auf die Uhrzeit geachtet.«

»Und dann? Was ist auf der Party passiert?«

»Wir haben gefeiert, getanzt. Was man da eben so macht.«

»Wie lange?«

»'ne Weile. Ich erinnere mich nicht so genau, ich habe sie nicht die ganze Zeit gesehen. Ich hatte einen … Ich hatte jemanden zum Tanzen gefunden. Na, irgendwann ist Jenny dann rausgerannt und Ebba hinterher, und als Jenny dann weg war, hat Ebba mich angerufen.«

»Und dann sind Sie ihr hinterhergefahren?«

»Ebba wollte sie nicht allein lassen. Als ob einem hier in diesem Kaff was passieren könnte«, sagte sie verächtlich.

Marten fand Anna Källs Fähigkeit, Ebba und Jenny praktisch mit jeder ihrer Aussagen schlechtzumachen, bemerkenswert. Warum feierten sie mit ihnen, wenn sie sie so offenbar nicht mochte?

»Und haben Sie Jenny gefunden?«

»Nee.«

»Warum haben Sie sich dann mit ihr vor Ebbas Wohnung gestritten?«, fragte Lena.

Anna runzelte die Stirn. »Was?«

»Sie wurden dabei beobachtet, wie Sie sich mit ihr vor Ebbas Wohnung gestritten haben.« Die Ergebnisse der Blutuntersuchung waren noch nicht da, aber es war eine plausible Vermutung.

Anna saß auf einmal gerade. »Das war diese dumme Pute aus dem zweiten Stock, oder? Ständig hängt die am Fenster. Die ist doch nur eifersüchtig. Will wie wir sein.«

Der Anwalt flüsterte ihr etwas ins Ohr, und sie lehnte sich wieder zurück, bemüht, wieder so cool auszusehen wie am Anfang.

»Also, warum haben Sie sich gestritten?«, fragte Marten nach.

Anna sah zum Anwalt. »Sie müssen darauf nicht antworten«, sagte er leicht genervt.

Sie wandte sich wieder den beiden Ermittlern zu. »Also, ich muss darauf nicht antworten.«

»Sie gehen mit einer langverlorenen Freundin essen und tanzen, sie verlässt wegen Ihnen die Party. Sie fahren ihr hinterher, Sie streiten sich mitten in der Nacht. Ist Ihnen klar, wie das aussieht?«, fragte Lena.

»Ist mir egal, wie das aussieht. Ich hab nichts damit zu tun.« Anna verschränkte die Arme vor dem Körper. Es war klar, dass sie nichts mehr sagen würde.

Marten wandte sich an den Anwalt. »Kann Ihre Mandantin noch etwas zu ihrem Alibi sagen?«

Der Anwalt flüsterte erneut etwas in Annas Ohr. Die rümpfte die Nase. »Also gut, ich habe sie vor Ebbas Wohnung zuletzt gesehen. Da war sie quicklebendig. Danach bin ich nach Hause. Meine Eltern können das bestätigen.«

Lena sah zu den Eltern, der Vater hatte sich während des gesamten Verhörs nicht gerührt. Jetzt löste die Mutter sich vom Vater und stand auf. »Anna war um halb zwei zu Hause. Ich habe sie kommen hören.«

Dann winkte sie in Richtung ihrer Tochter, eine Geste, die wohl »Komm mit!« bedeuten sollte.

»Wir sind hier fertig«, sagte der Anwalt.

Anna stand auf und lächelte Marten auf eine Weise an, als wollte sie sagen: *Sehen Sie? Ihr könnt mir gar nichts.*

»Kennen Sie die Amaliengrotte?«, fragte Lena.

»Äh, ja«, erwiderte Anna, während sie ihren Mantel überzog. Er sah ganz ähnlich wie der Mantel vom Samstagabend aus.

»Waren Sie in letzter Zeit mal dort?«

Sie schüttelte den Kopf. »Nee. Da gehen nur so alte Leute hin«, sagte sie und lachte auf eine Weise, die Marten verdammt an Anders erinnerte.

Kapitel 24

Lena

»DIE haben sie umgebracht und dann in den Wald geschafft«, sagte Marten, als sich das Team zur Besprechung zusammengefunden hatte. Außer Sigge waren alle da, laut Teresa war er entweder in der Stadt Mittagessen oder ging einem Hinweis wegen möglicher Zeugen nach. Lena knurrte auch der Magen, aber sie wollte erst die Besprechung hinter sich bringen.

»Jennys Freundinnen haben sie in den Wald geschafft?«, fragte Teresa. Sie klang nicht gerade überzeugt.

Lena atmete tief durch. »Martens These ist, dass Ebba und Anna Jenny umgebracht haben. Es gibt einiges, was dafür spricht – sie lügen beide über den Ablauf des Abends, Jenny war nach dem Streit in der Disco noch mal in Ebbas Wohnung, es gab erneut Streit –, aber auch Diverses, was dagegenspricht.«

»Sie haben den ganzen Abend miteinander verbracht, vermutlich auch schon den Nachmittag. Sie sind ihr eindeutig hinterhergefahren und haben sie auch gefunden, sie waren noch mal in Ebbas Wohnung, das Blut auf der Mauer gehört, wie wir seit einer Stunde wissen, Jenny«, sagte Marten mit Nachdruck. »Es gibt ein Motiv, den Streit vom Frühjahr, was es auch war, an dem Abend ist es wieder hochgekommen. Damit haben wir Motiv und Gelegenheit. Die Mordwaffe treiben wir sicher auch noch auf, wenn wir dafür einen Durchsuchungsbeschluss bekommen.«

»Hast du deine These von den zwei Tätern aufgegeben?«, fragte Lena.

»Nein, sie könnten sie ja auch nur gegen die Mauer geschubst und gewürgt haben, das Erschlagen hat dann jemand anderes erledigt. Jemand, der ihnen helfen wollte. Wie hat das Annas Chefin ausgedrückt? Schlechte Gesellschaft.«

»Hatte die nicht auch gesagt, dass sie einen Freund hat? Oder vermutet?«, überlegte Lena laut.

Teresa räusperte sich. »Ich war gerade noch mal im Kosmetiksalon und habe mit Annas Chefin gesprochen. Es war etwas schwierig, aber sie hat ihn als Anfang dreißig, gut aussehend, lange Haare und Dreitagebart beschrieben. Er hat Tattoos an den Oberarmen und ist eher so der Bad-Boy-Typ.«

Marten sah Lena an. »Erinnert dich das an jemanden?«

»Anders?« Bei dem Gedanken überlief es sie kalt. War Anders vom Belästigen zum Morden übergegangen? Wenn sie ehrlich war, musste sie zugeben, dass jemand, der mit siebzehn Leute in Ecken drängte und ihnen die Hose runterzog, vermutlich nicht spontan damit aufhören würde. Die Kriminalstatistik sprach auch dagegen. Aber machte ihn das auch zum Mörder?

Marten war voll in seinem Element. »Anna und Ebba erschlagen Jenny – das würde auch erklären, warum es so chaotisch aussah. Junge Täter und vermutlich eine improvisierte Waffe, das gerät leicht außer Kontrolle.«

Lena seufzte innerlich. Dann würde sie mal den Advocatus Diaboli spielen. »Und das Würgen?«

»Es gab Streit. Da ist es persönlich.«

»Ohne zu wissen, was im Frühjahr passiert ist, Spekulation. Und dann bringen sie sie in den Wald, an eine Stelle, wo sie sofort gefunden wird? Sie mussten wissen, dass ihr Streit in der Disco und ihr Zusammensein mit Jenny nicht unbemerkt geblieben waren. Es wäre ein sehr großes Risiko. Außerdem halte ich die beiden nicht für schlau genug, das durchzuziehen.«

»Wie gesagt, an dem Wochenende hat es mehr oder weniger durchgehend geregnet. Und anscheinend fahren ja nur noch alte

Schnösel wie wir zur Amaliengrotte. Sie konnten davon ausgehen, dass sie niemand sieht.«

»Die Jugendlichen gehen nicht mehr zur Liebesgrotte, ja. Aber auch bei Regen wandern Leute. Thorbjörn war am Sonntag am Grillplatz. Einige der Anwohner haben ausgesagt, dass sie gern im Wald spazieren gehen.«

»Aber ist das hier allseits bekannt? Wussten Anna und Ebba davon?«

»Der Ablageort passt nicht zu zwei Zwanzigjährigen, die eine Leiche loswerden wollen. Sie hätten eher versucht, sie zu versenken oder sie in einem Müllcontainer zu entsorgen, nehme ich an.«

»Und da kommt Anders ins Spiel.«

»Von dem wir bisher nur wissen, dass er die ganze Nacht in den Lagerhallen war. Keine der Reifenspuren am Tatort stimmt mit Annas Volvo überein«, sie warf einen Blick auf ihr Tablet, »und auch nicht mit der Marke von Anders' Auto. Für die restlichen Spuren bräuchten wir erst mal Vergleichsproben, also einen Durchsuchungsbeschluss. Und dafür brauchen wir plausible Abläufe, die auf mehr beruhen als ein paar Spekulationen, für die wir keine Beweise haben.«

Marten öffnete den Mund, doch Lena redete einfach weiter. »Wir drehen uns im Kreis. Und jeden Tag ein neuer Verdächtiger macht es nicht besser. Auf diese Weise fährt sich eine Untersuchung schnell fest.«

»Ich habe mit Samira geredet«, sagte Petter schüchtern. Er hatte die ganze Besprechung noch gar nichts gesagt, und auch Teresa war auffällig still.

»Wer …«, begann Lena, doch Marten hatte Petter schon bedeutet weiterzumachen.

»Das ist die Chefin der Jugendfürsorge in Vimmerby. Wegen Anzeigen zu Ebba Julning hat sie nichts gefunden, aber es gab etwas zu Jenny Boström. Und zu Anna Käll.«

Lena setzte sich auf. »Okay, dann schieß los.«

»Also, zuerst das Opfer. Es ist offenbar in ihrer Kindheit zu Vernachlässigungen gekommen«, begann er umständlich, als ob er aus einem Vorlesungsskript ablese. »Die Boströms wurden mehrfach zu Gesprächen gebeten, weil sie das Kind tagelang allein zu Hause gelassen hatten. ›Sie behaupten, Jenny komme auch gut allein klar und wolle gar nicht ständig von ihnen herumkommandiert werden‹«, las er ab. »Da war Jenny fünf.«

»Sie haben ein fünfjähriges Kind allein zu Hause gelassen? Wie lange?«, wollte Marten wissen.

»Zum Teil über Nacht.«

»Und die Formulierung ist seltsam«, sagte Lena. »*Herumkommandieren*, wenn es um die notwendigste Versorgung geht.«

»Es ist ja nicht nur, dass ein fünfjähriges Kind vielleicht nicht weiß, wie es sich etwas zu essen macht«, sagte Marten kopfschüttelnd. Vermutlich war das nicht der erste derartige Fall, der ihm unterkam. »Ein Kind braucht Liebe. Wenn die Eltern sich nicht kümmern, denkt es, sie würden es nicht lieben.«

»Das hat die Sozialarbeiterin auch so gesehen«, sagte Petter, »und die Eltern zu regelmäßigen Besuchen verpflichtet. Mit der Zeit ist es dann besser geworden, aber hier steht, dass sie sich, als Jenny zehn war, der Kirche zugewandt hätten und der Pfarrer sehr engagiert gewesen wäre.«

»Lass mich raten«, sagte Lena, »es ist Joachim Holmström?«

Petter nickte.

»Er hat uns also tatsächlich einen Hinweis gegeben«, sagte Marten. »*Wie es die Eltern schon immer wollten*. Auf den ersten Blick klingt das wie Eltern, die wollen, dass ihr Kind eine gute Ausbildung bekommt. Aber wenn sie vernachlässigt wurde, dann hat es plötzlich einen ganz anderen Beigeschmack.«

»Aber die Eltern wirkten nicht, als ob sie froh wären, dass sie ihr Kind los sind«, wandte Lena ein. »Die waren doch eindeutig traurig. Und hat Joachim nicht auch was von Schuld gesagt?«

Marten wiegte seinen Kopf. »Es gibt einen Unterschied zwischen ›Ich will dieses Kind nicht‹ und ›Ich will dieses Kind, komme aber nicht damit klar‹. Letzteres würde sogar noch besser zu ihrem Verhalten passen, denn solche Eltern lieben ihre Kinder, sind aber unfähig, ihnen all das zu geben, was sie brauchen. Und wenn dann was passiert, machen sie sich natürlich Vorwürfe.«

»Alles schön und gut«, sagte Lena. »Aber auch das ist kein Beweis.«

»Es ist ein Bild.« Marten klang schon fast verzweifelt, als wäre das alles völlig offensichtlich und sie wolle es einfach nicht sehen. »Hier zeichnet sich ein Bild ab. Vernachlässigte Kinder sind als Erwachsene anfällig für Missbrauch. Ebba hat gesagt, Jenny war früher mit Annas Freund zusammen. Würde Anders nicht hervorragend zu einem Freund passen, der sie ausnutzt und sogar misshandelt?«

Ja, das würde er. Lena war wie erstarrt gewesen, für einen Augenblick, der möglicherweise auch länger gewesen war, sie wusste es nicht mehr, hatte sie nichts tun können. Sie hatte wie von außen beobachtet, wie er sie gegen die Wand presste, ihren Arm packte und ihr dann mit einem Ruck die Hose runterzog. War es Jenny so gegangen? Oder Ebba? Erstarrt vor Angst? Die sie nicht benennen konnten, weil sie keinen Zugang zu ihren Emotionen hatten?

Sie merkte, dass alle sie anstarrten, sie warteten auf eine Erwiderung. Gerade wollte sie Petter auffordern, ihnen über Anna Källs Eintrag zu berichten, da wurde die Tür aufgerissen, und Sigge stürmte herein. »Ich habe einen Zeugen gefunden!« Er sah mit spöttisch erhobener Augenbraue zu Lena, die den Mund noch offen hatte.

»Hab ich dich unterbrochen? Na ja, egal. Es ist ein Krankenpfleger aus Västervik. Er heißt Vanjo Olsson und sitzt im Verhörraum.«

Alle starrten ihn an. »Und? Wollt ihr ihn verhören?«, setzte Sigge nach.

Lena stand auf. »Ja, natürlich. Danke für deinen Einsatz.«

»Natürlich, immer gern. Und jetzt geh ich erst mal was essen«, sagte Sigge zufrieden und marschierte hinaus.

An dem glatten Metalltisch saß ein Mann Anfang zwanzig, mit kurz geschnittenem Haar, Tattoos auf den muskulösen Armen und einem T-Shirt, das über den Brustkorb spannte. Er sah aus wie ein Rocker, nicht wie ein Krankenpfleger, und bei ihrem Eintreten begann er auch sofort, lebhaft von seinen Abenteuern in den Nachtklubs der gesamten Region zu erzählen.

»Die Lagerhallen sind die besten, ein Glück, dass sie wieder aufgemacht haben.«

»Warum waren sie geschlossen?«, wollte Lena wissen.

»Das Gerücht ist, dass Anders von seinem Vater rausgeschmissen wurde. Warum weiß natürlich keiner, aber ich habe gehört, dass es ums Geld ging.« Er lachte dröhnend. »Aber geht es nicht immer ums Geld?«

»Oder um Frauen?«, warf Marten ein.

Vanjo verzog das Gesicht auf eine Weise, bei der es Lena erneut kalt den Rücken runterlief. »Der schläft doch mit allem, was sich bewegt. Der hat doch einen ganzen Harem davon.«

»Er hat mehrere Freundinnen? Oder wechselt er häufig?«, fragte Marten nach.

Vanjo sah zur Seite. »Nein, er hat wirklich einen Harem. Eine ganze Gruppe von Frauen, die ihm gehören.«

Den anderen gefällt es bei mir. Lena war so übel, dass sie schlucken musste.

Marten neben ihr hatte die Augenbrauen hochgezogen. Lena schob Vanjo ein Bild von Anna Käll hin. »Gehört diese Frau zufällig auch zu Anders' Harem?«

Vanjo nickte. »Die und noch ein paar. Sie sind immer um ihn, jeder weiß, dass man sie nicht anfassen darf.«

»Was passiert, wenn man sie anfasst?«

»Dann schickt er seine Schläger. Hast du die gesehen? Mit denen legt man sich nicht an. Nicht wegen einer Frau. Es gibt ja genügend andere im Klub.«

Sie zeigten ihm die Bilder, und er identifizierte Ebba, bei Jenny war er sich nicht sicher. »Ich hab sie gesehen, als ich das letzte Mal da war. Lasst mich überlegen, war das letzten oder vorletzten Samstag? Ich weiß nicht mehr, jedenfalls hat sie sich fürchterlich mit der gestritten, die ihr mir als Erstes gezeigt habt. Dann ist Anders gekommen und hat sie mitgenommen. Er mag es nicht, wenn man sich in seinem Klub streitet.«

»Was heißt mitgenommen?«

»Er hat ihr eine Standpauke gehalten, an der Bar. Mehr hab ich nicht mitgebekommen. Aber hat sie ein Tattoo?«

»Tattoo?«

»Sie haben ein Tattoo im Nacken. Wenn sie tanzen, tragen sie die Haare hochgesteckt, damit man es sehen kann.«

Lena erinnerte sich schwach, dass Abraham etwas von einem Tattoo gesagt hatte.

»Wie sieht es aus?«, wollte sie wissen.

»Eine Rose.«

»Er markiert seine Frauen mit einem Rosentattoo?«, fragte Marten und klang angewidert.

»Das hast du gesagt. Ich sag nur, wer da hingeht, weiß, dass er die Finger von diesen Frauen lässt.«

Kapitel 25

Marten

»Er hat also einen Harem«, sagte Marten. Vor dem Verhör hatte er Hunger gehabt, jetzt drehte sich ihm der Magen um.

»Und Jenny scheint Teil davon gewesen zu sein, denn sie *hatte* ein Tattoo im Nacken«, erwiderte Lena. Petter hatte ihnen noch kurz erklärt, dass Anna Källs Akte bis in ihre Kindheit zurückreichte. Sie hatte schon als Zehnjährige gestohlen, war in Schlägereien verwickelt gewesen, und es gab Hinweise auf Drogenmissbrauch. Die Jugendfürsorge war regelmäßig bei den Källs zu Hause gewesen.

Danach hatte Lena die anderen zum Essen geschickt, und nun saß er mit ihr in seinem Büro, und sie diskutierten, wie sie weitermachen sollten. Er fand es klar, aber Lena ganz offensichtlich nicht.

»Wir brauchen einen Durchsuchungsbeschluss für Ebbas Wohnung und Annas Auto. Und wir müssen noch mal mit Anders reden«, sagte er. »Dass er mit dem Opfer und einer Verdächtigen zusammen war, dürfte ja ausreichen.«

Lena fuhr sich übers Kinn. »Ich weiß nicht. Sicher wird es ausreichen, um ihn aufs Revier zu bestellen, aber was machst du, wenn er einen Anwalt mitbringt, ein wasserfestes Alibi hat und alles leugnet? Dann hast du ihm alles gegeben, was wir haben, und nichts Neues erfahren.«

»Er wird doch wissen, ob er mit ihr zusammen war. Und warum sie nach Linköping gegangen ist.«

»Aber wird er es uns erzählen, wenn er etwas damit zu tun hatte?«

Er hasste es, wenn sie ihm ihren Widerspruch als Frage unterschob, als verstände sie seinen Standpunkt vollkommen und wolle nur eine Kleinigkeit zu bedenken geben, obwohl sie in Wirklichkeit komplett anderer Meinung war.

»Du kennst Anders ja offenbar besser als ich, was schlägst du also vor?«

Sie zuckte zusammen, und sofort tat es ihm leid. Verdammt unprofessionell war es auch.

Lena schluckte, sichtlich bemüht, nicht etwas gleichartig Unangemessenes zu erwidern. »Ich denke, wir brauchen frischen Wind. Einen neuen Blickwinkel, unter dem wir den Fall betrachten. Linköping hat sich gemeldet, sie sind mit der Beweisaufnahme fertig. Ich denke, einer von uns sollte dorthin fahren.«

Sie klang ruhig, was es ihm leichter machte, seine Überraschung zu verbergen. Nach Linköping? »Wir haben bisher keine Hinweise gefunden, dass der Mord etwas mit ihrem Aufenthalt an der Uni zu tun hatte.«

»Das liegt hauptsächlich daran, dass wir nicht nachgefragt haben. Ich hatte bis Freitag niemanden an der Uni erreicht, und danach war hier so viel los, dass ich mich nicht mehr darum gekümmert habe. Es gibt dort viele Leute, mit denen wir reden könnten, und vielleicht auch jemanden, der weiß, warum sie zurückgekommen ist.«

Auch das war ruhig und neutral gesagt, sie hielt ihn fern von sich, indem sie sich unbeteiligt gab, der neutrale Partner, der alles rational durchdachte. Aber es war klar, dass da noch etwas war, und es hatte mit Anders zu tun. Aber woher kannte sie ihn? Anders war nach der Schule schnell aus Vimmerby verschwunden und nicht wiedergekommen, bevor Lena nach Västervik gegangen war.

»Ich weiß nicht, was in mich gefahren ist«, sagte er langsam. »Das mit Anders hätte ich nicht …« Die Worte gingen ihm aus, ein typisches Lena-Problem, mit Kollegen hatte er das nie, auch nicht mit den schwierigsten. »Ich merke ja, dass da was zwischen euch ist, irgendwas Unangenehmes, und du willst mir …«

»Nein, will ich nicht«, unterbrach sie ihn.

»Ist auch egal«, sagte er hastig. »Ich hätte das nicht sagen dürfen. Es war unprofessionell.«

Sie schluckte erneut. »Wir könnten es mit einer Durchsuchung probieren. Ich weiß nur nicht, ob der Staatsanwalt da mitmacht.«

»Warum nicht? Es liegen doch genügend Verdachtsmomente vor.«

»Für den Fall ist Adam Sorensen zuständig. Er ist etwas heikel mit Durchsuchungen. Klar gibt es genügend Hinweise, aber die Wahrscheinlichkeit, dass wir die Mordwaffe finden, geht gegen null. Warum sollte sie in der Wohnung oder im Auto sein, wenn sie so ja offensichtlich die Leiche losgeworden sind?«

»Aber irgendwas wird sich schon finden. Blut in Annas Wagen, Jennys Kleider in der Wohnung …«

»Sicher. Aber das reicht nicht, um ihnen den Mord nachzuweisen. Zumindest wird Adam das sagen«, fügte sie hinzu.

Frustriert warf Marten die Hände in die Luft.

Lena räusperte sich. »Du hattest recht mit dem Missbrauch. Von Anfang an.« Irgendetwas stimmte mit ihrem Tonfall nicht, aber er konnte nicht sagen, was.

Er nickte vorsichtig.

»Was bringt Frauen dazu, sich jemandem wie Anders unterzuordnen?«, fragte sie.

»Wenn ich das wüsste. Ich sehe es immer wieder, gerade bei Missbrauchsopfern. Sie wurden als Kinder misshandelt, und sie lassen sich als Erwachsene misshandeln. Sie sind wie in einer Schleife gefangen, als wäre es rechtens, so mit ihnen umzugehen.« Er wusste, wie das klang, aber er konnte es nicht besser erklären.

»Es ist zugegebenermaßen eine Laiendiagnose. Ich habe noch nicht mit dem Studium angefangen.«

»Studium?«

Verdammt! Er hatte ihr eigentlich nichts davon erzählen wollen. Die Reaktion war absehbar. »Ja, ich … hatte überlegt, ob ich Psychologie studiere.«

Sie sagte nichts, dafür sah sie überrascht aus. »Es würde mir helfen«, fügte er hinzu, um das unangenehme Schweigen zu brechen, »bei meiner Arbeit hier. Als Chef, meine ich.«

»Du musst dich vor mir nicht rechtfertigen, wenn du eine Zusatzausbildung machen willst«, sagte Lena. Sie klang nicht mehr so gleichmütig, im Gegenteil, in ihrer Stimme schwang etwas mit, was er schon lange nicht mehr gehört hatte.

Mit einem Mal sehnte er sich nach der Zeit, in der er sie einfach hätte fragen können. *Was denkst du darüber, Lena?* Er hätte sie umarmt, und sie hätte ihm ihre – gut überlegten – Gedanken dargelegt, und er hätte nachgedacht, ob er es wirklich durchziehen sollte. Sie hatte fast immer recht gehabt, wenn sie ihm von etwas abgeraten hatte, wie mit dieser Geschichte mit dem Literaturfestival.

Er räusperte sich. Er spürte keine Verbitterung wie sonst, sondern Schmerz. Und den wollte er nicht zeigen. Also lächelte er. »Also, wer von uns fährt?«

»Ich sollte fahren. Du bist hier der Chef, und wer weiß, was Thorbjörn als Nächstes ausbrütet. Außerdem kennst du dich besser aus in Vimmerby. Linköping ist ein neuer Platz, und ich habe die größere Erfahrung.«

»Okay. Vergiss den Fahrradschlüssel aus ihrer Hosentasche nicht«, erinnerte er sie. »Kajsa hatte den Auftrag, alle liegen gelassenen Fahrräder zu überprüfen, und hat nichts gefunden. Ach, und was ist mit Tove?«

»Ich könnte sie bei Pernilla lassen«, sagte Lena zögernd. »Aber angesichts des Gesprächs am Wochenende wäre es besser …«

»… sie schläft bei mir?«

Sie nickte.

»Okay, ich kann sie morgens nach Västervik fahren und abends abholen, aber ich schaffe es vermutlich nicht regelmäßig bis fünf.«

»Das übernimmt dann jemand von meinen Kolleginnen, wer gerade Luft hat«, sagte Lena.

»Okay. Sag ihnen, dass ich mich melde, wenn ich weiß, bis wann ich es schaffe. Heute hole ich sie selbst ab und fahre in deine Wohnung, um ein paar Sachen zu packen. Ist das in Ordnung für dich?«

»Ja«, sagte sie.

Sie nahm ihr Tablet auf und sah ihn ein letztes Mal an. »Ich stelle alle Ergebnisse zusammen und leite sie an Björn weiter. Wenn er der Meinung ist, eine Durchsuchung lohnt sich, dann beantrage ich einen Beschluss.«

Er nickte, überrascht und zugegebenermaßen auch etwas angetan. Sie zog die Mundwinkel leicht hoch, in einem Versuch, die Spannung zu lösen. Das resultierende Lächeln sah eher wie ein Grinsen aus.

»Dann mach ich mich mal an die Arbeit.«

Nachdem sie rausgegangen war, dachte er, dass es eher wie der Versuch ausgesehen hatte, ihm nicht zu zeigen, wie sie sich fühlte.

Wer hatte das von wem übernommen: sie von ihm oder er von ihr? Er dachte eine Weile darüber nach, aber es wollte ihm nicht einfallen.

Kapitel 26

Lena

ALS Lena am Dienstagmorgen auf die Autobahn Richtung Linköping auffuhr, hatte sie ein wenig erfreuliches Gespräch mit Björn hinter sich. Sie war um sechs Uhr dreißig in der Mordkommission gewesen, um ihren Zwischenbericht mit ihm durchzusprechen.

»Erst mal: Gute Arbeit, das wollte ich sagen«, sagte er, als er sie hereinwinkte, und Lena sank der Mut. Das fing ja gut an, Lob, obwohl sie nach fast einer Woche keinerlei Fortschritte gemacht hatten.

»Mir war klar, dass es ein schwieriger Fall werden würde, deswegen freut es mich auch, dass du und Marten so gut zusammenzuarbeiten scheint.«

Zusammenzuarbeiten *scheint*.

Björn seufzte, und Lena überlegte, ob sie erst noch einen Kaffee – und vielleicht eine Zimtschnecke – holen sollte. Doch sie entschied sich dagegen. Rein und durch, es brachte ja nichts. Außerdem wartete Marten auf ihre Nachricht, ob er eine Hausdurchsuchung planen sollte oder nicht.

Sie ging in sein Büro und ließ sich auf den Stuhl fallen. Auffordernd sah sie ihn an.

»An den Schlussfolgerungen habe ich nichts auszusetzen, auch wenn ich deiner eigenen Überlegung, dass viele davon Mutmaßungen und wenig konkrete Hinweise sind, zustimme. Was mir bemerkenswert erscheint, ist die Verbindung zwischen

Thorbjörn Sundström und Anders Johannson. Natürlich hat jemand wie Anders Johannson Verbindungen zu praktisch jedem in der Stadt – wusstest du, dass er mit Tobias Henriksson Geschäfte macht?«

Das war Martens Vater, und nein, sie hatte es nicht gewusst. Aber es wunderte sie nicht. Tobias war früher auch im Immobilienhandel tätig gewesen, wenn auch in wesentlich kleinerem Ausmaß als die Lagerhallen AB.

»Was die Freundinnen betrifft – die haben auf jeden Fall etwas damit zu tun«, fuhr Björn fort. »Die Frage ist, was. Man könnte sie nun ein wenig mehr unter Druck setzen, würde ich sagen, vielleicht mithilfe eines Psychologen? Es würde ja schon helfen, wenn wir Details über ihre Beziehung zu Anders Johannson bekämen, mit denen wir ihn dann unter Druck setzen könnten. Ob ein Durchsuchungsbeschluss da hilft – keine Ahnung. Ich würde ihn beantragen, allein, um mehr handfeste Informationen zu bekommen. Und habt ihr die Lagerhallen selbst mal überprüft? Anders' Alibi fällt schnell auseinander, wenn seine Angestellten nicht richtig bezahlt werden oder er Steuern hinterzieht.«

Er machte eine Pause. »Aber bisher: gute Arbeit. Das muss ich euch beiden lassen. Ihr hattet am Anfang Glück, dass ihr sie so schnell identifiziert habt, aber seitdem blockiert irgendwas die Ermittlung. Meiner Erfahrung nach bedeutet das, dass euch entweder noch ein entscheidendes Puzzleteil fehlt oder ihr habt etwas übersehen.« Er räusperte sich. »Insgesamt würde ich dich auffordern, dich ein wenig mehr auf deinen Instinkt zu verlassen.«

Das sagte er ihr öfters. Er war der Meinung, sie habe einen untrüglichen Ermittlerinstinkt – das Näschen, wie er es nannte –, setze ihn aber zu selten ein. Ihr kamen manchmal Eingebungen, das stimmte schon, aber sie war sich nicht ganz sicher, ob sie ihrem Instinkt bei Anders trauen konnte.

Das hatte sie ihm auch gesagt – bis auf die Sache mit Anders natürlich –, und dann hatte sie sich auf den Weg nach Linköping gemacht. Inzwischen hatte sie die Bucht von Gamleby erreicht, die neben der Autobahn entlanglief. Der Herbsttag war kalt und windig, aber es hingen kaum noch Wolken am Himmel. Die Bäume bogen sich in ihre Richtung, Himmel und Meer waren wie zwei Spiegel, mit der Welt dazwischen.

Sie rief Marten an, dann schaltete sie Sibelius ein – die Lemminkäinen-Suite – und ließ sich von der Musik davontragen. Lemminkäinen – ein Held der finnischen Mythologie – zieht auf eine Insel und verführt die dortigen Frauen, bis er vor der Rache ihrer Männer fliehen muss. Als sie die Autobahn verließ und auf die 35 fuhr, ertönte schon der Schwanengesang, ein langes Solo eines Englischhorns. Beim Versuch, eine weitere Frau zu gewinnen – diesmal die Tochter der mächtigen Herrscherin des Nordlandes –, trifft Lemminkäinen auf den mystischen Schwan des Totenreiches und stirbt.

Ihr Vater hatte ihr erzählt, dass in Finnland Schwäne früher Todesboten gewesen waren. Ihr Gesang bedeutete, dass eine Seele ins Totenreich einging. Sie konnte die blauschwarzen Wasser des Sees vor sich sehen und den majestätischen weißen Vogel, wie er darüber hinwegzog. Ihre Gedanken glitten an den Einzelheiten des Falls entlang, und sie sah Jenny Boström vor sich, wie sie im Wald lag, die dunkle Kleidung voller Schlamm, der Kopf zur Seite, das blonde Haar verschmutzt. Jemand hatte sie dort abgelegt, im schlammigen Moor des Waldes, im Schatten des Berges und der Fichten. Die Amaliengrotte war ein dunkler Ort, die Steine warfen Schatten und waren voller verborgener Höhlen, im Schatten des Korpebergs trocknete der Sumpf nie aus, unter den Bäumen blieb es schattig. Jennys Mörder hatte sie dort hingetragen, mit Absicht. Es gab zahlreiche Stellen, die besser geeignet waren, um eine Leiche loszuwerden. Er hatte sie an diesen dunklen Ort gebracht, weil er ihm passend erschienen war.

Linköping lag ungefähr hundert Kilometer nördlich von Vimmerby am Stangån, der hier schon so breit war, dass man darauf Boot fahren konnte. Braun und behäbig floss er durch die

Innenstadt, der Wind sorgte für kleine Schaumkrönchen auf dem Wasser. Die Universität lag auf der anderen Seite, und Lena kam gegen acht Uhr dort an.

Sie hatte gestern noch mit dem Dekan der Fakultät für Umweltwissenschaften telefoniert. Der suchte ihr jetzt bereitwillig alle Informationen zu Jenny heraus, was allerdings nicht sehr viele waren.

»Wohnort, Studienplan, bisherige Leistungen«, sagte er und reichte Lena ein Blatt Papier.

Jenny hatte in einem Studentenwohnheim gelebt, der Studienplan sah normal aus, und bisherige Leistungen gab es keine, da sie erst angefangen hatte. Nichts davon sagte Lena, was sie in der Woche vor ihrem Verschwinden gemacht hatte.

»War sie regelmäßig bei den Vorlesungen?«

»Das können nur die zuständigen Professoren sagen.« Er deutete auf eine Stelle auf dem Papier. »Hier sind sie aufgelistet.«

»Die Eltern sagen, sie hatte Prüfungen.«

»Ja, letzte und vorletzte Woche waren Zwischenprüfungen, die Ergebnisse stehen noch nicht fest.«

»Fällt das nicht auf, wenn sie nicht da ist?«

»Dem zuständigen Professor schon. Sie stehen …«

»Ja, schon gut. Ich sehe es. Gibt es denn niemanden, der für sie als Studentin, für ihr Studium an sich, zuständig ist?«

»Es gibt natürlich einen Studiengangverantwortlichen. Das wäre Professor Helge Mattisson. Sein Büro ist am Ende des Ganges links.«

Professor Mattisson stellte sich als großgewachsener blonder Mann heraus, etwas unordentlich gekleidet, der sie sofort hereinbat.

»Ja, stimmt, da war was, eine Anfrage von der Polizei. Verzeihen Sie, dass ich noch nicht dazu gekommen bin, es ist so viel los hier zurzeit. Setzen Sie sich.«

Er wies auf ein abgenutztes Sofa, und Lena nahm Platz. Er verschwand und kam mit einem Kaffee wieder, dann öffnete er eine Datei am Computer.

»Ja, also Jenny Boström, Umweltwissenschaften, Erstsemester, bisher unauffällig. Sie ist letzte Woche nicht zu ihren Prüfungen erschienen, wir haben eine Anfrage rausgeschickt.«

»Eine Anfrage? An wen?«

»An Jenny Boström.«

Lena runzelte die Stirn. Darauf hatte sie nicht geantwortet, denn da war sie schon tot gewesen. »Was machen Sie, wenn ein Student nicht zur Prüfung erscheint?«

»Wenn es ein Pflichtkurs war, schreibe ich ihm eine E-Mail.«

»Was steht da drin?«

»Dass er bei erneutem Nichterscheinen durchfällt.«

»Und wenn er erneut nicht erscheint?«

»Dann ist er durchgefallen.«

»Sie gehen nicht hin und erkundigen sich, was aus ihm geworden ist?«

»Es kommt relativ häufig vor, dass Studenten keine Lust mehr haben und überhaupt nicht mehr erscheinen. Der Student ist selbst für seine Prüfungsleistungen verantwortlich.«

»Kommt dann nicht der Gedanke auf, dass etwas nicht stimmen könnte?«

»Wissen Sie, wie viele Studenten ich habe? Wenn ich jedem einzelnen nachgehen würde, der nicht zu den Prüfungen erscheint, käme ich nicht mehr zum Unterrichten. Das hier ist keine Schule. Wenn sie es nicht hinkriegen, sind sie an der Uni nicht am richtigen Ort.«

»Aber wenn dieser Student einfach Schwierigkeiten hat? Sie war ja auch ein Erstsemester, am Anfang tut man sich meist etwas schwer.«

»Dafür bin ich nicht zuständig. Wenn sie gestresst war oder krank waren, dann gibt es den studentischen Gesundheitsdienst.«

Als sie wieder draußen war, fragte sich Lena, ob das an allen Universitäten so war. Sie hatte es von ihrem eigenen Studium nicht so in Erinnerung, im Gegenteil, ihre Anwesenheit bei den Vorlesungen war streng überprüft worden, ganz zu schweigen von den Prüfungen. Aber die Polizeiausbildung war auch viel engmaschiger, und vor allem musste man erst zahlreiche Hürden überwinden, um überhaupt angenommen zu werden. War man einmal drin, bemühte man sich, nicht wieder rauszufliegen. Das war hier wohl anders.

Kapitel 27

Marten

NACHDEM Marten Tove zur Schule gebracht hatte, traf er gegen halb neun im Revier ein. Tove hatte den ganzen Weg nach Västervik im Auto gesungen, und es war ihm schwergefallen, sie überhaupt gehen zu lassen.

Er betrat sein Büro, Petter und Teresa saßen schon im Besprechungsraum. Sie wirkten aufgeregt. Marten rief Sigge, dann setzten sie sich zusammen. Er verteilte Donuts und Kaffee und hörte sich Geschichten über Petters Katze und Teresas Häuschen an. Sie hatte es im letzten Jahr gekauft und renovierte es selbst. Petter war wie immer begeistert von ihren Berichten, Sigge machte seine üblichen dummen Bemerkungen darüber, dass sie sich doch mal einen Mann suchen solle, wenn das jemals etwas werden sollte.

Marten hatte das Häuschen gesehen, das wurde durchaus etwas, und Sigge wusste das auch. Teresa stand nicht auf Männer, und Sigge hatte das direkt nach ihrer Ankunft hier herausgefunden und ärgerte sie seitdem damit. Marten war fasziniert davon, wie gelassen sie das nahm.

»Also, Lena hat den Durchsuchungsbeschluss beantragt, dann schauen wir mal, was dabei herauskommt. Was gibt es bei euch?«

Petter warf Teresa einen Blick zu, die daraufhin ihr Notizbuch öffnete. »Wir haben Thorbjörns Firma unter die Lupe genommen. Die Zahlen werten wir gerade noch aus und warten auf Rückmeldung von der Steuerbehörde, aber jemand von der

Staatsanwaltschaft Jönköping hat sich gemeldet. Es wird wegen Bestechung gegen ihn ermittelt.«

Marten hätte beinahe seinen Donut wieder ausgespuckt. »Wen soll er denn bestochen haben?« Vielleicht sollte er sie als Nächstes auf Anders' Firma ansetzen, wie Björn es vorgeschlagen hatte?

»Beim Filmfestival in Mariannelund gab es Unregelmäßigkeiten, so sind sie auf ihn aufmerksam geworden. Jemand hat Thorbjörns Firma seinen gesamten Wald verkauft, zu einem Preis weit unter Marktwert. Thorbjörn hat dann darauf eine Bühne errichtet, und die Veranstalter konnten den Eintritt erhöhen.«

Das Filmfestival in Mariannelund war eine Erweiterung eines Kinos, das die Verfilmungen von Astrid-Lindgren-Klassikern zeigte. Viele davon waren in der Umgebung von Mariannelund gedreht worden, das natürlich auch etwas vom Touristenstrom abhaben wollte.

Um das Ganze etwas mehr zu entwickeln, hatte man ein Festival mit Beiträgen für Erwachsene konzipiert, an dem selbstverständlich auch Thorbjörns Firma beteiligt gewesen war.

»Und sie vermuten, dass Thorbjörn diesen Mann *überredet* hat, an ihn zu verkaufen?«

»Laut Staatsanwalt wollte er vorher nie verkaufen, daran ist das Festival all die Jahre gescheitert«, las Teresa von ihren Notizen ab.

»Das Beste kommt noch«, sagte Petter. »Sie sind der Meinung, dass er mit Anders Johannson zusammengearbeitet hat. Und sie glauben, er macht das schon länger und in größerem Ausmaß als nur beim Filmfestival.«

»Dafür haben sie bisher nur noch keine Beweise«, wandte Teresa ein.

»Die wir ihnen dann ja vielleicht beschaffen könnten«, sagte Marten mit einem Grinsen.

Es war ihm eine Freude, Thorbjörn erneut zu vernehmen, vor allem, weil es bei der Geschichte mit dem Literaturfestival damals exakt so verlaufen war. Als Marten bereits einen Plan für ein Kinderlesefestival in Astrid Lindgrens Geburtshaus ausgearbeitet hatte, war Thorbjörn auf die Idee verfallen, den alten Pfarrhof zu kaufen, mit dem Geburtshaus zusammenzuschließen und dort ein modernes Kulturzentrum zu errichten. Dass Kronprinzessin Victoria zur Einweihung da gewesen war, war vermutlich das Einzige, was Kinder davon gehabt hatten. Und Marten war sich ziemlich sicher, dass er die Besitzer des Pfarrhofs bestochen hatte.

Doch um Thorbjörn dazu zu bringen, irgendetwas zuzugeben, brauchte er Druckmittel. Also ging er auf dem Weg zum Markt bei seinem Vater vorbei, der von seinem Büro in der Zeitungsredaktion direkt auf die Kirche blickte.

»Hmm, Anders Johannson?«, fragte Tobias und rieb sich dabei am Kinn. »Mit dem mache ich schon lange keine Geschäfte mehr, habe ich eigentlich auch nie.«

»Was meinst du?« Hatte Björn sich geirrt?

»Als ich die Grundstücke am Äppelblomsvägen verkauft habe, war nicht Anders Chef der Firma, sondern sein Vater. Die Gegend sollte erschlossen werden, und es gab Streit mit den alteingesessenen Bauern. Der Heimatverein war auch verwickelt, komplizierte Angelegenheit, weil dort einige denkmalgeschützte Gebäude stehen, aber Interessenten für einige Villen bestanden. Ich nehme an, jeder Ort hat ein solches Viertel, wo die Reichen gern wohnen wollen.«

»Und du hattest nichts dagegen?«, fragte Marten, mehr aus persönlichem Interesse, weniger weil es für die Ermittlung von Bedeutung war.

»Dass die sich dort ihre Häuser bauen? Nein. Irgendwo bauen sie immer, Leute, die Geld haben, setzen sich immer durch. Besser als in Ulriksdal.«

Ulriksdal war eine waldige, bergige Gegend. Marten war oft mit Tove dort, wenn sie ihre Reitstunden hatte. Die ganze Gegend bestand im Grunde nur aus Reiterhöfen und Wald, engen Straßen und urigen Höfen, das Gegenteil vom Äppelblomsvägen, der inzwischen voller riesiger Villen mit sauber geleckten Gärten war und weiter ausgebaut wurde.

»Okay, und Anders' Vater? Wie war der so?«

»Er ist immer noch, hat sich nur zur Ruhe gesetzt. Er war nett und ruhig, aber ich kannte ihn nicht besonders gut. Es gab Gerüchte, dass er krumme Geschäfte macht, aber ich habe nie mehr herausgefunden.«

Es hätte Marten nicht verwundert, wenn sein Vater die Grundstücke nur deshalb an die Lagerhallen AB verkauft hätte, um diesen Gerüchten auf den Grund zu gehen.

»Was für Gerüchte?«

»Na ja, illegaler Holzabbau, er hat Waldflächen verschachert wie billige Brötchen. Besonders im Süden, sie sind dann alle wieder aufgeforstet worden, vor allem von der Kommunalverwaltung in Hultsfred. Dafür haben sie Mittel von der Europäischen Union bekommen, die die dann wieder zurückhaben wollte, als sich rausgestellt hat, dass es größtenteils Wirtschaftswald war. Frag mal deine Frau, die müsste da mehr drüber wissen, die Flächen sind 2013 größtenteils abgebrannt.«

Martens Vater nannte Lena »deine Frau«, weil Marten ihm kurz nach der Trennung – in einem Moment der Schwäche – anvertraut hatte, dass er nie aufhören würde, Lena als seine Frau zu betrachten. Das war natürlich kindisch, aber es tat ihm auch irgendwie gut, dass sein Vater zumindest diesen Teil seines Lebens endlich akzeptierte, auch wenn er erst damit angefangen hatte, als alles schon zu spät gewesen war.

»Ich erinnere mich, dass sie damals mit Waldbränden zu tun hatten. Aber was soll sie über den Streit mit der EU wissen? Sie war ja nur Streifenpolizistin.«

»Deine Frau war schon immer mehr als eine Streifenpolizistin. Deswegen war sie ja so unglücklich dort.«

Es war wie ein Schlag ins Gesicht, aber er fühlte sich nur stumpf danach. Sein Vater hatte ihm einen Hieb versetzt, der nicht schmerzte, sondern ihn gefühllos machte. Beinahe hätte er »Was sagst du da?« gemurmelt, er konnte sich gerade noch zurückhalten. Mühsam formulierte er seine nächste Frage. »Und weil er in den Fördermittelbetrug verwickelt war, hat sich Anders' Vater aus der Firma zurückgezogen?«

»Das war die Bedingung für die Einstellung der Untersuchung. Anders hat übernommen, ich glaube, er wollte schon länger, aber sein Vater hat ihn nie gelassen.«

»Warum nicht?«

Tobias zuckte mit den Schultern. »Ich weiß, dass du gegen ihn ermittelst, und persönlich kann ich nur sagen: viel Erfolg! Aber ich kann dir leider nicht weiterhelfen. Er ist ein unausstehlicher Mensch, und seine Geschäfte entwickeln die Stadt aus meiner Sicht in die falsche Richtung, aber es gibt nichts, was tatsächlich illegal wäre. Bis auf die Zollgeschichte hat er eine vollkommen weiße Weste, soweit ich das sagen kann.«

Das passte zu der Tatsache, dass Anders Johannson in keiner polizeilichen Datenbank stand, nicht mal seine Fingerabdrücke waren aufgenommen worden. »Welche Zollgeschichte?«

»Es ging immer die Geschichte rum, dass Anders zu Beginn seiner Karriere versucht hat, eine Ladung Tigerfelle über die Grenze zu bringen, und dass das der Grund war, warum sein Vater ihn nicht in der Firma haben wollte.«

Wenn das stimmte, dann hatte der Zoll seine Fingerabdrücke. Und wenn der Zoll Anders' Fingerabdrücke hatte, konnte Marten sie anfordern und mit dem Fingerabdruck auf Jennys Arm vergleichen.

Er bedankte sich bei seinem Vater und ging zu Thorbjörns Büro am Markt. Der Platz war inzwischen wieder menschenleer, die frisch gepflanzten Birken waren kahl. Auf der einen Seite lag das rosafarbene Stadthotel, auf der anderen das Rathaus, beides neoklassizistische Steinbauten aus dem 19. Jahrhundert. Das Rathaus war nach dem großen Stadtbrand 1821 gebaut worden und beherbergte heute das Touristenbüro. Die Stadt war stolz darauf: Sie waren gut erhalten, und solche Gebäude waren in småländischen Kleinstädten selten.

Marten ging die alte Holztreppe hoch und durch die Tür, die noch die Amtsbezeichnung des Bürgermeisters trug. Dahinter lagen die Büros der touristischen Verwaltung, doppelflügelige Holztüren mit lehmfarbenen Wänden und einem Torseliusband unter den Deckenornamenten.

Er klopfte, und Thorbjörns Sekretärin Anneli ließ ihn durch. Neben der Bürotür hing ein großformatiges Bild von Knut Månsson, ehemaliger Bürgermeister der Stadt. Hier zu arbeiten, musste Thorbjörn ein Gefühl von Wichtigkeit geben, die über die normaler Bürger hinausging.

»Kommt rein«, ertönte Thorbjörns Stimme von der anderen Seite.

Das ehemalige Bürgermeisterbüro hatte hohe Fenster, und der Blick ging auf den Markt. Thorbjörn sah hier seinen Besitz, alles, was Marten wahrnahm, war die Leere und dass die Birken keine Blätter mehr hatten. Der Herbst war da, bald würde es Winter werden.

»Was kann ich für dich tun?«, fragte Thorbjörn und wies auf einen Stuhl in der Sitzecke. Er selbst ließ sich in den dicken Ledersessel fallen.

»Willst du mir nicht einen Kaffee anbieten?«, fragte Marten.

Thorbjörn warf einen Blick zur Tür. Dieses repräsentable Büro hatte natürlich keine Kaffeemaschine, und er hätte seine Sekretärin rufen müssen. Doch er entschied sich dagegen. »Ich bin ziemlich beschäftigt. Können wir das schnell hinter uns bringen?«

»Ja, mal sehen«, sagte Marten und blätterte durch seinen Notizblock, auf dem absolut nichts stand. »Ich bin noch mal durch deine Angaben gegangen. Was hast du am Samstagabend in den Lagerhallen gemacht?«

»Ich war dort, um einen Geschäftspartner zu treffen.«

»In einem Nachtklub?«

»Die Anlage hat mehrere Räume, in einigen kann man sich gut unterhalten. Alkohol gibt es auch, und alle sind gut drauf. Ideale Bedingungen.«

»Mit wem hast du dich getroffen?«

»Das geht dich …«, begann er, brach dann aber ab. »Warum willst du das wissen?«

»Du warst im Laufe des Wochenendes ziemlich häufig in den Lagerhallen, nicht nur im Nachtklub, sondern auch vorn im Hotel. Wen musstest du da so unbedingt treffen?«

Misstrauisch kniff Thorbjörn die Augen zusammen. »Du weißt, dass ich mit der Lagerhallen AB zusammenarbeite. Das ist auch nicht so verwunderlich, immerhin verkauft er Immobilien. Ich brauche Immobilien.«

»Also warst du am letzten Wochenende …«, Marten warf einen Blick auf seinen leeren Notizblock, »… viermal in den Lagerhallen, um mit Anders Johannson über Immobilien zu reden?«

»Was soll das?«

»Inklusive des Abends in der Disco, in der auch das Opfer zuletzt lebend gesehen wurde? Zusammen mit Anders. Das ist dein Alibi?«

»Ich war ungefähr eine Viertelstunde da. Danach bin ich nach Hause, meine Frau hat das längst bestätigt. Himmel, Marten, mach dich nicht lächerlich!«

»Der Handwerker, der euren Ausflug am Samstag bestätigt hat, ist auch ein Angestellter von Anders. Machst du eigentlich auch noch mit anderen Leuten Geschäfte?«

»Natürlich. Anders' Firma ist nur wichtiger, weil sie einfach mehr zu bieten haben, vor allem die Grundstücke, die ich brauche.«

»Und Anders ist der richtige Mann für den Job, oder nicht?«

Thorbjörn atmete scharf ein. »Was meinst du?«

»Anders Johannson ist nicht gerade die zuverlässigste Person, oder? Vom Vater aus der Firma geworfen, diese Geschichte mit dem Zoll, es gibt Gerüchte, dass er sich die Frauen hält wie einen Zoo …«

»Er hat viele Frauen, ich misch mich da nicht ein. Persönlich finde ich es unangemessen, aber was hat das mit meinen Geschäften zu tun?«

»Dass er seine Frauen wie Besitztum kennzeichnet?«

Thorbjörn starrte ihn für einen Moment an. »Woher hast du das?«

»Das habe ich in meiner *Untersuchung* herausgefunden. Wusstest du davon?«

»Ich … habe gehört, dass sie ein Tattoo tragen. Aber das macht sie nicht zu Besitztum.«

»Ich bitte dich, Thorbjörn. Jeder weiß, dass niemand sie anfassen soll. Du ganz offensichtlich auch. Was ist das anderes als ein Brandeisen?«

Thorbjörn schlug einen Augenblick die Augen nieder, nur ganz kurz, bevor er sich wieder im Griff hatte. *Immerhin war er zumindest ein wenig beschämt*, dachte Marten.

»Es ist ihre Angelegenheit. Wenn sie das mit sich machen lassen, dann sollen sie doch. Sie sind frei, dann müssen sie auch für ihre Entscheidungen einstehen.«

»Würdest du das auch sagen, wenn Agata dazu gehört?«

»Agata würde so etwas nie machen! Und jetzt lass meine Tochter aus dem Spiel!«

»Ich an deiner Stelle wäre vorsichtig. Dieser Anders macht sich an alle Frauen ran, die ihm gefallen, und Agata war offensichtlich mit …«

»Hör auf damit!«, rief Thorbjörn. »Wenn es das dann war?« Er deutete auf die Tür.

Marten rührte sich nicht von der Stelle. »Ich sehe, dass dir zumindest die Ehre deiner Tochter noch etwas wert ist. Aber warum machst du dann Geschäfte mit ihm?«

»Ich sagte dir doch, weil er der richtige Mann für meine Geschäfte ist.«

»Und was für Geschäfte wären das?«

»Er handelt mit Immobilien. Ich brauche …«

»Hör doch damit auf«, unterbrach Marten ihn. »Wir wissen doch beide, dass es hier nicht um Immobilien geht. Dafür musst du ihn nicht abends in einem Nachtklub aufsuchen und deine Tochter anbieten.«

Thorbjörn sprang auf. »Ich würde niemals … du verdammter Mistkerl! Das hat absolut nichts mit meiner Tochter zu tun.«

»Womit dann?«

»Ich bin für Vimmerby verantwortlich. Ich bin das verdammte Herz der Stadt. Das ist ein harter Job. Anders gibt mir nur, was ich dafür brauche.«

»Und was wäre das?«

»Beziehungen. Er kennt Leute, die Leute kennen.«

Mehr würde er nicht kriegen. Er musste wieder zu seiner eigenen Untersuchung zurück. »Also lässt du ihn die Leute bestechen. Schöner Geschäftspartner. Und dass er ein Schwein ist, ist dir egal.«

»Er ist kein … verdammt!« Thorbjörn atmete heftig und zog sich zu seinem Schreibtisch zurück. Marten stand auf. »Gibst du auch Informationen von der Polizei an ihn weiter? Als Bezahlung für seine Dienste?«

Thorbjörn fuhr herum. *Du hast es zu weit getrieben*, schoss es Marten durch den Kopf, doch bevor er den Gedanken weiterverfolgen konnte, zischte Thorbjörn: »Du hast auch die Weisheit mit Löffeln gefressen, als sie dich das erste Mal aufs Scheißloch gesetzt haben, oder? Frag doch mal deinen Petter, was er mir so alles gesagt hat. Auch wenn er in letzter Zeit wirklich unzuverlässig geworden ist!«

Und damit stürmte er an Marten vorbei und riss die Tür auf. »Und jetzt raus!«, brüllte er. »Ich will dich nicht noch mal in meinem Büro sehen.«

Kapitel 28

Lena

JENNYS Wohnheim lag mitten in der Stadt, in Laufweite des Bahnhofs, und war aus braunen Backsteinen mit einer geraden Fensterreihe – ein typischer Siebzigerjahre-Bau. Die Zimmer waren groß und hell, einige mit Küche, die Möbel waren zwar teilweise auch noch aus den Siebzigern, aber insgesamt wirkte das Wohnheim gemütlich und modern. Lena erfuhr von den Studenten, dass es eines der beliebtesten war, weil es zentrumsnah lag und alles mit dem Fahrrad gut zu erreichen war.

Jennys Zimmer entsprach dem im Haus ihrer Eltern, es war sauber und fast schon penibel aufgeräumt. Es gab keine Fotos, keine eigenen Möbel, nur das vorhandene Inventar, nicht mal eine Schreibtischlampe. Die Wände waren kahl, im Schrank lagen braune und graue Pullover, einfache Wäsche und Jeans. Nichts davon ähnelte auch nur im Geringsten der Kleidung, die sie an ihrem Todestag getragen hatte.

Was hatte Jenny in ihrer Freizeit gemacht? Es gab keine Bücher außer denen vom Studium, nichts, was auf ein Hobby hinwies, und außer ein paar Kinokarten fand Lena keine Hinweise auf abendliche Aktivitäten. Das ganze Zimmer wirkte grau und leer.

Neben dem Bett stand ein Rucksack, den die Spurensicherung schon untersucht hatte. Er hatte Taschentücher, Tampons, Schminksachen und einen E-Reader enthalten. So wie er vorgefunden worden war, musste sie etwas rausgeholt haben, als sie zu Bett gegangen war. Sie wussten nicht, ob Jenny eine

Handtasche bei sich gehabt hatte, als sie nach Vimmerby gefahren war, aber für Lena sah es aus, als wäre dieser Rucksack ihre Handtasche gewesen. Das passte auch zum Kleiderstil.

Sie durchsuchte ihn noch mal und fand im vorderen Fach in einer verborgenen Tasche eine Dose Tabletten, deren Etikett überklebt war.

Sie zog es vorsichtig ab und las den Namen eines einfachen Antidepressivums, verschrieben auf Jennys Namen, einmal täglich einzunehmen.

Warum hatte sie das nicht mitgenommen? Sie hatte Schmerztabletten gekauft, Lena erinnerte sich an den Bericht. Den Rucksack mit ihren Medikamenten hatte sie hier gelassen und zumindest die Schmerztabletten dann direkt am Bahnhof ersetzt. Warum war sie nicht zurückgekommen und hatte sie geholt?

Gegen Mittag holte sich Lena in einer benachbarten Bäckerei etwas zu essen und fand die Gegend genauso wie das Wohnheim angenehm und freundlich. Nur Jennys Zimmer schien aus der Welt gefallen zu sein. Als sie dorthin zurückkehrte, war ihre Mitbewohnerin da und unterhielt sich gerade mit einem anderen Studenten darüber, wie sehr sie die polizeiliche Absperrung nervte. »Ich frage mich wirklich, wie lange das noch gehen soll. Ich kann die Hälfte meines Zimmers nicht nutzen. Seit Tagen.«

»Guten Tag«, sagte Lena freundlich und hielt ihr die Hand hin. »Mein Name ist Lena Wallin, ich bin die ermittelnde Polizistin im Fall Jenny Boström. Und Sie sind?«

Sie schüttelte ihr zögernd die Hand. »Hilde Karlson. Ich wohne auch hier.«

»Könnten wir uns vielleicht kurz irgendwo unterhalten?«

Hilde führte Lena in den Gemeinschaftsraum, der um die Zeit leer war. Farbige Sessel und ein Blick ins Grüne machten diesen Raum zu einer Oase.

»Es tut mir leid, was passiert ist«, sagte Lena.

Hilde saß aufrecht in ihrem Sessel, sie wirkte wach und aufmerksam, nicht mitgenommen. »Ja, danke. Wir kannten uns nicht besonders gut, aber es ist schon schrecklich … wenn man hört, dass sie plötzlich tot ist. Was ist denn passiert?«

»Darüber kann ich leider nicht reden. Aber erzählen Sie mir doch ein bisschen was über Jenny.«

»Sie war ziemlich zurückgezogen, hat kaum je was gesagt. Wenn ich nach Hause gekommen bin, saß sie auf ihrem Bett und hat Musik gehört. Ab und zu auf dem Handy was gespielt oder so.«

»Sie hatte keine Freunde hier?«

»Nicht, dass ich wüsste. Am Anfang ist es natürlich nicht so einfach, man muss irgendwo hingehen, um jemanden kennenzulernen. Aber es gibt ja genügend Klubs und Vereine, wenn man sich nicht fürs Weggehen interessiert. Aber sie war praktisch immer hier.«

»Auch tagsüber?«

»Ja. Und am Wochenende. Ich habe ihr gesagt: Geh mal raus, lern Leute kennen, mach was. Wenn du nicht an Jungs interessiert bist, dann geh zum Schachklub oder so. Aber sie hat nur den Kopf geschüttelt.« Hilde schnaubte leise, als könne sie das absolut nicht verstehen.

»Was heißt, sie war nicht an Jungen interessiert? Sie wollte keine Beziehung?«

»Nee. Als ich ihr das vorgeschlagen habe, hat sie mich ausgelacht. Sie wolle so was nicht, das wäre nichts für sie. Mann, sie war achtzehn. Welches Mädchen mit achtzehn will nicht jemanden kennenlernen?«

»Vielleicht ein Mädchen?«, schlug Lena vor. Es war interessant, dass Hilde nicht wusste, wie alt Jenny tatsächlich gewesen war.

»Das habe ich als Nächstes vorgeschlagen. Nein, ich glaube, es war der Sex.«

»Wie kommen Sie darauf?«

»Die Art, wie sie geguckt hat. Als ich gesagt habe, sie brauche jemanden zum Kuscheln.«

»Wie sind Sie darauf gekommen, dass sie so jemanden braucht?«

»Sie war doch immer allein hier. Und wenn ich was erzählt habe … von ’nem Konzert oder ’ner Party, auf die ich eingeladen war – da hat sie immer so komisch geguckt, als wolle sie das auch. Ich hab sie sogar ein paarmal eingeladen, obwohl wir doch eigentlich nichts miteinander zu tun hatten, aber sie war der totale Downer. Hat die ganze Zeit in ’ner Ecke gestanden und sich an ihrem Glas festgehalten.« Sie grinste. »Aber ich beschwere mich nicht. Eine Mitbewohnerin, die niemanden mitbringt und immer still ist. Was Besseres kann man sich nicht wünschen.«

»Und das Studium?«

»Keine Ahnung. Sie hat kaum darüber gesprochen. Aber Riesenfreude kann es ihr nicht gemacht haben.«

»Wie kommen Sie darauf?«

»Wir haben ab und an zusammen gelernt, und ich habe ihr von den Profs erzählt und was für Idioten das sind und was sonst noch so an der Uni passiert. Bei ihr hatte man immer den Eindruck, sie wäre überhaupt nicht dort gewesen.«

»Und war sie auch nicht dort?«

»Doch, doch. Sie konnte ihren Stoff. Sie hatte diese Blockvorlesung, gleich zu Beginn des Semesters, und dann diese Prüfung. Sie hat gelernt wie blöde.«

»Auch in der Woche, bevor sie verschwunden ist?«

»Ja, ja. Auch am Samstag. Ich war da, ich hatte eine Exkursion, auf die ich mich vorbereiten musste. Ich bin schon im fünften Semester, wissen Sie? Und sie wollte auch weiterlernen, das ganze Wochenende durch.«

»Woher wissen Sie das?«

»Ich habe sie gefragt. Da war ich ganz froh, weil es einfacher ist zu lernen, wenn noch jemand dabei ist. Dann ist die Versuchung nicht so groß, was anderes zu machen. Wie gesagt, die ideale Mitbewohnerin.«

»Warum ist sie dann aufgebrochen?«

»Ja, das hab ich mich auch gefragt. Sie hat mit jemandem getextet, irgendein Ebbe oder ’ne Ebba, das war echt intensiv. Sie ist aufgesprungen und im Zimmer rumgerannt, als hätte dieser Ebbe ihr was getan. Und sie hat die ganze Zeit aufs Handy gestarrt.«

»Wissen Sie, worum es ging?«

»Nee. Muss aber jemand aus ihrem alten Leben gewesen sein. Sie hat das Kaff gehasst, ich mein, wer will schon in der Provinz leben? Und ihre Freunde mochte sie auch nicht besonders. Andererseits, wenn sie dort so war wie hier, dann hatte sie vielleicht auch nicht so viele.«

»Aber sie haben ja offenbar irgendwas von ihr gewollt, oder? Wenn es ihre alten Freunde waren.«

»Sie hat mal gesagt, sie hatte eine Freundin, die sie mochte, und dass sie die zurücklassen musste. Vielleicht war es die.«

»Also gut. Sie ist also am Samstagmittag aufgebrochen. Hatte sie es eilig?«

»Ja. Erst textet sie die ganze Zeit – das ist ziemlich ablenkend, wissen Sie? –, und dann springt sie auf und ist weg. Ich rufe noch: ›Und wann kommst du wieder?‹, und schon ist sie zur Tür raus. Nicht mal Mittag…«

»Sie hat nicht geantwortet?«, unterbrach Lena sie. »Auf die Frage, wann sie wiederkommt?«

»Doch. Sie hat was gerufen … Moment … Ja, ich glaube, sie hat gesagt, dass sie bald … oder am Abend? … wieder da sein wollte. Und dass jemand dabei war, einen Fehler zu wiederholen oder so.«

»Was meinte sie damit?«

Hilde zuckte mit den Schultern. »Echt keine Ahnung.«

Kapitel 29

Marten

MARTEN war ins Büro zurückgekehrt und hatte Abraham benachrichtigt, damit er die Fingerabdruckdatenbank des Zolls überprüfte. Dann hatte er Petter gerufen und ihm eine Tasse Kaffee angeboten. Der saß jetzt vor ihm und wartete ab, was Marten zu sagen hatte.

Marten stand auf und sah aus dem Fenster. Dort standen Birken, und der Anblick machte ihn traurig. Das würde das härteste Verhör seines Lebens werden. »Ich war gerade bei Thorbjörn. Er hat halb zugegeben, dass er über Anders Bestechungen ausführt, und auch, dass er über den Harem Bescheid wusste. Das Beste wird sein, ihr leitet die Liste mit Geschäftspartnern, die Anders ihm besorgt haben könnte, an die Staatsanwaltschaft in Jönköping weiter, dann können die dort nach Zeugen suchen.«

»Wird erledigt«, sagte Petter.

Marten drehte sich um. Petter schrieb gerade etwas auf seinen Notizblock. »Wir wissen ja, dass Thorbjörn überall seine Finger drin hat. Am Ende hat er behauptet, dass du derjenige bist, der ihm Interna weitergibt.«

Petter sah auf. In seinen Augen stand Unglauben, das sich schnell in blankes Entsetzen wandelte. »Was? Was … meinst du?«

»Ich meine, dass du der Informant bist, der Thorbjörn Informationen verschafft. Über den Fall hier. Und über anderes.«

»Nein, nein!«, versicherte ihm Petter. »Das war ich nicht. Wie kommt er darauf … So was darf er nicht sagen. Es ist nicht wahr.«

»Er hat mich also angelogen?« *Bitte, bitte mach, dass es nicht wahr ist.*

»Ja, natürlich.«

»Ich habe mich gefragt, ob Thorbjörn mir schaden wollte. Er war eindeutig verärgert.«

»Er wird nach etwas gesucht haben, um dir zu schaden.«

»Ich bin etwas zu weit gegangen in meiner Befragung, es könnte schon sein.«

»Thorbjörn ist auch leicht aufzuregen, das weiß man ja.«

Marten war kalt. Er hatte Thorbjörn nicht geglaubt, wirklich nicht. Aber Petter benahm sich exakt so, wie sich jemand verhalten würde, der schuldig war.

Er ließ sich in seinen Stuhl fallen. »Hör auf damit, Petter. Ich … weiß nicht, was ich sagen soll.«

Petter klappte zusammen wie ein altes Messer. Er vergrub das Gesicht in den Händen, die Schultern sackten herab, und er saß einen Augenblick bewegungslos da, bevor er schwerfällig den Kopf hob. Seine Augen waren weit aufgerissen, sein Gesicht glühte. Marten musste ihn nicht mal auffordern zu reden, es sprudelte alles aus ihm heraus.

»Ich bin in die Lagerhallen, gleich nachdem sie das erste Mal aufgemacht haben. Ich … ich war hier, als Anders die Disco angemeldet hat. Ich dachte, ich gehe vorbei und überrasche dich. Jedenfalls, der DJ war gut, die Musik war super, ich habe ein bisschen getanzt, um mich einzufühlen, und da ist dann diese Frau gekommen, und wir haben … na ja, wir haben … Sie hat mich mit hochgenommen, von den Klubräumen kommt man direkt ins Hotel und … tja, es ist was passiert, und als ich raus bin, sind Anders' Schläger angekommen und haben mich verprügelt.«

»Warum?«

»Weil es eine von Anders' Frauen war. Das wusste ich aber nicht, ich habe erst gestern beim Verhör verstanden, was sie damit gemeint haben. Thorbjörn war da und hat mich gerettet, seitdem erpresst er mich.«

»Womit? Dass Anders dich zusammengeschlagen hat? Du hättest das zur Anzeige bringen sollen und fertig.«

Petter sah wieder auf den Boden. Er knetete seine Hände, atmete tief durch, und Marten dachte, er würde anfangen zu reden, aber nichts geschah.

»Was, Petter? Was es auch ist, du musst es mir sagen.«

»Ich habe … Es kann sein, dass ich die Frau bezahlt habe.«

Marten war einen Moment still. Der Assistent des Polizeichefs hatte eine Prostituierte bezahlt und mit ihr Sex gehabt. Darauf stand ein Jahr Gefängnis, und im Gegensatz zu der Weitergabe von ein paar Informationen war das nicht intern zu regeln. Es war eine Straftat.

»Wo warst du vorletzten Samstagabend?«, fragte Marten.

Petter riss die Augen auf, er hatte die Frechheit, empört auszusehen. »Du glaubst doch nicht, dass ich was damit zu tun hatte!«

»Du bist bisher der Einzige, der die Videoaufnahmen vollständig angesehen hat, alle anderen kennen nur die Ausschnitte, die du hochgeladen hast. Weil ich dir vertraut habe.« Er machte eine Pause und atmete tief durch. »Ich kann mir die zehn Stunden noch mal zu Gemüte führen, aber es wäre besser, wenn du mir einfach sagst, ob du dort warst.«

Petter sackte in sich zusammen. »Ja«, sagte er schließlich. »Thorbjörn wollte wissen, wie es mit Kalmar vorangeht, und er bestellt mich immer in die Lagerhallen, weil ich da ja ohnehin ab und zu hingehe. We-e-gen der Drogenermittlung.«

»Mit Kalmar vorangeht? Meinst du die Entscheidung über meinen Posten?«

Petter nickte.

Marten war kalt, dann kam die Wut. Sie brodelte tief in seinem Bauch, er konnte kaum atmen. Am liebsten hätte er Petter genommen, ihn gegen die Wand gedrückt und geschrien: *Wie konntest du nur? Wie konntest du! Sag, dass du das alles zurücknimmst.*

Aber er tat natürlich nichts dergleichen. »Und was hast du ihm erzählt?«, fragte er stattdessen ruhig. Ihm persönlich waren keine Veränderungen bekannt, solange gegen den Polizeipräsidenten ermittelt wurde, durfte der niemanden befördern, zumindest nicht dauerhaft.

»Dass der Polizeipräsident vermutlich demnächst abgesetzt wird und sein Nachfolger sicher alle Ernennungen, auch die Übergangslösungen, überprüfen wird.«

Marten wusste nicht, was ihn mehr traf: dass Petter mehr wusste als er oder dass er es Thorbjörn gesagt hatte. Das war auch keine halb interessante Information über einen laufenden Fall mehr, das waren Interna der Polizei, die niemals nach außen dringen durften.

»Woher weißt du das?«

»Es kam ein Anruf, sie wollten uns informieren. Ich sollte es an dich weitergeben.« Er sah Marten dabei nicht mal mehr an.

»Aber das hast du nicht.«

Petter schüttelte den Kopf.

»Warum?«, fragte Marten.

»Warum ich es nicht an dich weitergegeben habe?«

»Warum hast du mich verraten?«

Petter sah auf, und in seinem Blick brannte etwas, das Marten nicht kannte. Es waren Hass und Wut, etwas, das ihm an Petter bisher unbekannt gewesen war.

»Verraten? Ich habe dich nicht verraten!«, sagte Petter mit einer Stimme, die ebenfalls nicht wie seine normale klang. »Ich renne dir seit Jahren hinterher, mache, was du mir sagst, helfe dir, wo ich nur kann. Aber ich bin einsam, ich habe niemanden, ich bin nicht wichtig, alle lachen mich aus. Die Frau, die ich liebe, ignoriert mich, und für einen Moment wollte ich eben … Sie ist zu mir gekommen. Sie hat mich gebeten mitzugehen. Erst als ich oben war, hat sie Geld verlangt. Da war sie schon halb nackt, und ich hab gedacht: Was soll's?« Er atmete tief durch. »Tausende Männer machen das. Die halbe Stadt macht das. Ich konnte ja nicht riechen, dass es eine Falle war, und noch weniger konnte ich ahnen, dass Thorbjörn alles machen würde, nur um dich zu zerstören.«

Um dich zu zerstören. Die Worte hallten in Marten nach. Sie machten ihm keine Sorge, nein. Es war das Ausmaß von Petters Verrat, das ihn zittern ließ. Kauf von sexuellen Dienstleistungen, Weitergabe von Interna, um einem Kollegen zu schaden, Verschleierungen von Beweisen. Wenn er weiterfragte, was würde da noch zutage treten?

»Hast du etwas mit dem Mord an Jenny Boström zu tun?« Er musste das fragen, auch wenn ihm schlecht davon wurde. Überraschenderweise gelang es ihm, vollkommen kalt und emotionslos zu klingen.

»Nichts. Ich habe sie nicht mal gesehen. Ich war kurz nach neun da, vielleicht für eine Viertelstunde, dann bin ich wieder gegangen. Drinnen habe ich mit Thorbjörn geredet, der kurz nach mir gehen wollte.«

»Du bist suspendiert. Bitte begib dich in deine Wohnung und verlasse die Stadt nicht«, sagte Marten, der Mühe hatte, ruhig zu bleiben.

Petter stand auf. Er wollte etwas sagen, er hatte schon den Mund geöffnet, dann schloss er ihn wieder. Er drehte sich auf dem Absatz um und verließ den Raum.

Marten ließ sich auf seinen Stuhl fallen und atmete tief durch. Er war schweißgebadet und fragte sich schon jetzt, wie er das Lena erklären sollte.

Kapitel 30

Lena

BEIM Verlassen des Wohnheims fiel Lenas Blick auf Dutzende Fahrräder, und sie musste an den Schlüssel in Jennys Tasche denken. Sie rief bei der Gerichtsmedizin an und vereinbarte einen Polizeikurier direkt hierher.

Während sie die Schlösser durchprobierte, wehrte der Polizist immer wieder Studenten ab, die wissen wollten, was los war. Aber keins der Fahrräder passte.

»Der Bahnhof ist nicht weit«, sagte der Kollege, sein Name war Sven. »Wir hatten auch noch kein Glück mit der Apotheke.«

Also machten sie sich auf den Weg zum Bahnhof. Dieser Teil der Innenstadt bestand im Wesentlichen aus Wohnhäusern, Straßenschluchten mit vier- oder fünfstöckigen Gebäuden, wie es sie in Vimmerby gar nicht gab. Hier war alles viel enger, und sie war froh, als sie die Järnvägsgatan erreichte, die direkt durch einen Park führte. Die verzweigten Stämme von Ulmen und Linden säumten den Weg, alte, ehrwürdige Bäume, und ihr wurde klar, wie sehr sie die Wälder um Vimmerby vermisst hatte. Im Norden, bei Rumskulla, gab es einen ganzen Forst voller Eichen, in dem sie und Marten früher oft gewesen waren. Die Stadt verschwand unter solchen Bäumen, und mit ihr die Menschen um einen herum. Man war allein mit der Natur, und die Natur sang.

Vor dem Bahnhof war ein riesiger Parkplatz voller Fahrräder. Sven seufzte, machte sich aber an die Arbeit. Lena ging derweil in den Bahnhof hinein und zeigte im McDonald's und in der

Apotheke Jennys Bild. Und sie hatte Glück, eine der Apothekenmitarbeiterin hatte am Samstag davor Dienst gehabt und erkannte sie wieder. Laut ihrer Aussage hatte Jenny kein Gepäck dabeigehabt. »Oder sie hatte es eingeschlossen, das kann schon sein.«

Lena fragte beim Sicherheitsdienst nach seit zehn Tagen geschlossenen Boxen, aber es gab keine. »Wir hätten das ohnehin inzwischen rausgeholt. Wenn die Zeit abgelaufen ist, öffnen wir die Box.«

Der Kollege hatte inzwischen Jennys Fahrrad gefunden, es stand unter einer Linde, direkt an der Straße. Während er den Abtransport organisierte, ging Lena ins Bahnhofscafé und trank einen Kaffee.

Sie hatte den Ablauf von Jennys letztem Tag rekonstruiert. Sie war am Samstag aufgestanden, um zu lernen. Das Studium war ihr wichtig, wichtiger als Freundschaften oder Partys. Dann bekam sie eine Nachricht von Ebba, ihrer alten Freundin. Ebba wollte etwas machen, was Jenny für einen Fehler hielt, so sehr, dass sie immer wieder schrieb und sich nicht aufs Lernen konzentrieren konnte. Ebba entschied jedoch, nicht auf Jenny zu hören. Doch Jenny war so sicher, dass es ein Fehler war, dass sie aufbrach, mit dem Fahrrad zum Bahnhof fuhr und den Zug nach Hause nahm. Sie hatte keine Sachen dabei, nicht mal Klamotten, sie nahm ihre Medizin nicht mit, denn sie wollte am Abend wieder da sein, wenn der letzte Zug um achtzehn Uhr ging.

Sie war um halb zwei in Vimmerby, ging zu Ebba, verbrachte Zeit mit ihr, bis sie gegen sieben in der Pizzeria auftauchten. Alle waren schick angezogen, Jenny hat sich Sachen ausgeliehen, entweder von Ebba oder von Anna. Der letzte Zug war längst weg, sie hatte also beschlossen, zu bleiben und mit in den Nachtklub zu gehen.

Warum? Weil sie dabei sein wollte, bei was auch immer Ebba vorhatte? Wollte sie mitmachen? Oder wollte sie Ebba immer noch abhalten? Eventuell schützen? Ebba und Anna hatten der

Bedienung gesagt, dass sie etwas feierten, Jennys Rückkehr? Oder etwas anderes?

War Jenny wirklich gegangen, weil Anna ihr den Freund ausgespannt hatte? Das war eine starke Belastung für eine so junge Frau, aber ein Grund zu fliehen? Und wenn es Anders gewesen war? Hatte er Jenny bedroht? Hatten die drei Mädchen Anders im Frühjahr überhaupt schon gekannt?

Doch dann waren alle drei am Abend im Nachtklub, wo es wieder Streit gab zwischen Jenny und Anna, *nicht* zwischen Jenny und Ebba. Ebba rannte ihr sogar hinterher, dann holte sie Anna, damit sie nach Jenny suchen konnten. Sie nahmen sie mit in Ebbas Wohnung, wo sie weiterstritten. Und am Ende schubste Anna Jenny gegen eine Mauer.

Nicht Ebba ist das Problem, dachte Lena. Jenny ist wegen Anna zurückgekommen. Anna wollte etwas machen, vielleicht zusammen mit Ebba, und Jenny wollte nicht, dass ihre beste Freundin mitmachte.

Nur was? Sie sind in den Nachtklub gegangen. Den hat es aber im Frühjahr noch gar nicht gegeben. Was war dort im Nachtklub passiert, dass Jenny schließlich genug hatte und gegangen war?

Kapitel 31

Marten

MARTEN saß in seinem Büro und starrte nach draußen, aber er sah die Birke nicht. Er hatte darüber nachgedacht, heute eher Schluss zu machen und Tove abzuholen, doch er wusste, das würde ihn nicht ablenken. Petter war bis auf Weiteres suspendiert, er hatte den Fall gemeldet und wartete auf Rückruf. Ein Fall von Prostitution in seiner Dienststelle – diese Beförderung konnte er wohl abschreiben, selbst wenn sie jemals eine Entscheidung treffen sollten.

Dann hatte er Teresa und Sigge zu sich bestellt, ihnen alles erklärt und Sigge bis auf Weiteres abgestellt, mit Teresa die Lagerhallen AB unter die Lupe nehmen. Sigge war hochgegangen, ohne ein Wort des Widerspruchs.

Marten ballte die Faust und rammte sie auf den Tisch. Toves Bild wackelte, und der Kaktus fiel um, ansonsten tat sich aber nicht viel. Verdammt, verdammt, verdammt! Mit der Untersuchung ging es auch nicht weiter, Lena hatte angerufen, auch in Linköping interessierte sich keiner so richtig für Jenny, sie würde am Nachmittag beim Gesundheitsdienst der Universität vorbeigehen, etwas, wovon sie sich keine großen Erkenntnisse zu erwarten schien.

Sigge hatte am Vormittag noch ein paar Zeugen verhört, die in der Disco gewesen waren, und deren Aussagen ließen sich so zusammenfassen: Anna und Ebba hatten getanzt, allerdings nicht mit Anders, was Vanjos Aussage widersprach. Jenny hatte meist irgendwo rumgestanden, bis es dann Streit zwischen Anna und Jenny gab, ungefähr eine halbe Stunde, bevor sie rausgelaufen war. Offenbar hatte Jenny Anna ihren Tanzpartner nicht gegönnt, einen Mann mittleren Alters, den niemand hatte identifizieren können. Anders war dazwischengegangen, hatte Jenny dann aber offenbar gehen lassen.

Nichts davon war wirklich neu, nichts davon brachte sie dem Mörder näher. Alles wies auf Anders hin, der sich aber immer wieder aus dem Netz wand.

Das Telefon klingelte, und Marten zuckte zusammen. Er nahm ab, es war Abraham. »Also, der Tipp mit dem Zoll war Gold wert. Ich habe den Teilabdruck am Arm identifiziert.«

»Und?«

»Anders Johannson. Wenn du mir eine DNS-Probe beschaffst, kann ich sie mit dem Blut unter den Fingernägeln abgleichen. Hautzellen und Speichel habe ich auch noch, konnte sie aber bisher nicht zuordnen.«

Jetzt konnte er ihn zum Verhör bestellen, was er auch direkt tat. Danach rief er Sigge runter, damit er ihm beim Verhör assistieren konnte.

»Jenny Boström hatte einen blauen Fleck am Arm, einen Handabdruck. Darauf waren Fingerabdrücke, die eindeutig Ihrem Mandanten zugeordnet werden konnten. Er hat kein Alibi für die Tatzeit. Das und die Beziehung, in der Ihr Mandant und das Opfer standen, berechtigen uns zu einer Speichelprobe«, erklärte Marten ruhig.

Sie saßen im Verhörraum. Anders hatte sich zurückgelehnt und musterte ihn aus halb geschlossenen Augen.

»Kaum«, erwiderte der Anwalt. »Die bisherigen Beweise reichen nicht für eine Festnahme, und wenn eine Festnahme erst durch den DNS-Test ermöglicht wird, dann gibt es keine Handhabe, ihn überhaupt zu ermöglichen.«

»Sie geben also zu, dass Ihr Mandant etwas mit dem Mord zu tun hatte?«

»Keineswegs«, sagte der Anwalt mit einem Seufzen. Er würde nicht so leicht zu knacken sein wie Thorbjörn. »Mein Mandant hatte am Abend Kontakt mit dem Opfer, wie er ja bereits ausgesagt hat, aber mehr auch nicht. Als er Jenny Boström zuletzt sah, war sie am Leben.«

»Wenn er mir das vielleicht selbst erzählen könnte?«

Der Anwalt winkte ab. »Er hat mit ihr geredet, aber nur, weil sie unfreundlich zu Anna Käll war. Er muss seine Freundin ja schützen.«

»War Jenny nicht auch seine Freundin?«

»Das war, bevor sie sich gegen uns gewandt hat«, sagte Anders leise und fast schon gleichgültig.

»Gegen euch gewandt? Hat sie das an dem Abend auch gemacht? Musstet ihr sie deshalb loswerden?«

Anders schnaubte herablassend. »Die drei Mädels hatten Streit. So wie Mädels eben sind. Jenny war ziemlich aufgeregt. Ich wollte sie beruhigen, doch sie hat versucht, sich loszureißen. Dabei ist mir der Drink ausgekippt. Diese Frauen von heute sind doch wirklich leicht erregbar. Jedenfalls habe ich eine Weile mit ihr geredet, dann bin ich weg.«

»Wohin?«

Er grinste anzüglich, und Marten musste daran denken, wie Lena darauf reagiert hatte. Als würde er sie bedrohen. Nun ja, wenigstens konnte sie damit umgehen.

»Mit wem und wohin?«, wiederholte er seine Frage.

Anders schien zu überlegen, der Anwalt setzte an, etwas zu sagen, vermutlich, dass er gar nichts erzählen müsse, doch Anders winkte ab. »Mit Anna. Wir sind ein bisschen nach oben gegangen. Daran ist nichts Illegales. Und dann ist sie plötzlich rausgerannt und nicht wiedergekommen. Ich hab ’nen Anruf gekriegt, so gegen Mitternacht, dass sie nicht zurückkommt. Da hab ich dann weiter die Sau rausgelassen. Es gibt ja noch mehr Frauen in meinem Klub.«

»Was sagt denn Anna Käll dazu, dass Sie sich in ihrer Abwesenheit mit anderen Frauen vergnügen?«, fragte Sigge.

Anders zeigte ihm die Zähne. »Gar nichts mehr. Wir haben Schluss gemacht.«

»Weil sie dich nicht teilen wollte?«, fragte Marten.

Anders lachte, Marten wurde schlecht davon. »Nein, mein Lieber. Weil ich eine neue Freundin habe.«

Wechselte er die durch? »Wen?«

»Ich weiß nicht, was dich das angeht, mein Lie…«, begann er, wurde aber vom Anwalt unterbrochen, der sich leise räusperte.

»Ja, ja. Ich soll ja kooperieren. Dann also im Sinne der Kooperation mit der Polizei, der Name meiner neuen Freundin ist – sie wartet ja auch schon so lange auf mich – Ebba Julning!«

Marten schluckte, auch Sigge neben ihm hatte Schwierigkeiten, ungerührt auszusehen. Es war wirklich ekelhaft.

Anders hoch abwehrend die Hände. »Ja, ja, ich weiß, ich bin unwiderstehlich. Frag mal deine Kollegin, die hübsche Lena.«

Marten spürte einen kalten, harten Klumpen im Magen. Hatte Lena …? Das konnte doch nicht stimmen. Beinahe wäre ihm etwas rausgerutscht, aber er riss sich gerade noch so zusammen. »Sind diese Frauen alle deine Freundinnen?«

»Was soll ich sagen, sie mögen mich.«

»Keinerlei Eifersucht?«, wollte Sigge wissen. Seine Stimme hatte einen seltsamen Unterton, den Marten noch nie bei ihm gehört hatte. Er klang auch nicht mehr gelangweilt oder genervt.

»Eifersucht!«, dröhnte Anders. »Ich gebe ihnen ein Zuhause, Sicherheit, das Gefühl, geliebt zu werden. Eifersucht, hahaha!« Er brach in Gelächter aus, schlug sich sogar mit den Händen auf die Schenkel.

»Und wenn sich mal eine von *ihnen* auswärts betätigt?«, fragte Sigge.

Anders zuckte mit den Schultern. »Da habe ich nichts gegen. Wirklich.«

Warum war Petter dann zusammengeschlagen worden? »Ich habe Aussagen, die das Gegenteil besagen. Dass du sie markierst und jeder weiß, dass er sie nicht anfassen darf«, sagte Marten.

Anders riss überrascht die Augen auf, als hätte er ihm etwas wirklich Schreckliches erzählt. »Sie kommen zu *mir*. Nicht umgedreht. Sie haben nichts. Ich gebe ihnen ein Zuhause etwas, was sie vorher nicht hatten. Ich zwinge niemanden.«

»Du machst sie von dir abhängig, und dann *erlaubst* du ihnen Sex? Das nennt man Zuhälterei.«

»Ich nenne das freie Liebe«, erwiderte Anders.

Marten stand auf. Am liebsten hätte er ihn festgenommen. Auf Zuhälterei standen bis zu zehn Jahre, in diesem Fall hätten es sicher vier werden können, vorausgesetzt, er bekam genügend Zeugenaussagen zusammen.

Und genau das war der Knackpunkt. Zeugen in so einem Fall sagten fast nie aus, und wenn, waren sie so geschädigt wie Ebba, gezeichnet von einem Leben des Missbrauchs. Man konnte ihnen eine Aussage nur zumuten, wenn die Anklage auch Erfolg haben würde.

Anders lachte. Ihm war das auch klar. Vermutlich hatte es schon eine versucht und war gescheitert.

»Ich brauche den Namen der Frau, mit der Ihr Mandant die Nacht verbracht hat«, sagte Marten zu Anders' Anwalt, denn er brachte es nicht über sich, Anders noch einmal anzusehen. »Und eine Aktivitätenliste für die letzte Woche, seit Samstagmorgen.«

Anders beugte sich vor und schrieb zwei Namen auf, beide mit Personennummer. Er wusste die Personennummern seiner Freundinnen auswendig!

Der Anwalt nickte, Anders zog sich bereits die Jacke an. Als er an ihnen vorbeiging, sicher, dass er sein Leben als freier Mann fortsetzen konnte, musste Marten alle seine Willenskraft aufwenden, um nicht frustriert gegen die Wand zu treten.

»Wie wäre es, wenn wir Kajsa auf die Mädchen ansetzen?«, fragte Sigge neben ihm. »Sie ist ziemlich einfühlsam.«

Marten nickte. Und wenn er sonst nichts erreichte, wenigstens das würde er Anders nachweisen.

Kapitel 32

Lena

LENA erreichte das Gebäude des studentischen Gesundheitsdienstes ein paar Minuten vor dem vereinbarten Termin. Sie war gerade ausgestiegen, als ihr Telefon klingelte.

Es war Marten. »Hast du je einen Fall mit so wenig verwertbaren Spuren gehabt?« Er klang frustriert.

»Das kommt schon vor. Sie lag eben lange im Wald. Und die potenziellen Zeugen lügen uns an. Aber man kann auch solche Fälle klären.«

»Ich stelle auf jeden Fall jemanden ab, um weitere seiner *Freundinnen* zu finden.«

»Das ist sicher eine gute Idee. Vielleicht können wir ihn damit auch unter Druck setzen. Du kennst dich doch mit so was aus. Wie reagieren Frauen, die so ausgenutzt wurden?«

»Normalerweise gar nicht. Manche schaffen nach Jahren den Absprung, viele enden mit psychischen Störungen und haben ihr Leben lang Probleme, ein Teil bleibt in der Prostitution. Sie haben gelernt, Misshandlungen zu ertragen, schon lange, bevor sie Männern wie Anders begegnet sind.«

»Von ihren Eltern?«

»Ja, meistens, aber nicht immer. Anna wurde vermutlich geschlagen, Jenny vernachlässigt. Teresa hat heute auch noch mal mit Ebbas Eltern geredet, sie haben so was gesagt wie: ›Ja, sie war schon immer schwierig.‹ Wenn das Kind schwierig ist, dann ist es ja nicht ihre Schuld.«

»Also schützt Liebe in der Kindheit vor so etwas?«

»Normalerweise schon. Natürlich gibt es auch Fälle, wo eine psychische Krankheit vorliegt, vor allem Mädchen erkranken oft früh und rutschen dann ab, weil die Eltern und das Gesundheitssystem überfordert sind. Und das kann jeden treffen. Psychische Erkrankungen sind Krankheiten wie körperliche auch. Es gibt Veranlagungen und bestimmte Faktoren, die es wahrscheinlicher machen, aber mehr auch nicht.«

»Das ist verdammt deprimierend«, sagte Lena.

»Du denkst an Tove, oder?«, erriet er ihre Gedanken.

»Ich frage mich, wie ich sie schützen kann.«

»Indem du dein Bestes gibst. Mehr kannst du ohnehin nicht tun.«

»Hast du keine Angst um sie? Wegen … wegen dem, was wir ihr mit unserer Trennung angetan haben?« Nun war es heraus, und sie biss sich auf die Lippe. Sie hatte Angst vor seiner Antwort.

Er sagte eine Weile nichts, aber sie hörte ihn atmen. Dann seufzte er. »Ja, doch, manchmal schon. Aber jetzt ist es zu spät, oder?«

»Ja. Ich … ich hätte …« Ihr versagte die Stimme. Wie sollte sie ihm sagen, dass sie alles zurücknehmen würde, wenn es ginge? All den Schmerz, den sie ihm und Tove bereitet hatte, nur um selbst glücklich zu sein. Wie Pernilla ihr oft und ausführlich dargelegt hatte, war es natürlich auch für Tove besser, wenn ihre Mutter mit ihrem Leben zufrieden war – aber eigentlich wusste sie nicht, ob es wirklich besser war.

»Schon gut«, sagte Marten. »Das ist wirklich deprimierend. Da wir nun ja zumindest wieder normal miteinander reden können … Wir kriegen das schon hin. Geht es dir wieder besser?«

»Was meinst du?«, fragte sie verwirrt von dem Themenwechsel. Wann war es ihr schlecht gegangen?

»Na ja, wegen Anders.«

Sie seufzte. »Es ist nichts. Mir geht es gut. Ich muss jetzt los, sonst ist mein Termin vorbei. Ich melde mich, wenn ich was rausgefunden habe.«

Die Psychologin hieß Amelie Eklund und war eine hübsche junge Frau mit schulterlangen Locken und einem freundlichen Lächeln. Sie bat Lena in ihr Büro und holte für beide einen Kaffee.

»Es tut mir sehr leid, was passiert ist. Ich habe Jenny nur ein paarmal getroffen, aber sie hat einiges mitgemacht.«

»Ich habe Antidepressiva in ihrem Zimmer gefunden.«

»Darüber kann ich nichts sagen. Wir dürfen nichts verschreiben, aber ich habe sie nach den ersten Gesprächen an die psychiatrische Einheit im Krankenhaus überwiesen. Eventuell haben die ihr das verschrieben.«

»War es so schlimm?«

»Ich kann nichts über ihre Diagnose sagen, da ich keine gestellt habe. Meine Aufgabe ist nur zu entscheiden, ob einer unserer Betreuer oder Psychologen mit dem Studenten arbeiten soll oder ob der Fall über unsere Kompetenz hinausgeht. Wenn ja, überweise ich ihn.«

»Ins Krankenhaus?«

»Genau.«

»Wenigstens ein paar Hinweise?«, fragte Lena, die sich in ihrer Erwartung bestätigt sah, dass der Besuch nichts bringen würde.

»Sie hat schlechte Erfahrungen mit einem Mann gemacht. Nicht, dass eine Beziehung nicht funktioniert hat und sie den Trennungsschmerz nicht verarbeiten konnte. Nicht so etwas. Es war schlimmer. Ich kenne die Details nicht, aber auf mich wirkte es wie eine Art Sugardaddy.«

»Hier oder zu Hause?«

»Das weiß ich nicht. Ich hatte den Eindruck, dass es schon etwas zurückliegt und sie versucht hat, es zu vergessen.«

»Es ist ihr aber nicht gelungen?«

»So was vergisst man nicht. Man kann es vergraben, aber am Ende kommt es wieder, auch nach Jahrzehnten noch. Der Körper hat ein Gedächtnis. Er wiederholt, was geschehen ist. Leute haben dann plötzlich Panikattacken und wissen nicht, wieso. Und selbst wenn sie es wissen, verstehen sie es nicht, sie denken, das ist schon so lange her, das kann damit nichts zu tun haben.«

Panikattacken, die man nicht in den Griff bekam?

»Und werden diese Panikattacken von irgendwas ausgelöst?«, fragte Lena wider besseres Wissen. In einer Morduntersuchung Fragen zu stellen, die nichts mit dem Mordopfer zu tun hatten, war nicht gerade die feine Art. Wenn Björn das rausfände, wäre sie am Arsch.

»So was nennt man Trigger. Das kann alles sein, von Gerüchen, Geräuschen, Haltungen, was mit dem eigentlichen Erlebnis zu tun hat.«

»Und die eigentliche ... Person? Also derjenige, der das Trauma verursacht hat?«

»Natürlich. Das ist der größte Trigger. Deswegen ist es in Vergewaltigungsprozessen immer so, dass man hofft, dass das Opfer keine Aussage machen muss. Das ist nicht nur etwas Unwohlsein, das ist eine unkontrollierbare körperliche Reaktion, die einen vollkommen überwältigen kann.«

Lena musste an ihr Verhalten beim Gespräch mit Anders denken und fragte sich, ob sie auch ein Trauma hatte. Das ... Ereignis mit Anders war keine Vergewaltigung gewesen, aber es hatte nicht mehr viel gefehlt. Und es war definitiv invasiv gewesen. Ein zufällig vorbeikommender Passant und ihre Reflexe hatten sie gerettet, und danach hatte sie alles versucht, um es zu vergessen. Bloß nicht darüber reden, sie wollte nicht *dieses* Mädchen sein, das auf dem Nachhauseweg begrapscht worden war.

Ihr Telefon klingelte.

»Entschuldigen Sie mich einen Moment«, sagte sie zu der Psychologin.

Es war Marten. Er klang aufgeregt. »Du musst sofort herkommen!«

»Warum? Was ist denn passiert?«

»Anna Käll wurde tot aufgefunden.«

Kapitel 33

Marten

BIS Lena zurück war, war es später Nachmittag, aber er hatte trotzdem auf sie gewartet.

Anna Käll lag in der Amaliengrotte, im schmalen Durchgang zwischen mehreren tonnenschweren, verkeilten Steinen. Der Boden war mit kleineren Steinen bedeckt, was die Leiche seltsam ausbeulte, die Beine waren gespreizt, und der Kopf war nach hinten gelegt, die Haare über dem Stein ausgebreitet.

Sie sah aus wie eine Frau, die ihren Liebhaber empfängt, sogar die Arme waren seitlich ausgebreitet, mit Steinen gestützt, sodass sie etwas höher lagen, als strecke sie sie ihm für eine Umarmung entgegen.

Immerhin hatte sie etwas an.

Er ging weiter. Lena stand eine ganze Weile am Eingang und betrachtete alles, ohne sich zu rühren. Ein drei Meter hoher Stein lag hier auf einem anderen Brocken, der so hoch wie ein Mann war, direkt neben Lena. Der glatte Stein, das Moos, das darauf wuchs, und ihr starres Gesicht ließen Marten einen Schauer über den Rücken rinnen. Alles wirkte unwirklich, als ob so etwas nicht geschehen könne, als ob Vimmerby nicht ein Ort von Bestechung, Prostitution und Mord sei.

Und Verrat, fügte eine aufdringliche Stimme in seinem Kopf hinzu.

»Sie wurde nicht erschlagen«, sagte Lena schließlich, gleichzeitig setzte sie sich in Bewegung und ging an der Leiche vorbei in den hinteren Teil der Grotte. Dort war ein Durchgang zwischen den Steinen, durch den man, wenn man klein und schmal gewesen wäre, wieder hätte hinausklettern können.

»Nein«, sagte er. »Sie wurde erwürgt. Und geschlagen, ins Gesicht, aber nicht mit einem Gegenstand, sondern mit den Händen. Man kann die Abschürfungen sehen.«

Sie beugte sich hinunter und starrte Anna Käll ins Gesicht. »Was sonst noch?«

»Sie trägt dieselben Sachen, die sie gestern beim Verhör anhatte.«

»Todeszeitpunkt?«

»Gestern Abend. Gegen neun Uhr.«

»Wann wurde sie entdeckt?«

»Heute Mittag. Zwei Wanderer. Es war eine Streife aus Mariannelund in der Nähe, die hergefahren ist, und die hat uns gegen sechzehn Uhr informiert.«

Verdammt lange, wenn es nach ihm ging, und er wusste auch nicht, was die beiden Polizisten die ganze Zeit getrieben hatten, aber er würde es erfahren, wenn er sie befragte. Vermutlich Kaffeepause.

»Schau nicht so grimmig«, sagte Lena, die sich aufgerichtet hatte. »Waren es zwei Aspiranten, die nur eine Verkehrskontrolle machen sollten? Und dann mit dem hier konfrontiert wurden?« Sie deutete auf die tote Anna.

»Vermutlich. Ich würde jetzt die Spurensicherung ranlassen, damit sie heute noch nach Linköping kommt. Sie liegt ja noch nicht lange hier und vor allem im Trockenen. Da werden wir hoffentlich ein paar Spuren finden.«

Er fragte sich, ob sie dasselbe dachte wie er: Es war eine verdammte Schande, dass eine weitere Frau hatte sterben müssen, damit sie endlich an Spuren kamen, die sie brauchten.

Sie hatte sich wieder runtergebeugt. »Diese Würgemale, es sind mehrere, siehst du, hier und hier. Und das da ist schief. Es sieht aus, als ob jemand zweimal angesetzt hätte, einmal von der Seite.«

Er ging neben ihr in die Hocke. Ja, sie hatte recht. »Sind das Tränen?«, fragte er und deutete auf das Gesicht. Eine schwache Spur zog sich die Wange hinab.

»Die Wimperntusche ist auch verlaufen«, sagte sie. »Sie muss geweint haben, und zwar ziemlich viel.«

»Sie hat gesagt, sie hat keinen Freund mehr, und Anders hat mir heute erzählt, dass er seit Kurzem mit Ebba zusammen ist.«

»Seit Kurzem? Was heißt das?« Sie klang überrascht.

Er ging die Tage im Kopf durch. Heute war Dienstag, Anna war seit gestern Abend tot. Am Montagmorgen hatte sie ausgesagt, sie habe keinen Freund mehr, Anders war am Samstag aus dem Urlaub zurückgekommen. »Moment!«, sagte Marten. »Hatte Annas Chefin nicht ausgesagt, dass Anna im Urlaub war?«

»Du meinst, sie war mit Anders verreist?«

»Sie sind beide am Wochenende wieder aufgetaucht, oder? Und … Augenblick …« Er holte sein Tablet, sie ging ihm hinterher. »Er hat inzwischen eine Liste seiner Aktivitäten eingereicht – hier steht, er ist am Sonntagnachmittag um zwei losgefahren. Mit Anna Käll.«

»Wann hat er dann Jenny abgelegt? Wir wissen, dass sie nicht vor Sonntagnachmittag in den Wald gekommen ist.«

»Dann war es jemand anders, der ihm geholfen hat. Nur meine erste Theorie, dass es die Mädchen waren und er ihnen geholfen hat, können wir wohl abhaken.«

»Du hast zu viele Theorien.«

Ja, verdammt! Er dachte darüber nach, wer diese Scheiße hier angerichtet haben konnte! In seiner Stadt. »Aber was ist nun mit Ebba?«

»Er scheint die Frauen durchzuwechseln, Moment …« Er warf erneut einen Blick aufs Tablet. »In der Mordnacht war er nach

Annas Verschwinden mit einer Louisa zusammen – das Alibi ist noch nicht bestätigt –, aber wann er Anna genau verlassen hat, hat er nicht gesagt. Mal überlegen, er kommt am Samstag wieder, Anna auch. Beide erfahren, was passiert ist, Anders redet mit Ebba, würde ich mal annehmen …«

»Das erklärt ein wenig ihr Verhalten am Sonntag«, warf Lena ein.

»Genau. Danach redet er mit Anna, um beide auf Linie zu bringen. Und um Anna mehr unter Druck zu setzen, damit sie dichthält, verlässt er sie.«

»Das macht keinen Sinn. Müsste er dann nicht besonders nett zu ihr sein?«

»Du hast ihn heute Vormittag nicht erlebt. Er macht sie von sich abhängig, dann wechselt er sie durch. Über Ebba hat er ausgesagt, dass sie schon lange auf ihn *wartet*. Die anderen hält er derweil in einer Art Limbus, wo sie sich immer einreden können, irgendwann werden sie schon mal wieder von ihm erwählt werden.«

Lena gab ein Geräusch von sich, das nach Ekel klang. Ihm ging es nicht besser. »Er verlässt sie, damit sie ihm noch treuer sind?«

»So in etwa. Und ja, ich weiß, das klingt krank. Aber Frauen, die geschlagen …«

»Ja, schon gut. Hab's kapiert. Okay, also: Am Montag macht sie dann, was er ihr gesagt hat. Aber sie war wütend, dass er sie verlassen hat, nicht traurig.«

»Vielleicht ist sie nach dem Verhör zu ihm, um ihn zu bitten, es sich noch mal anders zu überlegen, wo sie ja nun für ihn die Polizei angelogen hat. Aber er sagt Nein, sie rastet aus, er erschlägt sie«, beendete Marten seine Theorie.

»Erwürgt«, korrigierte Lena ihn.

»Ja, gut, erwürgt.«

»Ich weiß nicht. Erst erniedrigt, dann wütend, dann traurig. Sind das nicht ein bisschen viele Wechsel?«

»Wut und Trauer schließen sich nicht aus, wenn man verlassen wurde«, sagte er, bevor er darüber nachdenken konnte.

Schweigen. Einer der Kriminaltechniker im Wald rief: »Wir sind hier fertig«, dann stolperte er offenbar und landete im Sumpf, denn ein Platschen und Fluchen schallten herüber. Marten wurde klar, dass Lena seine Aussage auf ihre persönliche Situation bezogen hatte.

»Ich meinte nicht …«

»Schon gut«, unterbrach sie ihn brüsk. »Lass uns zurückfahren und Anders einfach fragen.«

Die Wälder zogen vorbei, der Abend nahte, und bald würde es dunkel werden. Lena fuhr brav hinter ihm, er hatte darauf bestanden. Er drückte die Kurzwahltaste, und sie ging sofort ran.

»Alle Hinweise deuten auf Anders hin«, sagte er langsam. »Alle Verdächtigen, praktisch alle Zeugen haben etwas mit ihm oder seiner Firma zu tun. Er steht im Zentrum.«

Lena schnalzte mit der Zunge. »Er hat die Frauen ausgenutzt und prostituiert, aber warum sollte er sie umbringen?«

»Er muss sie beherrschen. Macht ist da das entscheidende Wort. Jenny ist ausgebrochen, Anna vermutlich auch, da er sie ja verlassen hat. Gelegenheit hatte er auch, in der Nacht zum Sonntag gibt es eine riesige Lücke. Und von den Mitteln brauche ich nicht zu reden.«

»Ich weiß nicht. Bei Jennys Mitbewohnerin hieß es, jemand sei dabei, einen Fehler zu *wiederholen*. Es geht also um etwas, was schon mal passiert ist, dann eine Weile nicht und nun wieder bevorstand. Also nicht um Anders' Sexualleben.« Sie machte wieder dieses Geräusch mit der Zunge, und Marten musste sich zusammenreißen, sie nicht anzufahren. Warum widersprach sie, wenn sie auch keine Theorie hatte? Nicht mal ordentliche Gegenargumente konnte sie vorbringen.

»Da ist noch irgendwas, was wir nicht wissen. Und ich war in Linköping kurz davor, es rauszufinden. Wenn Anders nicht Jennys Mörder war – nimm es einfach mal kurz an –, womit hat er Anna dann unter Druck gesetzt? Warum haben sich die Mädchen mehrfach gestritten, wovor hatte Ebba Angst, als wir das erste Mal bei ihr waren?«

Vimmerby kam in Sicht, der große Kreisverkehr im Süden, wo sich die 23 und die 40 kreuzten. Er bog nach Norden ab, fuhr an der Brauerei in Åbro von der 23 runter und dann den Korkavägen bis zur alten Mühle. Anders hatte hier eine große Villa mit Pool und angrenzendem Waldgrundstück.

Er öffnete sofort, die Haare waren zerzaust, und er wirkte, als wäre er gerade beschäftigt gewesen. Als er Lena und Marten erkannte, verzog er das Gesicht. »Muss ich meinen Anwalt rufen? Ach, wartet, nein. Ich bin ja unschuldig.« Er grinste unangenehm, dann lud er sie mit einer großzügigen Handbewegung ein, sein Haus zu betreten. »Immer herein in die gute Stube. Für hübsche Frauen und frustrierte Polizeioberhäupter habe ich immer Zeit.«

Er lachte und ging in die Küche, aus der er mit einem vollen Glas Wein wieder zurückkam. »Setzt euch, setzt euch!«, rief er gut gelaunt und deutete ins Wohnzimmer.

Es war ein protziger Raum mit Ledersofa, Kunstdrucken an den Wänden und Fellen, wo immer man auch hinsah. Eine verglaste Front zeigte den vom Mondschein erhellten Wald. Anders drückte auf einen Knopf, woraufhin eine sehr sanfte Beleuchtung anging, die den Raum in trübes Licht tauchte. Danach ließ er sich aufs Sofa fallen.

»Also, womit kann ich dienen?«

»Wo bist du vorgestern Abend gewesen?«, fragte Marten, während er sich auf einen der Sessel niederließ. Lena setzte sich in den daneben, knapp auf der Kante, als wolle sie jederzeit aufspringen.

»Wen soll ich diesmal umgebracht haben?«, fragte Anders mit blitzenden Augen.

»Anna Käll wurde tot aufgefunden«, sagte Lena. Ihre Stimme klang hohl, als könne sie sich nur gerade so beherrschen.

Anders erstarrte. Er hatte die Augen zusammengekniffen, dann sah er zu Marten. »Stimmt das?«

»Beantworte bitte erst meine Frage nach deinem Aufenthaltsort gestern Abend.«

»Ich war zu Hause. Mit Ebba. Keine Ahnung, was Anna den ganzen Tag so getrieben hat.«

»Wann hast du sie zum letzten Mal gesehen?«

Er schien zu überlegen, vermutlich, ob er das Treffen am Montag verschweigen sollte. »Am Sonn… nein, Moment, am Montag. Sie war gestern Mittag bei mir. Ist dann nach dem Essen wieder gegangen.«

»Was wollte sie?«

»Geht euch nichts an.«

»Das ist eine Morduntersuchung. Uns geht hier alles was an«, fauchte Lena.

»Ach ja? Was willst du denn noch alles wissen, Kleine? Vielleicht ein paar Details über meinen Abend mit Ebba? Sie war sehr zufrieden, wenn du weißt, was ich meine.«

»Worüber haben Ebba und Jenny sich am Abend von Jennys Tod gestritten? Wenn du sie doch so gut kennst?«

»Das müsstest du doch besser wissen. Ihr Weiber streitet euch doch alle nasenlang über irgendwas. Hysterisches Geschrei, ich kann das kaum ertragen. Um euch ruhig zu kriegen, muss man schon härtere Mittel anwenden.«

Marten wollte etwas sagen, aber Lena ließ ihn nicht zu Wort kommen. »Was hast du Jenny angetan?«, rief sie, nun schon deutlich lauter.

Er grinste. »Man muss euch das … na ja, nicht das Maul, sondern du weiß schon was, stopfen, damit ihr aufhört zu quietschen. Du solltest das auch mal probieren!«

Marten hob die Hand und sagte etwas, aber die Worte gingen in Lenas Geschrei unter. »Was hast du Jenny angetan, du widerliches Schwein?«

Kapitel 34

Lena

LENA spürte, wie sie am Arm gepackt und hochgezogen wurde. Das Blut rauschte ihr in den Ohren, schwarze Flecke tanzten vor ihren Augen. Sie wollte den Griff abschütteln, aber er war stärker. Als sie wütend aufsah, erkannte sie Marten.

»Lass uns kurz rausgehen, Lena!«, sagte er leise, aber deutlich. Und an das Schwein gewandt fügte er hinzu: »Wenn du uns einen Moment entschuldigen würdest?«

Sie hätte sich gern gewehrt, tatsächlich hätte sie sich am liebsten auf Anders gestürzt und so lange auf ihn eingeschlagen, bis dieses Gefühl, in seiner Nähe nicht atmen zu können, verschwand. Aber sie konnte nichts tun, ihr Körper war wieder erstarrt, die Luft blieb weg und irgendwo, weit unter der Oberfläche ihres Bewusstseins, flüsterte eine Stimme, dass es das Richtige war, diesen Raum jetzt zu verlassen.

Das ist nicht nur etwas Unwohlsein, das ist eine unkontrollierbare körperliche Reaktion, ertönte die Stimme von der Therapeutin aus Linköping in ihrem Kopf.

Eine Tür ging auf, sie wurde hindurchgezogen, in einen Flur, dann durch eine weitere Tür, und sie stolperten eine Treppe hinunter. Kalte Abendluft schlug ihr entgegen.

Mit einem Mal konnte sie sich wieder bewegen. Ihr Herz hämmerte, sie war schweißüberströmt. Wie standen Vergewaltigungsopfer so was überhaupt durch?

Sie fuhr herum, die Haustür stand offen, aber Anders war nirgends zu sehen.

Sie hörte Marten sich räuspern und drehte sich wieder um. Er stand breitbeinig da und sah überhaupt so aus, als würde er sie augenblicklich packen, sollte sie versuchen, wieder ins Haus zu kommen.

Sie atmete tief durch. Die kalte Luft half, ihr Kopf klärte sich langsam, das Zittern ließ nach und damit auch der Drang, zurückzugehen und auf einen Verdächtigen einzuprügeln.

»Also?«, fragte er.

Sie trat ein Stück auf ihn zu, weg vom Haus. In seinen Augen war so ein Ausdruck, das war Besorgnis. Sie musste an ihre Schulzeit denken, wo er sie immer so angesehen hatte, und mit einem Mal kamen ihr die Tränen.

Noch so ein verdammter Trigger!

»Was ist los? Und erzähl mir nicht, dass es mich nichts angeht. Hier geht es um Mord und um meine Stadt, ich will jetzt endlich wissen, was passiert ist.«

»Nichts ist passiert.«

Sein Gesicht verzog sich bei dem Versuch, seinen Ärger zu unterdrücken. »Ich habe ihn jetzt dreimal verhört, und ich habe genauso wie du die Nase voll. Aber das war unprofessionell.«

»Ja, kommt nicht wieder vor.«

»Doch, kommt immer wieder vor. Er hat sogar schon Andeutungen gemacht. Was ist zwischen euch passiert?«

Sag es, flüsterte die Stimme in ihrem Kopf. *Sag es ihm einfach.*

»Ich … ich …« Sie wischte sich mit der Hand übers Gesicht, um ihre Nase am Laufen und die Augen am Tränen zu hindern. »Ich … bin beinahe von ihm vergewaltigt worden, als ich siebzehn war.«

Schweigen. Er starrte sie vollkommen bewegungslos an. Er blinzelte nicht mal. Sein Haar hing ihm halb über die Stirn, am rechten Ohr kräuselte es sich. Er sah so jung und unbefangen aus wie vor zwanzig Jahren, nur die Falten in den Augenwinkeln und das leicht kantigere Kinn verrieten sein wahres Alter. Und waren das nicht ein paar graue Haare, da, an der Stirn?

Er öffnete den Mund. »Was heißt beinahe?« Seine Stimme war heiser, aber sein Gesichtsausdruck war immer noch ausdruckslos.

»Er hat mich in einer Gasse überrascht, ich war auf dem Weg … Ist auch egal, in der Nähe der Schule jedenfalls. Er hat …« Sie brach ab. Noch nie hatte sie mit jemandem über den Vorfall geredet, nicht mal mit sich selbst. Vielmehr hatte sie es noch am selben Abend ad acta gelegt und nie wieder darüber nachgedacht.

»Hat was?«, fragte Marten.

Sie öffnete den Mund, sie überlegte, was sie sagen sollte, sie versuchte, Worte zu finden. Aber es fielen ihr keine ein. Was war genau passiert? Es war so lange her. Es hatte so lange keine Rolle gespielt in ihrem Leben.

Sag etwas, Lena! Sag es, dann hast du es hinter dir.

»Er hat mich überrascht, wir kannten uns ja von der Schule. Er hat gelacht, einen Scherz gemacht. Ich weiß nicht mehr, was, ich weiß nur noch, dass ich dachte: Nichts wie weg hier. Und dann bin ich …« Wieder brach sie ab.

Marten erwartete eine Antwort. Sie konnte es sehen. Gleich würde er wieder wütend werden, oder noch schlimmer, sie ansehen, als müsse er sich um sie kümmern. Er hatte sich all die Jahre nicht um sie gekümmert.

»Ich bin abgebogen«, presste sie hervor. »Auf die Abkürzung durch den Källangspark, diesen unbeleuchteten Steg, den Berg runter, wo man bei den Sportplätzen rauskommt. Und er ist mir gefolgt.« Mit einem Mal blitzte es in ihrem Kopf auf, und alles rauschte an ihr vorbei, alles, was damals passiert war. Wie er sie gegen die Wand gedrückt hatte, ihren Arm festgehalten, seine Lippen auf ihrem Mund, wie er ihr mit der Hand unter den Pullover gefahren war. Den Schmerz, das Entsetzen, sie hatte nur an eines denken können. »Jetzt hat es mich erwischt«, sagte sie laut. »Das habe ich gedacht. Ich war wie erstarrt, ich habe mich nicht mal gewehrt. Er hat mich halb ausgezogen, mir die Hose runtergerissen und ist mit dem Finger in mich eingedrungen. Dann kam jemand auf der Kungsgatan und hat was gerufen, da war er kurz abgelenkt. Ich hab ihm eine versetzt und bin weggelaufen.«

Marten war erschüttert. Man konnte es deutlich sehen. Er sah aus, als hätte sie ihm erzählt, dass seine Welt am Zusammenbrechen war.

»Warum hast du mir das nie erzählt?«, brachte er heraus.

»Weil du versucht hättest, etwas gegen ihn zu unternehmen.«

»Und das wäre ja nur recht und billig gewesen.«

»Ich wollte das nicht. Ich wollte nicht, dass es jeder weiß, dass ich das Mädchen bin, das sich hat anfassen lassen.«

»Niemand hätte das gesagt. Ich hätte schon dafür gesorgt.«

»Ich wollte aber nicht, dass du für irgendwas sorgst!«, schrie sie. »Ich wollte einfach nur meine Ruhe haben.«

Mit einem Mal war ihr alles zu viel. Sie stieß ihn zur Seite und rannte los, einfach nur weg von diesem Haus, von diesem Mann und allem, was er ihr angetan hatte. Der Weg durch Anders' Vorgarten war bucklig und voller Steine, und beinahe wäre sie weggeknickt. Sie stolperte zur Seite, bekam einen Baum zu fassen, und als sie sich aufrichtete, setzte die Vernunft wieder ein. Sie drehte sich um.

Marten war ihr hinterhergekommen, aber langsam, sodass ein recht großer Abstand zwischen ihnen war. Er lief irgendwie seltsam, als würden ihn seine Beine nicht mehr tragen. Es tat ihm weh, inzwischen war er ein erwachsener Mann, der wusste, was das bedeutete. Er wollte ihr genau wie damals helfen, das war klar. Aber genau das war das Problem.

Sie wartete, bis er bei ihr angekommen war. »Ich wollte es vergessen. Nur Anders und ich wussten davon, er war nicht mal mehr auf der Schule, und kurz danach ist er aus der Stadt verschwunden. Es war, als ob es nie passiert wäre. Wenn ich es jemandem erzählt hätte, wenn ich es dir erzählt hätte …« Sie brach ab.

Er schluckte. »Dann hätte ich dich all die Jahre angesehen wie jemand, der es wusste.«

Es erschütterte sie, dass er etwas so gut in Worte fassen konnte, das sie immer gedacht, aber nie wirklich ausgesprochen hatte, nicht mal in Gedanken.

»Ja«, gab sie zu. »Ich dachte, ich kann es so … wegmachen. Und das hat all die Jahre ja auch wunderbar funktioniert.«

»Bis du ihn wiedergesehen hast.«

Sie schluckte. »Die Erinnerungen sind hochgekommen, gleich bei unserem ersten Gespräch. Ich habe mein Bestes gegeben, aber …«

Er machte noch einen Schritt auf sie zu. Seine Nähe war ihr unangenehm, aber zurückzutreten kam nicht infrage.

»Du warst siebzehn. Lena, ist dir klar, dass du traum…«

»Ich will nicht weiter darüber reden«, unterbrach sie ihn. »Ich habe es dir gesagt, weil ich musste. Aber das war es. Ich sehe ein, dass es unprofessionell …«

Diesmal fiel er ihr ins Wort. »Ist gut. Dann fahr ins Revier. Ich bringe das Gespräch zu Ende, und dann reden wir. Oder wenn du nach Hause möchtest, fahre ich dich auch nach Västervik.«

Das Letzte, was sie wollte, war von Marten eine Stunde im Revier verhört zu werden, oder noch schlimmer, mit ihm im Auto eingesperrt nach Västervik zu fahren. Er meinte es gut, aber er verstand eben nicht, wie sie sich fühlte. Er hatte es nie richtig verstanden.

»Ist gut«, sagte sie. Er würde sie ohnehin nicht wieder zu Anders lassen, und sie wollte auch nicht. Sie wollte den wahren Mörder finden.

Kapitel 35

Marten

NACH dem aufwühlenden Gespräch mit Lena, das ihn sehr durcheinandergebracht hatte, ging Marten langsam zurück zum Haus und fragte sich, wie er mit Anders reden sollte. Alle Fragen, die ihm in den Sinn kamen, klangen so: Was hast du damals mit Lena gemacht? Was fällt dir ein, Lena auch nur anzusehen? Was bist du eigentlich für ein widerlicher Kerl, der alle Frauen um sich verletzen muss?

Er erreichte die Haustür und legte die Hand auf den Griff. Dieses Verhör musste er durchführen, er musste herausbekommen, ob Anders Jenny Boström und Anna Käll getötet hatte. Aber er fühlte sich wie in eine Parallelwelt versetzt, in der nichts real war und alles wie durch einen dumpfen Schleier zu ihm drang.

Warum hatte sie ihm nie davon erzählt?

Und wie konnte es sein, dass er all die Jahre keine Ahnung davon gehabt hatte?

Na ja, das stimmte ja nicht. Er hatte es geahnt, spätestens seit dem Verhör. Aber er hatte es sich nicht vorstellen können. Seine Lena. Die immer so stark gewesen war.

Hinter ihm röhrte ein Motor, dann wendete ein Auto und fuhr davon. Das war dann wohl Lena gewesen. Er drückte die Klinke hinunter und betrat das Haus.

Anders saß noch immer im Wohnzimmer und grinste ihm frech entgegen. »Na? Wie lief's?«

Marten winkte ab. »Meine Kollegin geht einer Spur nach. Ich möchte gern noch ein paar Fragen klären.«

»Worüber? Wie ich sie damals durchgenommen habe? Wart ihr zwei nicht auch mal verheiratet?«

Marten konnte nicht verhindern, dass ihm das Blut in den Kopf stieg. Er spürte die Hitze, und an Anders' Reaktion merkte er, dass er rot geworden war. Wie bitte hätte er das verhindern sollen?

Es kostete ihn alle Selbstbeherrschung, sich zusammenzunehmen, ja nicht einmal zu schlucken oder durchzuatmen. Er musste hier schnell zur Sache kommen und dann verschwinden.

»Anders Johannson, die Staatsanwaltschaft Jönköping ermittelt wegen Bestechung gegen dich, Thorbjörn Sundström hat ausgesagt, dass er mit deiner Hilfe Geld an Interessenten leitet. Eine weitere Untersuchung wegen Zuhälterei ist im Gange. Willst du auch noch wegen Mordes vor Gericht kommen? Momentan sieht nämlich alles danach aus.«

Anders lehnte sich gelangweilt zurück. »Das mit der Bestechung und der Zuhälterei sollen sie mir erst mal beweisen. Deswegen mach ich mir keine Sorgen. Und wegen Mordes schon gleich gar nicht.«

»Jenny Boström war deine Ex-Freundin, genauso wie Anna Käll. Du hast sie verlassen und misshandelt. Du hast sie an andere Männer verkauft. Dein Alibi ist nicht gerade wasserfest, um es höflich auszudrücken, und beide Opfer hatten Streit mit dir, bevor sie umgebracht wurden.«

»Fehlen immer noch die Mordwaffe und ein konkreter Nachweis, dass ich am Tatort war, oder wie man das sagt.«

»Anna Käll wurde erwürgt, eine sehr persönliche Tötungsart, die auf einen Streit hinweist. Sie lag nur wenige Stunden im Freien, noch dazu geschützt. Wenn der Mörder nicht gerade Handschuhe trug, werden wir zahlreiche Spuren finden.«

»Für die du immer noch ein DNS-Profil brauchst.« Anders grinste, während er einen Schluck Wein trank.

»Die Lage hat sich seit heute Vormittag geändert. Angesichts der aktuellen Beweislage …« Marten machte eine Pause. Wie konnte er Anders klarmachen, dass er sich hier nicht mehr herauswinden konnte? »Angesichts *deiner Verwicklung* in den Fall und der Tatsache, dass Anna Käll nicht erschlagen, sondern erwürgt wurde, wird der Staatsanwalt einen DNS-Abgleich anordnen, sollten wir auch nur eine einzige Hautzelle an ihr finden.«

Anders bemühte sich, eine gleichgültige Miene zu bewahren, was ihm nur halb gelang. »Anna war meine Freundin, natürlich wirst du Spuren von mir finden. Und mein Anwalt sagt, dass Jenny nicht vor Sonntagnachmittag in den Wald gekommen ist. Ich war da schon auf dem Weg nach Öland.«

»Mit Anna Käll als einziger Zeugin, die jetzt tot ist. Du merkst selbst, wie man diesen Fall auch dreht und wendet, du siehst immer wie der Schuldige aus.«

»Sie sind meine Königinnen«, sagte er nicht ohne Stolz in der Stimme, und Marten fragte sich, wie krank jemand sein musste, der sich austauschbare Freundinnen hielt, sie an Fremde verlieh und dann auch noch stolz war. »Ich würde ihnen nie etwas tun!«

»Was soll das heißen? Dass jeder ihrer Freier der Mörder sein könnte?« Marten zog einen Block heraus. »Na, dann fang mal an. Ich will alle wissen, mit denen sie zusammen waren.«

Anders sah ihn verächtlich an. Wenn er Namen aufschrieb, bekam Marten potenzielle Zeugen für die Zuhälterei, wenn nicht, machte er sich des Mordes verdächtig. Das war eine Falle, auf die er nicht hereinfiel. »Meine Königinnen können tun und lassen, was sie wollen. Ich kenne die nicht alle.«

»Mir reichen die, die du kennst.« Marten hielt noch immer den Block ausgestreckt.

»Du wirst mir hier keinen Mord anhängen«, sagte Anders. Inzwischen war er wütend. Er stellte das Glas ab und erhob sich. »Ich würde sagen, du gehst jetzt.«

Marten rührte sich nicht von der Stelle. »Sie waren deine Freundinnen. Irgendwas muss dir doch an ihnen liegen. Ich kann mir nicht vorstellen, dass du *so* ein Unmensch bist. Dass dir wirklich rein gar nichts daran liegt, dass deine *Königinnen* ermordet werden. Was, wenn es Ebba auch noch erwischt?«

Er erwartete halb, dass Anders etwas sagte wie: Na, dann such ich mir eben eine Neue, aber tatsächlich machte Anders auf einmal ein Gesicht, als sei ihm etwas eingefallen.

Er holte sein Telefon aus der Tasche und tippte darauf herum. »Ich war's nicht. Und da kannst du dir den Arsch absuchen, ich war die ganze Nacht im Klub, meine gesamte Belegschaft kann das bezeugen. Und jetzt raus!«

Irgendetwas klingelte bei dieser letzten Aussage, aber Marten konnte nicht sagen, was. »Was meinst du …«

»Ich meine, dass ich auch einen Polizeichef rauswerfen lassen kann. Und wenn es deine minderbemittelten Kollegen nicht hinkriegen, ich habe noch ein paar Aufpasser.«

Anders hatte nicht mal aufgesehen. Jetzt drehte er sich rum und verschwand Richtung Küche. Marten sah sich noch mal in dem protzigen Wohnzimmer um und ging dann. Es brachte ja nichts.

Draußen war es dunkel. Es war Abend geworden, während sie geredet hatten. Er rief Lena an, aber die ging nicht ans Telefon. In der Dunkelheit tastete er sich bis zu seinem Auto, dort blieb er einen Augenblick stehen und starrte in den sternenübersäten Himmel.

Wie zum Teufel hatte er all die Jahre übersehen können, was Lena passiert war?

Die Antwort war im Grunde einfach: Weil sie es bewusst vor ihm verborgen hatte. Er verstand nicht so recht, warum, warum sie ausgerechnet vor *ihm* geschwiegen hatte, wo er ihr doch hätte helfen können.

Doch, das hatte sie vorhin gesagt: Sie hatte seine Hilfe nicht gewollt. Und vielleicht wäre er auch nicht der Richtige gewesen, das konnte er heute nicht mehr sagen. Tatsache war, dass er damals siebzehn gewesen war, ein heißköpfiger junger Mann, schwer verliebt und leidenschaftlich, was seine Zukunft betraf. Er wäre wahrscheinlich zur Polizei gegangen, er hätte gewollt, dass dieser Mann bestraft wurde.

Verdammt, es war das Jahr gewesen, in dem sie beschlossen hatten, Polizisten zu werden. Natürlich wäre er zur Polizei gegangen.

Und genau das schien sie nicht gewollt zu haben.

Mit einem Mal dämmerte es ihm, und als er da draußen stand, vor der Villa eines Vergewaltigers und Ausbeuters, und in die Nacht starrte, kam ihm der Gedanke irgendwie surreal vor.

Sie wollte kein Opfer sein.

Wer wollte das schon? Aber wenn einem Gewalt angetan wurde, war man ein Opfer, und man musste lernen, damit zu leben. Das hatte Lena nicht getan, und mit einem Mal begann sich aus der Dunkelheit der letzten Jahre ein Muster abzuzeichnen, eine Struktur, etwas, was sie immer getan hatten und was ihre Ehe schließlich hatte scheitern lassen: Marten stürmte voran, und Lena schwieg. Er hatte die Ideen, und sie dachte zwar darüber nach, machte aber im Zweifelsfall ihr eigenes Ding.

Kapitel 36

Lena

LENA wusste nicht, wohin sie fahren sollte, also steuerte sie die 40 Richtung Västervik an, doch dann bog sie ab und fuhr Richtung Innenstadt. Sie parkte beim Revier und war schon auf dem Weg hinein, als sie sich umentschied. Sie ging die Kungsgatan runter bis zum Haus der Telefongesellschaft, und dort bog sie ab auf den kleinen unbeleuchteten Weg Richtung Källangspark.

Sie ging ein paar Schritte und begann sofort zu zittern. Rechts erhob sich das Gebäude aus rotem Backstein, links war ein Stück Wiese, eingebettet in Büsche und mehrere große Bäume. Dorthin musste er sie abgedrängt haben, denn es lag abgeschottet von der Straße und vom Nachbargrundstück. Sie erinnerte sich plötzlich an das Gefühl der Rinde im Rücken, wie sie sich in ihre Haut gebohrt hatte.

Warum hatte sie bis gerade eben noch geglaubt, dass sie gegen eine Wand gedrückt worden war? Jetzt, wo sie hier stand, war sie sich sicher, dass es der Baum gewesen war, sie erinnerte sich sogar an den Geruch des Grases und der nassen Blätter. Es war Herbst gewesen, einige Bäume hatten ihre Blätter schon verloren, auf den Wegen hatten Schichten aus nassem Laub gelegen. Wenn sie vom Regen nass waren, gaben sie der Stadt einen besonderen Geruch, den Duft des Herbstes.

Mit wackligen Knien ging sie weiter. Der Weg war leicht abschüssig, dann machte er einen Bogen. Der Källangspark lag tiefer, die Innenstadt war auf einem Hügel errichtet worden, drumherum alles voller feuchter Niederungen, die zum Teil erst in den Sechzigern trockengelegt worden waren. Der Källangspark war eine solche Kuhle, eine schlammige Senke, nach der Trockenlegung hatte man den Park angelegt, ein populärer Ausflugsort und Festplatz. Am Rande lagen ein paar Sportfelder, und da war sie damals rausgekommen, außer Atem und in Panik. Sie war den ganzen Weg gerannt, immer wieder nach hinten sehend, erfüllt von Entsetzen, Schmerz und Scham. Sie hatte sich gewünscht, dass jemand käme und ihr helfe, gleichzeitig hatte sie Angst gehabt, dass sie jemand so sehen würde.

Lena schwitzte, als sie unten ankam. Noch ein wenig weiter, und sie würde unkontrolliert zu zittern beginnen. Das hier war keine gute Idee gewesen.

Irgendwo knackte ein Ast.

Sie fuhr herum, versuchte, ihren keuchenden Atem unter Kontrolle zu bringen. Verdammt, so konnte sie nichts hören!

Sie hielt die Luft an und lauschte.

Nichts.

Weiteratmen! Sie ging ein paar Schritte, da hörte sie jemanden keuchen.

Das war hinter ihr gewesen. Schnell ging sie weiter, dabei hielt sie die Luft an.

Das waren eindeutig Schritte.

Jemand verfolgte sie.

War das Anders?

Wie war der so schnell hierhergekommen? Hatte Marten nicht noch mit ihm reden wollen?

Sie lief die letzten Meter bis zum Park hinunter, links lagen die Sportplätze, geradeaus offene Grasfläche, und rechts stand eine Bühne, wenn sie sich richtig erinnerte.

Lena sprintete bis zur Bühne und duckte sich dahinter weg. Sie schlich, so leise sie konnte, um das Betonfundament herum und spähte dann auf der Rückseite vorbei zu den Sportplätzen.

Der Weg nach oben lag im Halbdunkel, inzwischen war es dämmrig, und im Park gab es keine Laternen. Aber sie sah niemanden, auch nach ein paar Minuten erschien kein Mensch. Autos fuhren vorbei, der Wind rauschte in den Bäumen hinter ihr, und aus der Innenstadt drang ein lautstarkes Streitgespräch herüber. Ansonsten war nichts zu hören.

In ihrer Tasche summte das Telefon, und sie drückte den Anruf schnell weg.

Hatte er sie gehört?

Sie schlich weiter, spähte erneut um die Ecke, aber auch im Park war niemand zu sehen. Hier war es heller, weil die Fläche völlig offen war. Auf der anderen Seite stieg das Gelände wieder an, und dort standen Bäume und Büsche.

Entweder war er gar nicht runtergekommen, oder er versteckte sich, so wie sie.

Die weite Wiesenfläche des Parks lag im Dämmerlicht. Er konnte auf der anderen Seite der Bühne sein, dort, wo sie gerade langgeschlichen war, oder irgendwo in den Büschen. Auch hinter ihr, wo oben am Hang das Gemeindehaus der schwedischen Kirche lag, konnte er sein.

Wohin jetzt? Zurück ging es nicht, und egal, in welche Richtung sie den Park verließ, sie würde ihn danach komplett umrunden müssen, um zu ihrem Auto zurückzukommen.

Mit einem Mal kam ihr der Gedanke, dass sie Polizistin war und keine siebzehnjährige Schülerin, und sie hätte beinahe losgelacht. Die Starre löste sich, und sie konnte wieder atmen. Auch das Herzklopfen war nicht mehr so laut.

Die Therapeutin hatte recht gehabt. So etwas vergaß man nie. Es erschreckte sie, welche Macht es über sie hatte.

Sie richtete sich auf. »Polizei«, sagte sie laut. »Lena Wallin. Bitte zeigen Sie sich!«

Stille. Irgendwo weit entfernt fuhr ein Auto vorbei, ansonsten war nichts zu hören. Sie holte ihren Schlagstock heraus, und dann marschierte sie los, einfach quer über den Rasen. Wenn er sich irgendwo versteckt hatte, musste er hervorkommen, und sie würde ihn aus jeder Richtung kommen sehen.

Das Gras raschelte unter ihren Füßen, an einigen Stellen hatten sich Pfützen gebildet. Sie erreichte das Wasserbecken mit dem Springbrunnen, an dem sie langsam vorbeiging, und dann stand sie auf der Storgatan, die sie damals panisch zitternd überquert hatte. Von hier aus war es nicht weit bis zu Martens Eltern.

Sie drehte sich herum. Der Park lag verlassen da.

Er war ihr nicht gefolgt, oder sie hatte irgendwelche Geräusche falsch interpretiert. Im Dunkeln hörte sich alles gefährlich an.

Es wurde Zeit, dass sie zum Auto zurückkam. Es wurde Zeit, dass sie sich nicht mehr von dem beherrschen ließ, was Männer ihr angetan hatten.

Hätte sie es Marten erzählen sollen? Hätte sie ihm vertrauen sollen?

Wer konnte das von einer verletzten Siebzehnjährigen erwarten? Es war einfach immer so gewesen, dass sie die Stärkere von ihnen beiden gewesen war, diejenige, die ihre Gefühle besser im Griff hatte. Gefühle hatte ja jeder, aber mancher zeigte sie eben mehr als andere. Marten hatte ihr immer erklärt, dass Gefühle zu *zeigen* mit Menschen verband. So zog er sie an, indem er sich zeigte. Lena konnte das nicht, und sie hatte das immer für eine Stärke gehalten.

Was, wenn es tatsächlich eine Schwäche war?

Der Anruf war von Marten gewesen, und auf dem Weg zum Auto rief sie zurück, aber er ging nicht dran. Aus ihrer Sicht war Anders nicht der Richtige, sie hätte nicht sagen können, warum sie das glaubte, es war nur ein Bauchgefühl. Und Björn hatte gesagt, sie solle sich auf ihr Bauchgefühl und ihren Instinkt verlassen.

Wenn man Martens Überlegungen mal herumdrehte, dann stand nicht Anders selbst im Zentrum, sondern seine Firma. Die meisten Verbindungen hatten sich ja nicht durch Anders selbst ergeben, sondern durch seine Firma. Und der Nachtklub, das Brennglas aller Ereignisse, war Teil der Firma: Thorbjörn, Jon, Petter, Ebba, Anna, Jenny, alle waren im Klub gewesen.

Allerdings hatte es den Nachtklub im Frühjahr noch nicht gegeben. Was es aber schon gegeben hatte, war die Lagerhallen AB, deren Geschäfte er ja auch durchaus im Nachtklub verhandelte, siehe Thorbjörn. Und wenn man so jemand war wie Anders, dann setzte man seine Freundinnen vielleicht auch ein, um Geschäftspartner zu *überzeugen*.

Sie musste an Petter denken, der eindeutig in eine Falle gelaufen war. Die ihm niemand anderes als Anders gestellt hatte, mit einer seiner *Freundinnen*.

Was also war im Frühjahr vorgefallen?

Und auf einmal wusste sie, was der nächste Schritt sein musste.

Lena musste mit Ebba reden.

Ebba war ein weiteres Opfer von Anders, und wenn jemand in diesem Fall sie dazu bringen konnte, der Polizei zu vertrauen, dann Lena.

Sie holte ihr Telefon hervor und wählte, drückte aber nicht auf die grüne Taste. Wie sollte sie es angehen? Wie konnte sie Ebba überzeugen?

Was verband sie mit dem Opfer?

Lena fühlte in sich hinein und konnte die Wut spüren, die sie dort seit siebzehn Jahren verborgen hielt, die Wut darüber, dass ihr so etwas passiert war und dass sie sich nicht hatte wehren können.

An der Uni hatte sie gelernt, dass Vergewaltigungsopfer oft vor allem Scham empfanden, dass sie nicht darüber reden wollten, was ihnen passiert war. Dass sie sich selbst verantwortlich machten, weil sie die Tat provoziert und sich nicht gewehrt hatten.

Sie hatte das nie auf sich selbst bezogen.

Sie hatte sich all die Jahre geweigert, darüber zu sprechen, weil sie nicht über ihre Gefühle sprechen konnte, diese überwältigenden Gefühle von Hass und Wut, die bis heute in ihr aufkamen, wenn sie nur daran dachte. Sie hatte sich mehr für diese Gefühle geschämt als für alles andere. Sie ertappte sich bei der Frage, ob sie es hätte verhindern können. Hätte sie nicht auf der gut beleuchteten Straße bleiben können? Und dann, als es einmal passiert war, hätte sie sich da nicht früher wehren können?

Sie war doch stark.

Nein! Nein, es war nicht ihre Schuld. Aber diese Gefühle waren real, sie spukten in ihrem Kopf herum, und sie bekam sie nicht einfach los, indem sie sie ignorierte.

Lena drückte den Durchwahlknopf.

Wie musste es da erst jemandem wie Ebba gehen, die jahrelang misshandelt und in dem Glauben gehalten worden war, der Mann ihrer Träume werde sie schon noch irgendwann erhören?

»Hallo?«

»Ebba, hier ist Lena Wallin von der Polizei. Wie geht es Ihnen?«, fragte sie freundlich.

Eine Weile war es still. Dann sagte Ebba: »Geht so.«

Lena hatte auch immer gesagt, dass es ihr gut ging. Aber das war offensichtlich falsch gewesen. Sie hatte sich nach dem Erlebnis mit Anders nur danach gesehnt, dass alles wieder wie vorher wurde. Dass alles wieder normal wurde. Was sollte es da bringen, über Gefühle zu reden? Wenn sie Ebba zum Reden bringen wollte, dann nur auf eine Weise: indem sie ihr klarmachte, dass sie sie verstand.

»Wir sind ein wenig weitergekommen mit dem Fall. Anders Johannson wird wohl wegen Zuhälterei angeklagt werden.« Sie machte eine Pause, um zu hören, ob Ebba darauf reagierte, doch die sagte nichts. »Es besteht auch der starke Verdacht, dass er Jenny umgebracht hat. Und dann …« Wieder eine Pause, Ebba am anderen Ende gab ein Keuchen von sich. »Was ist?«, hakte Lena nach.

»Aber das war … Anna!«

»Anna hat Jenny umgebracht? Wie kommen Sie darauf?«

»Sie ist ihr hinterher, an dem Abend. Weil sie … weil Jenny …«

»Weil Jenny was?«

Ebba sagte nichts.

»Okay, also Anna ist ihr hinterhergelaufen. Was ist dann passiert?«

»Sie haben sich gestritten, man konnte es bis hier hoch hören. Und dann war plötzlich Stille, und Anna ist wiedergekommen und hat gesagt, Jenny ist weg. Anna hat ihr Zeug gepackt und ist gegangen.«

»Wohin?«

»Hat gesagt, zu ihren Eltern, aber ich glaube, sie war bei Anders.«

»Und Jenny?«

»Ich bin runter, aber da war niemand. Aber ihr Handy lag da vor dem Haus. Sie hätte nie ihr Handy zurückgelassen.«

Also glaubte Ebba, dass Anna Jenny umgebracht hatte, unten vor dem Haus?

»Wie viel Zeit ist vergangen zwischen dem Moment, als Jenny weggelaufen ist, und Anna wieder oben war?«

Ebba schwieg einen Moment, dann sagte sie: »Keine Ahnung, zehn Minuten vielleicht?«

»Wo stand Annas Auto?«

Sie beschrieb eine Stelle ein Stück die Straße runter, um Mitternacht war die Straße vollgeparkt gewesen. »Wie viel Zeit ist vergangen, nachdem es plötzlich still wurde und Anna wieder in Ihrer Wohnung war?«

»Hmm … Moment … nicht viel. Ein paar Minuten vielleicht.«

»Jenny wog achtundfünfzig Kilo. Für einen Menschen klingt das wenig, aber wenn man es tragen muss, ist es ziemlich schwer. Anna war groß, sie hätte es vielleicht geschafft, sie hochzuheben, aber um sie in ihr Auto zu bringen, hätte sie mehr als ein paar Minuten gebraucht.«

Es war nicht zu sagen, was Ebba dachte, weil Lena sie nicht sehen konnte. Aber sie hörte sie atmen, sie hatte das Telefon ganz fest ans Ohr gepresst. »Aber wer war es dann?«, fragte Ebba schließlich. Sie klang atemlos.

»Sie haben also die ganze Zeit geglaubt, dass es Anna war?«

Ebba bejahte. »Und Anders auch? Glaubt er auch, dass es Anna war?«

»Ich denke schon. Ich habe es ihm gesagt, und er ist dann zu ihr, um mit ihr zu reden.«

»Und hat sie deswegen verlassen?«

»Ich glaube schon.«

Normale Menschen gingen zur Polizei, wenn sie etwas über einen Mord erfuhren. Oder sie versuchten dem Täter zu helfen, die Tat zu vertuschen. Was war denn das für eine verdrehte Logik, eine potenzielle Mörderin einfach fallen zu lassen, allein, dass Ebba so etwas glaubte, sagte ja schon alles über Anders. »Ebba, Anna Käll wurde heute tot aufgefunden. Bei der Polizei glaubt man, dass Anders auch sie umgebracht hat.«

»Nein«, sagte Ebba. »Nein, nein, nein.«

»Nein, Anders hat es nicht getan?«

»Er würde doch nie … Er würde doch nicht …«

»Was haben Sie gestern Abend zwischen neunzehn und zweiundzwanzig Uhr gemacht?«

»Ich war bei Anders. In seiner Wohnung.«

»Die ganze Zeit?«

»Ja, wir haben Abendbrot gegessen und dann …«

»Sie hatten Sex?«

Das war kein Thema für eine Telefonbefragung, aber bevor Lena bereuen konnte, dass sie nicht gleich zu Ebba gefahren war, hörte sie ein Schluchzen.

Zum ersten Mal, seit all das begonnen hatte, zeigte Ebba Emotionen. »Es tut mir sehr leid, dass Ihnen das passiert ist. Es ist, als gehöre man ihm, nicht wahr? Als könnte er alles mit einem machen, weil er ja das Recht dazu habe.«

Ebba schniefte. »Ich … ich wollte ja bei ihm sein. Die anderen haben immer gesagt, wie toll es ist, wenn er sie endlich aussucht. Aber … aber …«

»Es war nicht toll?«

»Ich konnte mich nicht rühren. Ich lag da, und er hat …« Sie brach wieder ab.

Lena wollte gar nicht wissen, was er gemacht hatte. »Dieses Gefühl, sich nicht wehren zu können, nichts dagegen tun zu können, das hatte ich damals auch. Er macht das schon eine Weile.«

Sie ließ die Worte wirken. »Er nimmt sich das Recht, wissen Sie? Er darf das nicht, aber er macht es. Und dann gibt man einfach nach, denn was kann man schon tun?«

Ebba nickte wieder, dann kamen die Tränen.

Ebba schluchzte ins Telefon, Lena konnte es hören, sie versuchte nicht mal, sich zusammenzureißen. Dieses Mädchen brauchte dringend eine Therapie. Lena wusste, wie man sich wehrte, sie hatte es im Grunde auch schon damals gewusst, nur hatte es ein bisschen gedauert. Zu lange für ihren Geschmack, aber diese Frau hier hatte keine Ahnung, was sie gegen einen Mann wie Anders tun sollte.

Es war ein bisschen hart, jetzt diese Frage zu stellen, aber sie musste. Da draußen ermordete irgendjemand Frauen, und nach Lenas Einschätzung würde er auch nicht damit aufhören. »Ist das der Grund, warum Jenny weggegangen ist? Weil Anders sie auch vergewaltigt hat?«

Bei dem Wort »vergewaltigt« hörte Ebba auf zu schluchzen. Ihre Stimme klang verweint, aber sie redete klar und deutlich. Es war, als hätte die Dinge beim Namen zu nennen etwas bei ihr gelöst. »Nein«, sagte sie. »Jenny ist wegen uns weggegangen. Wegen mir und Anna.«

»Was haben Sie getan?«

»Deswegen haben sie sich auch gestritten, in dieser Nacht«, redete sie weiter, als ob Lena nichts gesagt hätte. »Sie wollte zur Polizei gehen. Jenny wollte zur Polizei gehen, verstehen Sie? Sie wollte uns anklagen, wegen dem, was wir im Frühjahr gemacht haben. Dabei haben wir es doch nur für Anders getan.«

Kapitel 37

Marten

ALS Marten sein Büro aufschloss, klingelte sein Telefon. Er zog es aus der Tasche und atmete erleichtert auf, als er Lenas Namen sah. »Wo warst du?«

»Ich habe mit Ebba geredet. Hör zu, sie sagt, sie und die beiden anderen Mädchen haben im Frühjahr einen von Anders' Angestellten fertiggemacht.«

»Fertiggemacht?«, brachte Marten mühsam heraus.

»Anders wollte, dass sie ihn bestrafen. Wofür, wusste sie nicht, aber er hat ihnen gesagt, sie sollen so tun, als wollten sie mit ihm schlafen, und wenn sie ihn dann haben, könnten sie machen, was sie wollen.«

Das klang überhaupt nicht gut. »Und was haben sie gemacht?«

»Sie hat gesagt, sie wollten ihn eigentlich nur ein bisschen verspotten, aber es ist ausgeartet. Sie war etwas sparsam mit den Details, aber es klang nach psychischer Folter. Warte, Moment …« Es raschelte, offenbar holte sie ihren Notizblock heraus. »… ›Es war, als ob mal nicht wir diejenigen waren, die nie bekamen, was sie wollten.‹ Ein Mann, der zu einer Prostituierten geht und dann von ihr gefoltert wird?«

»Und Jenny war auch dabei?«

»Sie war da, aber sie wollte nicht so richtig mitmachen. Anna hat ihr das später vorgeworfen, dass sie sich zu wichtig nähme, als Anders' Freundin, und dass sie eines Tages schon merken würde, wie das ist, wenn man immer nur wartet. Daraufhin ist Jenny weggegangen.«

»Und wer war der Mann?«

»Das wusste sie nicht. Nur, dass es einer von Anders' Angestellten war. Oder jemand, der für ihn arbeitet.«

Wieder klingelte etwas in seinem Hirn, und endlich begriff Marten. »Ja!«, rief er laut, und Kajsa, die gerade die Treppen runterkam, sah ihn verwundert an.

»Was ja?«, fragte Lena.

»Anders hat gesagt – also vorhin, als ich noch mal mit ihm gesprochen habe –, dass alle seine Angestellten im Klub gewesen wären. Ich bin bis gerade eben nicht drauf gekommen, aber hatte nicht jemand von der Belegschaft ausgesagt, dass er nicht da gewesen war?«

»Cecilia. Und dieser Handwerker«, sagte Lena.

Er bewunderte ihr Gedächtnis, sagte aber nichts. »Exakt. Und hat nicht Thorbjörn gesagt, dass er einen Handwerker dabei hatte, als er am Sonntag in der Gegend war?«

»Such die Bilder raus, ich hole Ebba und komme ins Revier«, sagte sie und legte auf.

Marten grinste. Dann setzte er sich an seinen Schreibtisch und rief Thorbjörn an.

»Diesmal bist du zu weit …«, begann Thorbjörn, doch Marten unterbrach ihn schnell. »Der Handwerker, der am Sonntag mit dir und deiner Tochter im Wald war, der für Anders arbeitet und das Gebäude begutachten sollte? Wie hieß der?«

»Äh … warum willst du das wissen?«

»Warum willst du die Polizei an ihrer Arbeit hindern?«

»Wenn sie ihre Arbeit nur mal richtig machen würde.«

»Was, wenn sich rausstellt, dass ich den Mörder zu spät gefunden habe, weil du mir nicht geholfen hast? Hat deine Firma nicht genügend Schaden genommen?«

Thorbjörn atmete tief durch, ob vor Frust oder Wut, konnte Marten nicht sagen. »Kjell. Er hieß Kjell. Keine Ahnung, wie der Nachname ist.«

»Kannst du ihn beschreiben?«

»Gepflegt, um die fünfzig, lockiges Haar.«

»Kleidung?«

»Arbeitskleidung. Frag mich nicht nach Details.«

»Kennst du ihn näher?«, fragte Marten.

»Das ist Anders' Mann für alles. Bisschen konfus manchmal, aber er versteht was von seinem Handwerk.«

»Was heißt konfus?«

»Er verliert leicht den Fokus, steht dann rum und starrt in die Gegend, als träume er von einer besseren Zukunft oder so.«

»Und Agata? Wie hat er sich Agata gegenüber verhalten?«

Thorbjörn atmete scharf ein. »Ich habe ihm gesagt, er soll woanders hingucken«, sagte er gepresst, »und danach war Ruhe. Nicht, dass es dich was angeht, wer meine Tochter anguckt. Und ab jetzt möchte ich, dass du meine Familie und mich in Ruhe lässt. Falls die Polizei noch Fragen hat, kann sie sich gern an meinen Anwalt wenden.«

Damit legte er auf.

Aber Marten hatte alles, was er brauchte. Er rief Teresa und Sigge runter und erklärte ihnen alles. »Dieser Kjell, der für Anders arbeitet, haben wir über den was in der Datenbank?«, fragte er.

Beide fingen an zu suchen: Sigge im Firmenregister, Teresa in den Daten der Steuerbehörde. Sie brauchten nur wenige Minuten, bis Marten auf einem Bild den Handwerker wiedererkannte, mit dem er und Lena letzte Woche geredet hatten. Er hieß Kjell Svensson, war Kfz-Mechaniker und wohnte in Djurstorp, zusammen mit seinem Vater.

»Checkt ihn durch. Und ich will eine Anfrage an öffentliche Kameras und Privataufnahmen. Jetzt, wo wir einen Verdächtigen haben, können wir sie einfordern. Vom Nachtklub, der

Industrigatan, aber auch vor Ebbas Wohnung. Er kann sie ja erst nach dem Streit mit Anna umgebracht haben. Sie war zu Fuß unterwegs, irgendwo muss sie ja langgegangen sein.«

»Das wird schwierig«, sagte Sigge. »Aber ich kann jemanden darauf ansetzen.«

»Nehmen wir mal an, sie haben sich irgendwo getroffen, er bringt sie im Laufe der Nacht um und lagert sie dann irgendwo in einem Raum mit einem Teppich. Am Vormittag ist er mit Thorbjörn bei der Amaliengrotte, wo der seiner Tochter von der alten Legende erzählt. Er kehrt also zurück und schafft sie am Nachmittag oder in der Nacht in die Grotte.«

Teresa sah von ihrem Computer auf. »Kjell Svensson besitzt einen gelben Toyota Hilux, wie er am frühen Montagmorgen in der Gegend gesehen wurde.«

»Also dann in der Nacht«, sagte Marten zufrieden, dass sich die Dinge zu fügen begannen.

»Aber warum gerade zur Amaliengrotte?«, wollte Teresa wissen.

»Weil es eine Liebesgrotte ist«, erwiderte Sigge. »Er wollte Sex mit den Opfern, sie haben sich ihm verweigert, obwohl er dafür gezahlt hat. Und dann bringt er sie um und drapiert sie wie Huren. Eine verdrehte Form von Bestrafung würde ich sagen.«

»Bei Jenny muss irgendwas schiefgegangen sein, er hat es nicht bis zur Grotte geschafft und sie im Wald liegen gelassen«, fügte Marten hinzu.

»Vermutlich die Wildschweine«, sagte Teresa.

Klack, klack, klack machten die Steinchen.

Marten atmete tief durch. »Lena hatte also recht, er wollte, dass sie gefunden werden. Wir müssen Ebba …«

Sein Telefon klingelte. »Ja?«

»Ich bin's, Lena«, kam es atemlos aus dem Hörer. »Ich bin unterwegs zum Försjön.«

»Was?« Marten stellte das Telefon auf laut und merkte dann, dass sie schon weitergesprochen hatte. »… und ich habe ihn noch gesehen, aber inzwischen ist er verschwunden. Es gibt zwei Routen, ich nehme …«

»Lena«, unterbrach er sie. »Wir haben nicht alles gehört. Wo bist du?«

»Was? Ach, egal. Sagte ich doch, auf dem Weg zum Försjön.«

»Aber warum?«

Sie stöhnte. »Moment.« Er hörte das Auto scharf abbiegen. »Ich war auf dem Weg zu Ebba. Da ist sie plötzlich auf der Straße aufgetaucht, und jemand hat sie in ein Auto gezerrt. In einen gelben Toyota.« Teresa atmete scharf ein, und auch Marten spürte, wie ihm das Adrenalin durch den Körper schoss. »Bis ich am Auto war, war er verschwunden. Du musst das Auto zur Fahndung ausschreiben. Das Kennzeichen ist BG Strich 5478.«

Teresa nickte, und Marten gab Sigge ein Zeichen, der ins Büro nebenan ging und nach dem Telefonhörer griff. »Wie sah der Entführer aus?«

»Arbeitshose, blaue Regenjacke. Mehr habe ich nicht erkannt. Aber ich habe ihn schon mal gesehen, als wir das erste Mal bei Ebba waren. Er hat das Haus beobachtet. Und findest du es nicht ein bisschen seltsam, dass Ebba ausgerechnet jetzt entführt wird, nachdem sie mir den entscheidenden Hinweis gegeben hat?«

»Sigge telefoniert gerade mit der Meldestelle.«

»Habt ihr jetzt rausgekriegt, wer es ist?«, fragte sie atemlos.

Er schilderte ihr kurz, was sie bisher über Kjell Svensson wussten.

Teresa ihm gegenüber zischte. »Es gibt eine Anzeige wegen sexueller Nötigung, aus der zwar nichts geworden ist. Aber seine Abdrücke sind im System.«

»DNS-Profil?«, fragte Lena.

»Nein. Aber mit den Beweisen von Anna Käll könnten wir eine Probe nehmen und sie mit dem Blut unter Jennys Nägeln vergleichen«, sagte Marten. »Warte.«

Er rief in Linköping an und fragte nach Fingerabdrücken. »Die Leiche ist da, aber wir wollten gerade Feierabend machen.«

»Wir haben hier ein mögliches weiteres Opfer. Es eilt.«

»Okay, ich melde mich, sobald ich kann.«

Marten beendete das Gespräch und wechselte zu Lena: »Woher willst du wissen, dass er mit ihr zum Försjön fährt?«

»Weil wir da beide Opfer gefunden haben?«

»Aber Jenny wurde nicht am Försjön umgebracht. Sie hat auf einem Teppich gelegen«, wandte Teresa ein.

»Kann auch ein Autoteppich gewesen sein. Im Kofferraum. Dieser Toyota hatte eine große Ladefläche.«

»Mit Abdeckung? Da sind normalerweise solche Outdoorteppiche drin«, meinte Teresa. »Die sind ziemlich fest.«

»Und verursachen Abdrücke«, rief Lena durchs Telefon.

»Du meinst, er hatte sie dabei, als er mit Thorbjörn und Agata draußen war?« Marten verspürte eine gewisse Übelkeit.

»Hoffen wir, dass er Ebba wie Anna erst in der Grotte umbringen will. Ansonsten verlieren wir sie.«

»Was ist mit seiner Wohnung?«, fragte Teresa. »Er wohnt ziemlich abgelegen. Djurstorp 102 ist ein Waldgrundstück, das nächste bewohnte Haus liegt fünf Kilometer entfernt.«

»Du musst nach Djurstorp fahren, Marten!«

Marten biss die Zähne zusammen. Lena allein auf Mörderjagd war nun das absolute Gegenteil davon, wie er sich das Ende des Falls vorgestellt hatte. Und was sollte er Tove erzählen?

»Ich schicke dir Sigge hinterher, Lena. Unternimm nichts, bevor er nicht da ist. Ja? Teresa und ich fahren nach Djurstorp. Informationen und Entwarnung übers Telefon, keine Anrufe. Alles klar?«

»Ja«, sagte Lena. Dann legte sie auf.

Kapitel 38

Lena

Es gab zwei Routen von Vimmerby bis zur Amaliengrotte, eine über den Gamla Ekjövägen, den sie und Marten vor zwei Stunden genommen hatten, und den über die 40. Die Straße war gut ausgebaut und teilweise zweispurig, aber auch kurvig und schlecht einsehbar.

Trotzdem raste Lena durch die Dunkelheit. Sie hatte eine Sirene aufgesetzt, der Wald zog dicht und dunkel an ihr vorbei, nur erhellt von ihren Autoscheinwerfern. In Hörweite des Försjön schaltete sie die Sirene aus und bog dann von der 40 auf den Weg nach Björnebro ab. Die Straße war hier noch asphaltiert, links und rechts lag Wald, durchsetzt mit Steinbrocken.

Sie fuhr, so schnell sie konnte, was in der Dunkelheit nicht allzu viel war. Schließlich wollte sie nicht mit einem Elch kollidieren, bei Nacht sah man die schlecht, und Elchunfälle konnten dumm ausgehen.

Sie kam an dem Grundstück vorbei, das Thorbjörn sich an jenem Wochenende angesehen hatte. Dahinter lag wieder Wald. Die Strecke kam ihr endlos vor, vom Spähen in die Dunkelheit taten ihr die Augen weh.

Dann sah sie endlich das erste Haus von Björnebro, ein rot getünchtes Einfamilienhaus. Dann ein Bauernhof, die Brücke über den Stangån und schließlich die Abzweigung zum Försjön.

Sie bremste, bog ab und rumpelte die unbefestigte Straße entlang. Von hier war es nicht mehr weit bis zum Försjön, also beschleunigte sie wieder. Rechts kam wieder Wald, links vom Stangån lagen entwässerte Auen. Der Himmel war zu sehen, und über den Gräsern schimmerte Bodennebel.

Ihr Auto schlingerte, beinahe wäre sie in einem Schlammloch stecken geblieben. Sie fuhr etwas langsamer und erreichte wenig später die nächste Brücke, der Stangån machte hier mehrere Schleifen.

Der See war nicht mehr weit.

Vorsichtig und sehr viel langsamer fuhr sie weiter, bis sie die glänzende Fläche des Sees durch die Bäume erkennen konnte.

Sie hielt an, schaltete das Licht aus und fuhr langsam weiter. Draußen war es stockdunkel, nur das Licht der Sterne ermöglichte es, ein paar Umrisse zu erkennen, und das auch nur hier am See, wo keine Bäume standen.

Sie rollte auf den Rastplatz zu, erkannte die Holzhütte und den Steg. Rechts davon lag der Parkplatz.

Sie fuhr langsam daran vorbei. Soweit sie sehen konnte, war er leer.

Dahinter machte der Weg eine Kurve. Sie folgte ihr, parkte das Auto dann zwischen den Bäumen und stieg aus.

Die Nachtluft ließ sie frösteln. Sie packte die Taschenlampe ein und marschierte zurück zum Rastplatz.

Sie hatte sich an das schwache Licht gewöhnt und konnte das meiste sehen. Der Parkplatz war noch immer leer. Wo war er? Seit der Entführung waren mehr als zwanzig Minuten vergangen, er hätte längst hier sein müssen.

Sie ging zum See runter, am Ufer lauschte sie in die Dunkelheit. Der See schimmerte ganz leicht im Sternenlicht, der Wind rauschte in den Baumspitzen. Irgendwo draußen platschte es. Die Geräusche der Natur hätten sie beruhigen sollen, taten es aber nicht.

Was, wenn Ebba gerade zur Amaliengrotte geschleift wurde? Das hätte sie doch hören müssen, oder nicht?

Sie ging zur Holzhütte, einer Wandererunterkunft, in der man seinen Schlafsack ausbreiten konnte. Dahinter war Holz gestapelt für den Grillplatz.

Nichts. Die Gegend war ruhig und still. Hatte sie sich geirrt?

Was, wenn Ebba da draußen um ihr Leben kämpfte?

Sie sah auf ihr Handy, aber da war nichts. Marten war sicher auch gerade erst angekommen, da konnte er noch keine Entwarnung geben. Sie öffnete den Messenger und schrieb: »Am Parkplatz keine Sichtung. Gehe jetzt im Wald checken.«

Sie drückte auf »Senden« und steckte das Telefon in ihre Tasche. Er würde sicher nicht begeistert sein, wenn er es las.

Dann marschierte sie in den Wald hinein. Der Wanderweg führte kaum sichtbar am Seeufer entlang, der Untergrund war bewachsen und hügelig, aber sie konnte genug sehen. Der See lag direkt neben ihr, der Wald zu ihrer Linken war dicht und dunkel, aber sie blieb regelmäßig stehen und lauschte.

Nichts.

Sie kam an eine matschige Stelle, schaltete die Taschenlampe ein und leuchtete auf den Boden. Es war Sand, das Ufer lag hier offen, und Blätter, Zweige und Seegras wurden angeschwemmt. Abdrücke sah sie keine.

Wieder lauschte sie in die Dunkelheit, aber es war nichts zu hören, auch aus dem Wald nicht. Die Amaliengrotte war nicht fern, wenn jemand dort gewesen wäre, das hätte sie doch gehört, oder nicht?

Sie schaltete die Taschenlampe wieder aus und lief weiter. Nach zehn Minuten hatte sie den See hinter sich gelassen und auch die Stelle, wo Jenny gefunden worden war. Um Lena wuchsen jetzt Bäume in die Höhe. Hier begann der Kiefernwald.

Erneut blieb sie stehen und lauschte. Nichts, auch keine Wildschweine. Sie musste an ihre Flucht im Källangspark denken. War jemand dort gewesen und hatte sie aus dem Dunkel heraus beobachtet? Hatte derjenige dann gehört, was sie mit Ebba besprochen hatte?

Sie ging weiter, aber verlor auf dem Waldboden das Gleichgewicht und wäre beinahe gestürzt. Im letzten Moment bekam sie einen Zweig zu fassen und schaffte es, sich wieder auf beide Füße zu stellen.

Verdammt! Hier war der Boden schlammig und voller Löcher, und sie sah fast gar nichts mehr.

Sie würde die Taschenlampe nutzen müssen.

Mit dem Schein der Lampe war es einfacher. Bald hörte sie den Bach plätschern, der den See mit dem Stangån verband. Sie erreichte die Stelle, ein Absperrband flatterte in der Dunkelheit. Sie sprang über das Wasser und blieb vor den großen Steinen stehen.

Nur die untersten, drei Meter hohen Brocken waren im Licht der Taschenlampe zu sehen, darüber stapelten sich weitere, teilweise ineinander verkeilt. Nach oben verloren sie sich im Dunkeln.

Wie sollte sie hier etwas finden?

Der Hang des Korpeberget war hundert Meter lang und selbst bei Tageslicht unübersichtlich. Zwischen den Steinen konnte man sich an tausend Stellen verstecken.

Sie lauschte wieder.

War das ein Weinen gewesen?

Kapitel 39

Marten

DJURSTORP 102 lag verborgen im Wald hinter einer Kurve. Die Straße bestand hier nur noch aus Schotter, und der Wald war teilweise so nahe an die Ränder herangewachsen, dass die Baumspitzen das Autodach streiften. Im Dunkeln war das beängstigend, weil man ständig das Gefühl hatte, irgendetwas erwischt zu haben.

Dann piepte das Navi, sie hatten den Hof erreicht. Marten lenkte die Autoscheinwerfer zur Straßenseite, und tatsächlich, da war eine Hofeinfahrt. Die Bäume standen dicht, aber nicht bis zum Straßenrand, und der Boden hatte zwei längliche Rillen wie von regelmäßiger Befahrung.

Er parkte, stieg aus und ging die Einfahrt hoch, Teresa an seiner Seite, den Schlagstock bereit. Lichter waren nicht zu erkennen, hier unter den Bäumen war es stockdunkel. Nur unbewohnte Häuser waren unbeleuchtet, aber sie mussten es trotzdem überprüfen.

Marten knipste die Taschenlampe an und lief vorweg, er hörte Teresa hinter sich ebenfalls eine Beleuchtung einschalten.

Es ging um eine Kurve, dann traten sie plötzlich unter den Bäumen hervor, links eine Scheune, und der Strahl der Taschenlampe wanderte über ein Auto, noch eins, dann etwas, das wie ein Stapel Paletten aussah, danach Autoreifen und erneut ein Wagen. Auf der rechten Seite stand ein kleines Haus, die Fenster unbeleuchtet.

»Wohnt hier überhaupt jemand?«, fragte Marten. Bewohnte Häuser hatten Lampen, in den Fenstern und über den Türen, Garageneinfahrten waren beleuchtet und so weiter.

»Es riecht nach Rauch«, sagte Teresa leise.

»Ja, aber woher kommt das? Die Häuser sind unbewohnt.«

Teresas Lichtstrahl zeigte auf die Autos. »Dahinter vielleicht? Wenn es ein alter Hof ist, muss es noch ein Haupthaus geben.«

»Okay. Ich links, du rechts.«

Er ging im Bogen um die Autos herum, erkannte einen alten Volvo und etwas, das wie die Ruine eines Ladas aussah, dann folgten zwei VWs. Dazwischen wuchs Gras, und Müllhaufen versperrten ihm bald die Sicht auf das kleine Haus und damit auch auf Teresa.

Hier schlachtete jemand Autos aus. Kjell war Kfz-Mechaniker, aber auf die Adresse war keine Werkstatt gemeldet.

Er erreichte das Ende des Müllbergs und sah ein schwach erleuchtetes Fenster. Es lag direkt vor ihm. Teresa hatte also recht, es gab noch ein Haupthaus. Er leuchtete in ihre Richtung, und da kam sie auch schon angelaufen.

»Gelber Toyota?«, fragte er.

Sie schüttelte den Kopf. »Könnte aber auch woanders geparkt sein. Die hier sind ja offenbar nicht mehr fahrtüchtig.«

»Was ist mit dem Nebenhaus?«

»Habe reingesehen, da ist niemand.«

»Okay, dann schauen wir mal, ob hier jemand ist.«

Sie gingen zum Hauptgebäude. Aus der Nähe erkannte Marten vergilbte Vorhänge, aufgequollene Bretter und abblätternde Farbe. Die Fenster sahen alt und nicht besonders dicht aus.

Er schnupperte. Der Rauchgeruch war stärker, der Schornstein war im Dunkeln nicht zu sehen, aber dieses Haus musste sicher auch schon im Oktober geheizt werden. Gerührt hatte sich bisher nichts. Der Wald lag still da, und es waren weder Stimmen noch andere Geräusche zu hören.

Marten stieg die zwei Stufen zur Haustür hoch, während Teresa den Hintereingang checkte. Der Vorbau lag voller Müll. Eine Klingel gab es nicht, also klopfte er.

Eine Weile passierte gar nichts, daher pochte er noch mal, diesmal etwas forscher. Da regte es sich hinter der Tür. »Ja doch, ich komme«, brummte jemand.

Ein alter Mann öffnete die Tür, das musste Kjell Svenssons Vater sein. Sein Gesicht war zerfurcht, er trug einen Arbeitsoverall, der aber sauber war. Aus dem Inneren des Hauses kam eine Wolke Rauch- und Holzgeruch.

Der Mann wischte sich die Hände an der Hose ab. »Ich mache gerade Feuer. Was gibt es denn?«

Er ging leicht gebeugt, als habe er Rückenschmerzen. Über den zusammengekniffenen Augen lagen buschige Brauen, und das Haar war dicht und weiß.

»Marten Henriksson, Polizei Vimmerby. Mit wem spreche ich?«

»Ole Svensson. Was wollen Sie?«

»Ich suche nach Kjell Svensson. Wohnt er hier?«

Ole verzog das Gesicht, fast schon angeekelt, und schüttelte den Kopf.

»Was heißt das? Er wohnt nicht hier?«, fragte Marten, dem das Herz in die Hose gerutscht war. Kjell war hier gemeldet, wenn er woanders wohnte, würden sie ihn nicht finden.

»Doch, doch. Da drüben.« Der alte Mann deutete auf das kleinere Haus. »Ist aber nicht da. Ist nie da, der Herr Sohnemann.« Er lachte abfällig.

»Wann haben Sie ihn zuletzt gesehen?«

»Vor ein paar Wochen. Stimmte was mit dem Strom nicht. Wegen irgendwas jammert er immer, weil er allein nichts hinkriegt.« Er sah Marten abschätzend an, dann wollte er ins Haus zurück.

»Moment. Und seitdem war er nicht mehr hier?«

Der Alte wandte den Kopf. »Weiß ich doch nicht, was der macht. Wichtig kann es nicht sein, dieser Versager.«

»Wem gehören die Autos?«, fragte Marten. Der Mann stieß ihn ab, vor allem die Art, wie er über seinen Sohn redete.

»Mir nicht. Was soll ich mit all dem Müll?« Das Lachen schüttelte ihn, dann gab er der Tür mit dem Fuß einen Stoß, und sie knallte Marten vor der Nase zu.

»Was zum …«

»Hinten ist nichts. Die Tür ist abgeschlossen«, sagte Teresa neben ihm, und Marten schrak zusammen.

Er musste an Lena denken, die allein am Försjön war. Wenn Kjell nicht hier war, dann war sie in Gefahr.

»Verdammt! Wir müssen zum Försjön.«

»Sie hat eine Nachricht geschickt«, sagte Teresa. »Am Parkplatz ist niemand. Sie geht in den Wald.«

»Ist Sigge schon da?«

»Steht da nicht.«

»Verdammt, verdammt, verdammt!«

Wo war Kjell Svensson? Hier nicht, am Försjön auch nicht. Er hatte eine Werkstatt in Vimmerby, aber da würde er kaum sein Opfer hinbringen. Wohin also dann?

»Was ist mit dem Wanderweg?«, fragte Teresa plötzlich. »Was, wenn er von oben kommt?«

Man konnte den Korpeberget auch von oben erreichen, von der anderen Seite. »Dafür muss er ein ganzes Stück durch den Wald.«

»Wenn sie noch lebt, kein Problem. Und es würde erklären, warum Lena nichts bemerkt hat, durch den Wald braucht er einfach länger.«

Und Lena läuft ihm direkt in die Arme.

Was, wenn Sigge noch nicht angekommen war? Was, wenn Lena nicht an den anderen Zugang dachte?

Mit einem Mal überschwemmte ihn eine Woge aus Angst.

Kapitel 40

Lena

LENA drehte sich, die Lampe in der Hand, langsam im Kreis. Der Lichtstrahl fuhr über Felsen, Bäume, den Bach – und ein Gesicht.

Lena schrie, etwas knackte laut, dann traf sie etwas Hartes am Oberarm.

Die Taschenlampe entglitt ihrer Hand und segelte in weitem Bogen von ihr weg. Sie warf sich zur Seite, doch diesmal traf sie etwas von hinten, ein fürchterlicher Schlag auf Schultern und Rücken, der sie für einen Augenblick lähmte.

Die Welt drehte sich, Lena konnte nichts sehen. Jemand hatte sie gepackt, etwas schrammte ihren Rücken entlang. Der Schmerz war unbeschreiblich.

Als die Welt wieder stillstand, lag sie flach auf dem Boden, jemand beugte sich über sie. Ein Mann.

»Du verdammte Hure!«, brüllte er, und Speichel flog ihr ins Gesicht. »Ich tu mein Bestes, und was krieg ich dafür? Ihr seid doch alle gleich!«

Dann ließ er sich schwer auf sie fallen, legte ihr die Hände um den Hals und drückte zu.

Lena wollte etwas sagen, aber sie bekam keine Luft mehr. Sie schlug um sich, doch er thronte auf ihr wie ein tonnenschwerer Stein. In ihrem Kopf begann es zu summen.

Das Summen wurde immer lauter, gleichzeitig schien die Welt immer weiter wegzurücken. Lena fühlte sich wie weggebeamt, und sie wollte nur noch nachgeben. *Schlafen wäre jetzt nicht schlecht*, dachte sie.

Du stirbst!, schrie eine Stimme, so laut und schrill, dass sie wieder zu sich kam. Sie bäumte sich auf, aber das brachte nichts, das Gewicht auf ihr war riesig und der Druck auf ihren Hals nicht auszuhalten. Sie wollte Luft, sie wollte nur noch Luft.

Mit letzter Kraft riss sie die Hände hoch, packte seine Handgelenke und zog. Dann bäumte sie den Unterleib auf, so wie sie es in der Ausbildung gelernt hatte.

Der Mann kippte zur Seite, Lena wurde mitgerissen und fand sich plötzlich über ihm wieder. Sie schlug zu, ebenfalls wie in der Ausbildung, und hätte seinen Schritt treffen müssen, tat es in der Dunkelheit aber nicht.

Ihre Faust prallte auf den Felsen, und ein scharfer Schmerz schoss ihren Arm hinauf. Gleichzeitig bekam sie einen Schlag gegen den Kopf. Sie schrie auf und wich blind zur Seite. Ein Jaulen ertönte direkt neben ihr, und ihr Gegner schlug auf sie ein. Sie bekam mehrere Schläge, ins Gesicht, auf die Schulter und den Arm.

Lena krabbelte rückwärts von ihm weg und stieß gegen etwas Hartes. Als sie nach hinten fasste, spürte sie Stein. Verdammt, hinter ihr war eine meterhohe Felswand.

Sie sah nach vorn, da, wo der Angreifer gewesen war. Ihre Taschenlampe lag meterweit weg, der Lichtstrahl schnitt durch die Dunkelheit.

Auf einmal schoss ein Schatten auf sie zu.

Im letzten Moment wurde ihr klar, dass es der Angreifer war. Er hatte das Licht direkt hinter sich.

Auf den Fersen stieß sie sich hoch, kam zum Stehen und riss den rechten Fuß in die Höhe.

Sie traf ihn am Unterleib, und er stolperte zurück. Ihre Beine waren wie Gummi, als sie sich weiter an der Wand entlangtastete. Ihr war schwindlig, und sie verspürte einen starken Brechreiz.

Weg hier, dachte sie. *Nur weg hier!*

Dann packte er sie von der Seite und riss sie weg. Ihre Finger schrammten über Stein, sie fühlte einen Felsvorsprung, dann ging sie zu Boden. Da sie nichts sehen konnte, wusste sie nicht, wie weit vom Felsen sie weg war, aber es spielte auch keine Rolle, weil er wieder auf sie einschlug.

Ein Schlag traf sie im Magen, sie krümmte sich, und der nächste Schlag traf die Nieren. Der Schmerz war entsetzlich, sie riss ein Bein hoch, traf ihn, zog das andere nach und spürte, wie er fiel.

Schnell sprang sie auf. Sie keuchte, sie konnte ihre eigenen schmerzerfüllten Atemzüge hören, als sie auf die Felswand zulief. Sie war nicht weit weg, nur einen Meter. Sie sprang, griff nach dem Vorsprung, zog sich hoch und schwang ein Bein nach oben.

Hinter ihr ertönte ein Wutschrei.

Schnell, schnell, das zweite Bein hochziehen, wegrollen.

Sie wäre beinahe abgestürzt, denn der Absatz war nicht breit, nur einen halben Meter, und auf der anderen Seite ging es runter.

Sie warf sich zurück, schätzte die Breite in der Dunkelheit falsch ein und fiel – ihrem Angreifer direkt vor die Füße.

Er trat zu. Lena riss die Arme hoch, um ihren Kopf zu schützen, und der Tritt traf sie in die Seite. Sie stützte sich auf einem Arm ab, hob ein Bein und zog es durch die Luft.

Sie traf ihn am Schienbein, und erneut schrie er wütend auf. »Du blöde Fotz…«

»Polizei!«, brüllte jemand.

Der Angreifer fuhr herum. Mit einem Satz war er aufgesprungen und losgerannt.

»Lassen Sie …«

Lena rappelte sich mühsam auf, da ertönte ein Schuss und gleich darauf ein wütender Schrei.

»Hinlegen!«, brüllte es erneut.

Im Licht der flackernden Taschenlampe sah Lena den Angreifer ausholen. Den Polizisten sah sie nicht. Ein Schmerzensschrei ertönte, das Licht kreiselte durch die Luft, dann war ein Aufprall zu hören, als ob etwas Schweres zu Boden fiel.

Lena wartete in der Hoffnung, der Polizist habe den Mann überwältigt, aber nichts geschah. Keine Rufe, kein aufflammendes Licht.

Es war also umgekehrt.

Sie sprang auf, im selben Moment sah sie den Angreifer. Er war nur ein paar Meter entfernt und kam auf sie zu. Sie wartete nicht, bis er sie erreicht hatte, sondern drehte sich um und rannte los, den Wanderweg entlang, der an den Felsen vorbeiführte.

Zumindest hoffte sie das. Sie war diesen Weg erst vor ein paar Stunden gegangen und hatte ihn in Erinnerung, aber sehen konnte sie nichts. Ihre keuchenden Atemzüge verhinderten, dass sie ihren Verfolger hörte, außerdem musste sie sich zu sehr auf den Weg konzentrieren. Auf einmal ging es runter, irgendwo plätscherte Wasser, dann ging es wieder hoch, sie wäre beinahe gegen eine Wand gelaufen.

Irgendwo vor ihr war es etwas heller, vermutlich die Feuchtwiesen, wo keine Bäume standen. Aber das war noch zu weit weg. Und was, wenn der Angreifer jetzt eine Pistole hatte?

Hinter ihr krachte es, dann schrie jemand auf.

Sie sah zurück, das Licht der Taschenlampe zuckte unruhig durch die Luft, traf mal Felsen, mal Bäume, mal Schlamm.

Ihr Fuß rutschte weg, sie fing sich, der Weg machte hier einen Bogen. Sie rannte nach rechts, jetzt musste sie bei der Liebesgrotte sein. Sie musste ihn irgendwo in eine Falle locken. Besser jetzt als später.

Sie zog den Schlagstock. Mit der anderen Hand tastete sie sich an der Wand entlang, bis der Felsen verschwand. Hier musste die Grotte sein. Vorsichtig, weil sie nicht gegen einen überhängenden Felsen stoßen wollte, schob sie sich an der Wand entlang in die

Felshöhle hinein. Sie hatte das Innere vor Augen: Auf der anderen Seite des Eingangs hatte es einen vorstehenden Felsen gegeben, hinter dem konnte sie sich verstecken. Wenn er vorbeikam, würde sie die Taschenlampe sehen, und dann konnte sie rausspringen und ihm eins überziehen.

Kein perfekter Plan, aber immerhin ein existenter.

Sie machte einen Schritt in die Dunkelheit hinein, nun keinen Felsen mehr zur Führung. Und noch einen, in einer Hand den Schlagstock, die andere weit ausgestreckt.

Da hörte sie ein Wimmern aus der Dunkelheit, sie fuhr herum und stieß mit dem Kopf hart gegen einen Felsen. Unwillkürlich stöhnte sie auf.

Sie fand sich taumelnd auf dem Boden wieder, ihr Kopf schmerzte fürchterlich. Irgendwo schrie jemand, sie versuchte aufzustehen, auch wenn ihr Kopf sich anfühlte, als wäre er entzwei gespalten.

Sie schaffte es, auf alle viere zu kommen. Da rammte ihr jemand etwas in den Rücken, sie verlor den Halt und schlug erst mit den Knien und dann mit Gesicht auf dem Felsen auf.

Das gibt ein schönes Veilchen, dachte sie, bevor sie das Bewusstsein verlor.

Kapitel 41

Marten

MARTEN kam mit quietschenden Reifen am Ende des Wanderweges zum Stehen. Unterwegs hatte Teresa Sigge getextet, aber keine Antwort bekommen. Dasselbe mit Lena.

Und nun standen sie mitten im Wald, und vor ihnen leuchtete der gelbe Toyota im Scheinwerferlicht.

»Lass es! Wir gehen runter!«, sagte Marten.

Teresa legte auf, und sie sprangen aus dem Auto. Von hier aus mussten sie einen kleinen Anstieg rauf und wieder runter, und dann kamen sie zur Kante des Korpeberget, von der aus man bei Tageslicht einen schönen Blick über das Land hatte. Marten konnte kaum atmen, während sie den Wanderweg entlanghasteten, die Sorge um Lena war kaum auszuhalten. Was, wenn ihr was passiert war?

Sie erreichten den Abstieg zum Bach, der unterhalb des Korpeberget entlangfloß und schließlich in den Försjön mündete. Von hier waren es nur noch fünfzig Meter bis zur Grotte.

Teresa stieg vor ihm runter, der Abstieg war gut ausgebaut, die Treppe trittsicher. Marten wollte sich gerade an den Abstieg machen, da fiel unten ein Schuss.

Das Echo verhallte schnell, der Wald schluckte alles.

»Schneller!«, trieb er Teresa an.

Er hörte sie keuchen, während sie sich gleiten ließ. Unten schalteten beide ihre Lampen an und zogen die Schlagstöcke. Diesmal ging Marten voran.

Der Weg war ein einziges Auf und Ab, überall Steine und Windungen, er lief, den Blick zu Boden gesenkt. Jemand schrie, es klang verzweifelt. *Gott, mach, dass das nicht Lena ist*, dachte Marten.

Er hörte einen lauten Schlag, dann die Geräusche von kämpfenden Menschen.

Außerhalb des Lichtscheins war es stockfinster. Waren sie nicht schon bei der Grotte? Die musste hier doch irgendwo sein! Wie weit war es noch, Herrgott noch mal!

Jemand keuchte, irgendetwas schlug auf den Boden, unregelmäßig und abgehackt. Dann ein Klatschen. Das war nah, sehr nah! Marten beschleunigte, er sah Lichtschein über Felsen huschen, und in diesem Lichtschein sah er Beine und einen Arm, der hin und her schlug.

Und darüber kniete ein Mann.

Da kniete ein Mann, und unter ihm lag jemand.

Marten war mit einem Schritt bei ihm, packte ihn bei den Schultern und riss ihn weg. Er sah kurz blondes Haar auf dem Boden, dann wurde er mitsamt seinem Gegner zu Boden gerissen.

Er prallte gegen einen Stein, bekam den Mann zu fassen und riss ihn herum. Die Taschenlampe war ihm aus der Hand geglitten, aber er erkannte ihn trotzdem.

Kjell Svensson.

Marten drängte ihn gegen den Felsen, da traf ihn eine Faust und brachte ihn aus dem Gleichgewicht. Der Schlag war nicht sehr kräftig, und Marten schaffte es, sich vom Boden abzustoßen und zum Stehen zu kommen.

Etwas pfiff, und ein ausgefahrener Schlagstock traf Kjell seitlich. Er krümmte sich zusammen, und erneut schlug Teresa zu. Jaulend ging Kjell zu Boden und kroch ein Stück weg, die Hände erhoben, dabei heulte er wie ein Kind.

Teresa trat ein Stück zurück und sah zur Seite, den Schlagstock noch immer erhoben. Marten holte die Handschellen raus und fesselte Kjell.

»Bewach ihn!«, sagte er zu Teresa, als er fertig war. »Ich sehe nach den anderen.«

Die am Boden liegende Gestalt hatte sich nicht gerührt. Marten hob seine Taschenlampe auf und beugte sich über sie.

Es war Lena.

Sein Herz setzte für einen Moment aus. Ihre Augen waren geschlossen, das Gesicht blutüberströmt.

Seine Hand zitterte, als er nach ihrem Mund fühlte.

Sie atmete. Ihre Wange sah übel aus, aber sie atmete regelmäßig, und ihr Herz schlug.

Marten war noch nie so erleichtert gewesen. *Mein Gott*, dachte er. *Was, wenn ich sie verloren hätte?*

»Ich höre Rufe«, sagte Teresa.

»Woher?«

»Von vorn, aus Richtung See.«

»Was sagen sie?«

»Nicht zu verstehen. Aber ich glaube, es ist Sigge.«

»Funk ihn an, sag ihm, er soll herkommen.«

Lena stöhnte. Als er sich ihr wieder zuwandte, hob sie gerade die Hand und fuhr sich damit übers Gesicht, zuckte vor Schmerz zusammen und ließ sie wieder sinken.

Sie wollte etwas sagen, aber aus ihrer Kehle kam nur ein Krächzen.

»Ist er tot?«, ertönte ein dünnes Stimmchen aus der Grotte.

Marten zuckte zusammen. Er drehte sich um und leuchtete die kleine Höhle aus. Dort hockte Ebba, in eine kleine Kuhle im Felsen gedrückt, das schwarze Haar zerzaust und die Augen aufgerissen.

Er sah zwischen Ebba und Lena hin und her, die sich gerade aufrichtete. Sie hustete und griff sich erneut an den Kopf. »Wo ist er?«, brachte sie hervor.

»Bringe ihn jetzt zum Auto«, sagte Sigge vom Höhleneingang aus, und Marten wäre beinahe wieder zusammengefahren. Herrgott noch mal, warum war er so empfindlich?

»Alles klar. Sagt den Sanitätern, dass sie herkommen sollen.«

»Ich brauche deine Hilfe mit dem«, sagte Sigge. Er zerrte Kjell hoch, der sich gegen die Bewegung wehrte.

Marten sah zu Lena. Er wollte sie hier nicht allein lassen, sie hatte eine schwere Kopfverletzung, wer weiß, was noch passiert war?

»Ich bleibe bei ihr«, sagte Teresa und setzte sich neben Lena vor den Eingang der Höhle.

»Geht schon.« Lena richtete sich stöhnend auf.

Widerwillig folgte Marten Sigge. Er musste ihm natürlich helfen, das war seine Aufgabe. Aber das Bild von Lena im Dunkel, der Mörder über ihr, ging ihm einfach nicht mehr aus dem Kopf.

Was, wenn sie gestorben wäre?

Überrascht stellte er fest, dass er das nicht hätte ertragen können.

Sie brachten Kjell zum Rastplatz und sperrten ihn ins Auto. Marten informierte den Staatsanwalt und wies Sigge an hierzubleiben, um Krankenwagen und Verstärkung einzuweisen.

»Tut mir leid, Chef«, sagte Sigge.

»Was?«

»Ich bin hinterher, sobald ich hier war. Als ich den Korpeberget erreicht habe, haben sie schon gekämpft. Ich hatte gute Sicht, also hab ich geschossen.«

»Aber nicht getroffen?«

»Ich glaube nicht. Er ist zurück und hat mich angesprungen. Ich bin gestolpert und irgendwo drauf gefallen, jedenfalls, als ich wieder auf den Beinen war, waren sie beide weg. Und kurz darauf hat Teresa sich gemeldet.«

Er sah zu Boden, und Marten wurde klar, dass er sich schämte.

»Ist sie schwer verletzt?«, fragte Sigge.

»Weiß ich noch nicht. Sie ist wieder zu sich gekommen, also kann es nicht so schlimm sein.«

Zumindest hoffte er das. Sigge sah ebenfalls besorgt aus, und Marten begriff, dass er Angst um Lena hatte. Er kannte ihn wirklich viel zu wenig, und vielleicht wäre es mal an der Zeit, das zu ändern. Seine Menschenkenntnis hatte ihn in letzter Zeit ein wenig zu häufig im Stich gelassen.

»Macht dir keinen Kopf. Wenn sie ankommen, schickst du sie hoch, und dann lässt du dich auch durchchecken.«

Danach machte er sich wieder auf den Weg zu Lena.

Sie saß neben Ebba und hatte den Arm um sie gelegt. Teresa stand mit gezogenem Schlagstock vor dem Eingang. Gemeinsam bauten sie eine Standleuchte auf, dann ging Marten hinein.

Blut floss Lena am Kinn herab, und sie sah bleich aus.

»Ist jemand verletzt?«, wollte sie wissen.

»Nein«, erwiderte Marten. »Also, Sigge scheint was abbekommen zu haben, ist aber bei Bewusstsein. Du bist eindeutig am schwersten verletzt.«

Sie verzog das Gesicht. »Ebba hat mir gesagt, dass Anders sie angerufen hat, kurz nachdem ich bei ihr war. Er hat sie verlassen, wegen des Vorfalls im Frühjahr. Als sie eingewandt hat, dass Anders es so gewollt hatte, hat er gesagt, ich zitiere: ›Ich wollte aber nicht, dass ihr ihn zum Mörder macht.‹«

»Dieses Schwein«, sagte Marten. Er sah Anders vor sich, während des Verhörs, wie sein Gesicht plötzlich leer geworden war. Er hatte begriffen, wer der Mörder war, aber nichts gesagt, um sich nicht selbst zu belasten.

»Ebba wollte zu ihm, um ihn vom Gegenteil zu überzeugen, und ist Kjell direkt in die Arme gelaufen. Er muss vor dem Haus auf sie gewartet haben. Es war genau wie bei Anna. Anders nutzt sie aus, und wenn sie zu einer Gefahr werden, lässt er sie fallen.«

Ihre Stimme hatte einen seltsamen Unterton, aber bevor er nachfragen konnte, redete sie schon weiter. »Kjell hat sie durch den Wald getrieben, er wollte sie hier umbringen. Doch dann hat er mich gesehen.«

Sie klang erschöpft, bestimmt hatte sie Schmerzen. »Teresa, bringst du Ebba nach draußen?«, fragte Marten.

Teresa nickte. Sie half Ebba auf, die zittrig war und von einem Weinkrampf geschüttelt wurde, und redete ihr gut zu.

Marten hielt Lena die Hand hin. »Was ist mit dir?«

»Ich kann nicht. Mein Bein gibt nach, wir haben es gerade versucht, als du weg warst. Du müsstest mich zumindest stützen.«

»Die Sanitäter werden gleich da sein.« Er setzte sich neben sie. Sie lehnte an der Wand und atmete flach. »Was hat er mit dir gemacht?«

»Ich glaube, das meiste sind Sturzverletzungen. Es ist verdammt schwierig, im Dunkeln zu kämpfen.«

Er dachte an seinen schmerzenden Kopf, inzwischen hatte sich eine Beule gebildet. »Ja, ist mir aufgefallen. Wo tut es denn weh?«

»Nicht nötig. Ich bin nicht schwer verletzt, du musst dir keine Sorgen machen.«

»Das sieht aber ganz anders aus.«

Sie deutete auf ihr Gesicht. »Das ist nur eine Prellung. Und der Fuß ist verstaucht, nicht gebrochen. Er hat mir was über den Rücken gezogen, eventuell habe ich da auch ein paar Prellungen. Aber alles halb so wild.«

Jede andere Frau, soweit er sie kannte, hätte jetzt erwartet, dass er sie tröstete, nach dieser Aufzählung von Verletzungen. Bei Lena wusste er, dass sie das genaue Gegenteil wollte. Aber er konnte nicht anders, er machte sich Sorgen. Was, wenn es doch schlimmer war, als sie dachte?

»Okay, aber ins Krankenhaus gehst du schon noch, oder?«, versuchte er es halb im Scherz.

Sie atmete sichtbar ein, dann sagte sie mit fester Stimme: »Tut mir leid, Marten.«

»Was?«

»Dass ich nicht auf Sigge gewartet habe. Und überhaupt. Wegen all den anderen Sachen auch. Wie dumm kann man eigentlich sein und denselben Fehler zweimal machen? Erst die Sache mit Anders, und dann gehe ich allein in den Wald.«

»Na ja, die Zeit drängte.«

»Ich weiß, dass du in deinen Bericht schreiben wirst: Gegen meine Anweisung ist Frau Inspektor Wallin …«

»Hör auf«, unterbrach er sie.

»Es tut mir einfach leid, dass ich dir Schmerzen bereitet habe. Auch schon früher«, flüsterte sie.

Marten wurde von einer Gefühlswoge überschwemmt. Er konnte seine Emotionen nicht mehr unterscheiden, es war, als spüle es ihn hinweg vom Angesicht der Erde. »Du hast mir das Herz herausgerissen«, entfuhr es ihm.

Im nächsten Moment fragte er sich, was in ihn gefahren war.

»Ich weiß«, sagte Lena. »Ich habe mir meins vorher rausgerissen, um das überhaupt tun zu können.«

Marten atmete durch. »Aber warum?«

»Ich war unglücklich.«

Er dachte an ihr Geständnis, aber vor allem an die Erkenntnis, die ihm vor Anders' Haus überkommen hatte.

»Mir tut es auch leid«, sagte er. »Ich habe dich geliebt wie nie jemand anderen, und am Ende war ich unfähig, dich glücklich zu machen. Du hättest niemals das Gefühl haben dürfen, mit mir nicht darüber reden zu können.«

»Wir waren beide siebzehn. Da macht man schon mal was falsch.«

»Aber es ist die nächsten Jahre nicht besser geworden. Du hast dich immer mehr verschanzt, und ich habe nicht nachgefragt.« Allein es auszusprechen, tat weh. Hatte er wirklich so viel falsch gemacht?

Sie zuckte mit den Schultern. »Selbst wenn, jetzt können wir es nicht mehr ändern, oder?«

Er sah sie an. Ihr Zopf hatte sich gelöst, und das Haar hing ihr wild ins Gesicht. Das Blut trocknete langsam an Stirn und Wange. »Jetzt bringen wir dich erst mal ins Krankenhaus.«

Sie lächelte schwach. »Das klingt nach einer guten Idee.«

Kapitel 42

Lena

»DIE Spurensicherung hat Fingerabdrücke von Kjell Svenson am Hals, den Armen und im Gesicht von Anna Käll gefunden«, sagte Teresa, während sie sich auf den einzigen Sessel im Raum niederließ.

Es war der nächste Tag. Lena lag im Krankenhaus in Västervik und wünschte sich, sie hätte die Krankenschwester vor der Besprechung um mehr Schmerzmittel gebeten. Sie hatte Prellungen an praktisch allen Teilen ihres Körpers und fühlte sich beschissen. Über den Rücken zogen sich mehrere grün-schwarze Streifen, unter der Kniescheibe war ein Bluterguss, der Laufen unmöglich machte, und ihr Schädel hämmerte. Immerhin war er unverletzt, auch wenn sie ziemlich übel aussah. Sie würde einfach eine Weile nicht in den Spiegel sehen.

Sigge war ein bisschen besser davongekommen, aber er hatte auch eine Rippenprellung, die ihn erst mal eine Weile lahmlegen würde. Jetzt zog er sich langsam einen Stuhl heran und ließ sich würdevoll darauf nieder.

Marten stand in der Tür und grinste.

Er grinste schon, seit ihm gestern klar geworden war, dass niemand im Team ernsthaft verletzt war. Er war erleichtert.

Mehr Schmerzmittel, dachte Lena. »Und die DNS-Probe?«, fragte sie laut.

»Passt auf Kjell Svensson. Ich fahre morgen nach Kalmar und verhöre ihn. Aber im Grunde haben wir genug Aussagen.«

»Ebba hat ausgesagt, dass Jenny versucht hat, sie und Anna davon abzuhalten, ihn zu demütigen. Sie war von allen die Unschuldigste«, sagte Teresa.

»Warum hat er dann sie als Erstes umgebracht?«, fragte Marten.

»Gelegenheit«, erwiderte Sigge nachdenklich. »Er scheint ihnen ja hinterhergefahren zu sein, vielleicht hat er sie beobachtet. Gestern hat er Lena im Park beobachtet und so mitgekriegt, dass sie mit Ebba gesprochen hat. Manchmal ist Gelegenheit der größte Killer.«

Das war ein wenig martialisch formuliert, aber Sigge hatte recht.

»Wir haben hier vermutlich einen Serienmörder gestoppt, der dabei war, sein Muster zu entwickeln. Ich finde, wir können stolz auf uns sein«, sagte Marten.

Lena sah sich um, alle sahen zufrieden aus. Auch sie und Marten warfen sich einen Blick zu, und sie erinnerte sich, dass sie sich schon einmal so angesehen hatten, zu Beginn der Ermittlung, als sie gemeinsam die Tatortfotos von Jenny durchgesehen hatten. Triumphierend irgendwie, aber auch zufrieden.

»Das war eine gute Untersuchung«, sagte sie. »Es war mir eine Ehre, mit euch zusammenzuarbeiten.«

Teresa und Sigge gingen – wobei Sigge Teresas helfende Hand energisch ablehnte –, und Marten setzte sich aufs Bett. »Ich gehe jetzt Tove von der Schule abholen. Danach kommen wir her. Und sobald du wieder laufen kannst, verbringen wir ein wenig Zeit miteinander. Oder was meinst du? Sie hat ja nun lange genug auf uns gewartet.«

Lena lächelte. »Ja, das klingt gut.«

Er wollte aufstehen, da sagte sie: »Marten!«

Er sah zu ihr, das Haar rutschte ihm in die Stirn, und so, erleichtert und zufrieden, sah er wieder so jung aus wie in ihrer Jugend, als sie sich kennengelernt hatten.

»Ich habe dir damals nichts davon gesagt, weil ich auf dem Weg zu dir war.«

Er sah sie fragend an.

»Als Anders mich überfallen hat. Ich war auf dem Weg zu dir. Wir wollten uns treffen, bei deinen Eltern, und für eine Prüfung lernen.«

Auf seinem Gesicht zeichnete sich Verstehen ab. Er erinnerte sich an den Tag.

»Ich bin nicht gekommen. Am nächsten Tag habe ich dir gesagt, dass ich doch keine Lust hatte, und du warst eine Woche eifersüchtig.«

»Ich war nicht eifersüchtig. Ich dachte, du hast irgendwas zu verbergen. Ich hatte Angst, dass du mich verlässt.«

Lena musste lächeln. Dass *sie* Marten verlassen hätte. Er war der Star der Stadt gewesen, der gut aussehende Sohn des Chefredakteurs, Liebling aller Partys, nie im Leben hätte sie ihn verlassen. »Ich hatte Angst, es dir zu erzählen, weil ich es vergessen wollte. Aber du hast was gespürt und na ja, dadurch war es irgendwie noch da, und ich konnte es nicht vergessen, und dann war es immer irgendwie …« Sie brach ab.

»… zwischen uns«, beendete er den Satz.

»Ja.«

Sie schwiegen, keiner wusste, was er darauf sagen sollte. Schließlich seufzte Marten. »Weißt du, ich bin dankbar, dass Björn dich diesem Fall zugeteilt hat. Nicht nur, weil du eine gute Ermittlerin bist und den Mörder gefunden hast. Es ist irgendwie … Wir können wieder miteinander reden. Ohne uns anzuschreien.« In den letzten Sätzen schwang so etwas wie Erstaunen mit, und Lena begriff, dass sie ihn verstand. Ja, es war erstaunlich.

»Es war mir eine Ehre mit dir zu arbeiten«, sagte sie. »Vielen Dank, Partner!«

Ende

Eine kleine Bitte zum Schluss …

Wir hoffen, Ihnen hat dieses Buch gefallen …

Der schnellste Weg, andere Leser da draußen an Ihren Erfahrungen mit diesem Buch teilhaben zu lassen, ist eine Rezension im Online-Buch-Shop. Ihr Feedback hilft nicht nur anderen Lesern, Neues zu entdecken, sondern auch dem Autor, zu verstehen, was aus Lesersicht in diesem Buch gut und weniger gut ist. So kann sich der Autor weiterentwickeln und Ihnen sowie anderen Lesern in Zukunft noch schönere Geschichten präsentieren. Außerdem sind Ihre Erfahrungen, Erkenntnisse und Eindrücke als ehrliches Leser-Feedback eine enorme Wertschätzung vieler liebevoller Arbeitsstunden, die in dieses Buch geflossen sind.

Danke also schon im Voraus, wenn Sie sich zwei bis drei Minuten Zeit nehmen und eine kleine Bewertung zum Buch z.B. auf Amazon veröffentlichen.

Mehr zur Autorin finden Sie auf

www.nelebruun.de, www.instagram.com/nelebruun.autorin,

www.facebook.com/nelebruun.autorin und

www.feuerwerkeverlag.de/bruun

Gratis Kurzkrimi sichern

Friesentod

Nordseekrimi zum Miträtseln – 100 % kostenlos

Aus dem Schlick des Husumer Hafens ragt die Hand einer offensichtlich toten Person. Schnell wird klar, dass es sich hierbei um Mord handeln muss. Ein Unding mitten in der allerschönsten Nordsee-Urlaubsidylle.

Die Polizistin Madeleine Bruhns und ihr älterer Kollege Peter van Haug übernehmen daraufhin den Fall mit höchster Priorität. Nachdem sie die Identität des Opfers geklärt haben, stoßen sie in dessen Wohnung nicht nur auf einen Haufen Bargeld, sondern auch auf ungewöhnlich viele leere Schnapsflaschen. Als sich dann auch noch die allerorts beliebte Fischbrötchenverkäuferin Elli in Widersprüche verwickelt, bringt das die Ermittler endlich auf eine erste, heiße Spur.

Den Kurzkrimi komplett kostenlos herunterladen:

www.nelebruun.de/gratis-kurzkrimi-friesentod

Weitere Bücher des Verlages

FriesLandOpfer

Nele Bruun

Es ist Hochsaison in Wyk auf Föhr. Nur der beliebte Barbesitzer Harald Königsberger verpasst den Trubel. Denn er liegt tot in seinem Haus am Strand.

Die vielen Messerstiche im Körper des Opfers deuten auf einen Rache-Akt hin. Doch die Inselbewohner sind sich sicher: Harald Königsberger war ein unbescholtener Bürger und hatte weder Feinde noch Geheimnisse. Ein gefährlicher Trugschluss, der Kommissar Carsten Wolf und seinen neuen Partner Fabiu Covaci auf eine harte Probe stellt.

AngstInselUsedom

Nele Bruun

Vor der Ostseeinsel Usedom wird im Fangnetz eines Kutters ein Toter gefunden. Zunächst sieht es so aus, als sei der Mann ins Wasser gestürzt und in die Schiffsschraube geraten, doch schnell stellt sich heraus, dass er ermordet wurde. Jette Curth, die erst vor Kurzem zurück nach Usedom gezogen ist, übernimmt gemeinsam mit dem alteingesessenen Insel-Kollegen Theo Döring den Fall.

Nach und nach kristallisieren sich erste Verdächtige heraus. Was hat es zum Beispiel mit dem Obdachlosen auf sich, der in der Nacht vor dem Mord durch die Nachbarschaft gestreift ist? Welches Geheimnis hütet der Geschäftspartner des Toten, und warum hat die Tochter seit Jahren so gut wie keinen Kontakt zum Vater?

Als das Ermittlerduo nur wenige Tage später dann eine zweite Leiche entdeckt, ist es mit der Geruhsamkeit auf der malerischen Insel endgültig vorbei…

Tote Mädchen schweigen ewig

Gunnar Schwarz

Was zunächst wie ein tragischer Unfall aussieht, entpuppt sich während der Obduktion schnell als brutaler Mord. Denn der Frau, die aus einem Fluss gezogen wurde, fehlt die Zunge, und ihre Arme wurden zerschnitten – eine Warnung? Aber an wen?

Der Ehemann wird festgenommen und gesteht. Spezialermittlerin Charlotte Bekker glaubt jedoch an seine Unschuld und sucht zusammen mit ihrer neuen Kollegin Stella Meislow nach Beweisen, die belegen, dass er den Mord nicht begangen haben kann.

Und tot bist du

Gunnar Schwarz

Als das Handy der Polizistin Tabea Kurz klingelt, ahnt sie noch nicht, dass der Mann am anderen Ende mit ihr spielen will. Und zur Eröffnung hat er ein ganz besonderes Geschenk für sie. Ein Geschenk, das tot, nackt und blaugefärbt am Fuß einer Brücke auf sie wartet.

Ist die unerfahrene Streifenpolizistin in der Lage, zusammen mit ihrem neuen Partner, dem distanzierten Ermittler Frank Schünemann, herauszufinden, wer dieses kranke Psychospiel mit ihnen spielt? Denn wie der Zettel am großen Zeh der toten Frau ankündigt, ist das Spiel noch lange nicht vorbei, und Runde zwei hat gerade erst begonnen.

Printed in Poland
by Amazon Fulfillment
Poland Sp. z o.o., Wrocław

55785400R00173